我的日本作家們

李長聲 著

序文

作家之顏・閒閒之筆

傅月庵

台灣人愛讀日本文學，戰前是日本帝國一部份，自不用說；戰後國民黨統治，對日情感頗見矛盾：電影不給看，每年僅有一定配額；日語歌曲也不讓上廣播、電視；唯獨日本文學，似乎不怎麼在意，又或者可能，焦點全集中在檢視、防堵中文創作，遂不及翻譯了。

日本文學出版，在台兩次大爆發：一九六八年川端康成獲得諾貝爾文學獎，平地一聲雷，帶動了翻譯熱潮。一九七〇年代，日本文學翻譯潮流洶湧強勁，川端不用說，三島由紀夫、安部公房、井上靖、石川達三、遠藤周作……一一「登台」；且不僅純文學，大眾文學裡，無論時代小說或推理小說，同時趁機而入，松本清張、森村誠一、橫溝正史、司馬遼太郎、吉川英治、柴田鍊三郎……統統來了。一九八〇、九〇年代，聲勢稍歇，穩定前進。二〇〇〇年之後，隨著村上春樹走紅，又掀起一股熱潮，十多年來，愈演愈烈，每年都有不少新作家引入，熱潮甚至波及生活領域，舉凡美食、養生、醫療、食譜、勵志，無論何時，暢銷排行榜上時時佔有數席之地。

台灣人對日本作家的好奇與熱愛程度，幾乎不下或甚至超過日本人，且作為一個「轉口平台」，很快便輸出到了中國大陸去。當紅的東野圭吾、宮部美幸，老牌的吉川英治、藤澤周平，都是循這樣的路徑，而獲得中國讀者的喜愛。且這條路，也已從單向的小徑擴大成了雙向的大道。以前台灣只輸出不進口，如今竟也進進出出了。

然而不然的是，關於作家的介紹，或說書話文章裡「作家專論」這一塊，台灣寫得少，集結成書的更少，個人所知，十多年來，大約僅有林景淵《日出江花紅勝火：日本近現代作家》與陳鵬仁《近代日本的作家與作品》兩書可供參考耳。這種貧乏，對於閱讀或出版，都是一種不足，更可能造成讀者偏食，追著暢銷作家跑，而無法更深入理解日本文學，乃至作家定位。

李長聲先生八〇年代東渡日本，掛單出版學校，實則不停觀察日本社會，體會日本文化，同時寫作不輟，九〇年代北京三聯書店所出《讀書》雜誌，最膾炙人口的專欄「東瀛孤燈」，便是由他執筆，許多讀者也因此得識其人其文。長聲文章面向廣闊，可以從「河豚料理」一直寫到「日本人的教養」；更可從「茶花」一直說到「漫畫」、「小鋼珠柏青哥」，主題跨越幅度驚人，文筆又快又好，謙沖而不失自信，深刻而不失風趣。他自謙是寫雜文，可事實與魯迅無關，跟他弟弟周作人的隨筆倒有幾分相似，或因為如此，遂有了「文化知日者」的稱謂。

由於編輯出身，且編的是《日本文學》雜誌，還在大陸時，長聲便與日本作家有過接觸，如水上勉、宮本輝等，東渡後掛單出版學校，「日本文壇」成了他寫作的一大範疇，譬如書市觀察、出版興衰、新舊書店、閱讀風氣等等，無所不至，其中最讓人感興趣的則是「作家點評」，大體而言，有幾個特色：一是他不仰視作家，多半是平視，有時則俯視。因為平視，作家遂如鄰居友人，優缺點都列，絕不高高在上；因為能俯視，所以看得出作家的縱深，或說影響範圍。他談三島由紀夫、司馬遼太郎，最是得見。

二是他把作家當人看，除了作品之外，更多的是談論作家的性格與風格，許多的軼事（或八卦），即因此而出，讀起來自有一種親切感，從而想找到這名作家的作品來看看。〈漱石那隻貓〉、〈谷崎潤一郎和女人以及文學〉當可為代表。

最重要的則是，因為上面兩點，長聲文章遂具有某種「主體性」，他絕非抄抄日文資料，堆砌成文，述而不作，相反地，他從來都是從一個華人的角度去看待這些作家，許多的批判隱藏在字裡行間，細讀自顯自知，但絕不潑辣傷人，而僅是輕輕刺得人會心微笑耳。

> 小說家中上健次說：「愚蠢的作家忘了自己是妓女，以為自己幹著什麼了不起的事呢。」我沒覺得自己幹著什麼了不起的事，但可以坦然說，雖然有敗筆，但每篇都不曾偷工減料，也絕不說什麼時間有限云云。未必有灼見，但是在真知上盡了力。冷冷地看，閒閒地說，也請你輕輕鬆鬆讀。讀下去，有益。

長聲曾在某篇文章裡，如此說明自己的寫作態度。緩帶輕裘，得心自在。特別引我共鳴，因此不揣淺陋，從近百萬字文章中，選出這三十七位「我的日本作家們」，讓人看出日本近現代文學之多元豐饒，也看到長聲文章之怡然佳趣。

是為之序。

目錄

夏目漱石

1867 ~ 1916

漱石和嫂子

日本近代作家是叫作文人的，文人無行，主要表現在兩樣東西上：醇酒婦人。田山花袋把自己和女弟子的情事寫成小說，如實而藝術，濫觴所謂私小說，亦即純文學。島崎藤村更厲害，寫的是自己和侄女亂倫，讓花袋也自愧弗如。自暴其醜，作家獲得了「新生」，侄女卻不得不遠避台灣。這種文學夠可怕。寫私小說需要勇氣，芥川龍之介不寫，谷崎潤一郎便說他不大有膽量。谷崎也令人懷疑，若沒有那些女人獻身，搞得出文學麼？以「作家和他的女人以及文學」為題，就能寫出一部日本近代文學史。

當然也有人例外，例如夏目漱石，他是一個道德形象。不好酒色，筆下沒有性描寫，這也使他贏得中產階級的禮遇，甚而被捧為國民作家。日本開始用「馬拉松」一詞的一九〇九年，漱石發表了《此後》，以及後來的《門》、《心》、《明暗》，這些作品都是寫三角戀愛。一九二八年《查泰萊夫人的情人》出現以前，哪個國家都只許暗示地描寫色情場面，明治政府更嚴懲通姦，所以敢寫亂倫的自然主義文學便具有反時代、反世俗的性質。漱石的小說在廣為閱讀的報紙上連載，寫三角戀愛與通姦已經夠前衛，描寫充其量打打擦邊球也實屬當然。反覆寫這種事，人們不免起疑，莫不是作者親身經歷過？文學研究者或者評論家自然不會放過漱石這麼大個謎，於是挖掘出漱石有過四個女人，其中最聳人聽聞的是他的嫂子。

這是江藤淳煞費了一番苦心調查的。他以研究夏目漱石出道，寫了半輩子《夏目漱石及其時代》，終於因自殺而不了了之。書中有一節〈名叫登世的嫂子〉。

夏目家接連死了兩個兒子，所以父親告老，由漱石的三哥當家。漱石本來被送人當養子，二十一歲時戶籍又遷回夏目家。這一年三哥再婚，娶來的嫂子叫登世，比漱石小兩個月。江藤淳說他們有染，「更重要的事實是登世患病，漱石抱著嫂子幫她上下二樓，體貼入微……就是說，漱石在完成親切關懷的小叔子這一任務中，知道了登世肉體豐滿的感觸」。

證據不止於此，還有登世死後漱石寫給正岡子規的信。漱石不僅和子規是同學，而且跟子規學習作俳句，所以信中也附了十三首「酌取一片衷情」的俳句，請子規指教。江藤淳斷言這些悼念嫂子的俳句「明明從喪失感之深產生的」。又舉出漱石的五絕：「抱劍聽龍鳴，讀書罵儒生，如今空高遠，入夢美人聲」，認定「這『美人』就是登世，幾乎是毋庸置疑的。到這個時候漱石已經和嫂子在一個屋簷下過了一年有餘。本來在日本家庭裡嫂子是獨特的存在，對於同居的內弟來說，雖然是嫂嫂，但事實上是年齡相仿或者歲數小的年輕女人，由於已經在過著性生活，能成為更刺激的性象徵。」江藤淳被視為小林秀雄之後文藝評論第一人，死前擔任著日本文藝家協會的會長，就這麼簡單地「邪推」出漱石和嫂子通姦。日本的一些文學研究或評論，讀來常令人覺得要麼拿來歐美理論說得雲山霧罩，要麼不厭其煩地搗騰八卦。

現代作家大岡昇平說：漱石的作品沒有謎，但作者本身是個謎。這謎也是漱石本人及其朋友們造成的。讀漱石的書信和日記，好像他什麼都寫，卻從未涉筆年輕時的戀情。足以令漱石欣慰的是那幫年輕時的友人，約好了似的，怎麼問也不說，一個個緊閉著嘴巴駕鶴西歸。例如有個叫大塚保治的（本姓小屋，入贅為婿，改姓大塚），和漱石是帝國大學的同學，並同在東京專門學校教課，漱石教英語，大塚教美學，後來又一個宿舍住著，關係就親密起來。《我是貓》裡的美學家迷亭，原型即這位大塚博士。又有一個楠緒子，才色兼備，是漱石的理想美女。她愛搞文學，常出入漱石住處，但父母之命，最終嫁給搞哲學的保治。漱石失意，跑到瑞岩寺參禪。小說《門》寫道：「自己來叫門，但守門人在門的那邊，敲也終於連面都不露。只是傳來聲音：『敲也白敲，自己打開進來。』」就像打不開門一樣，漱石也未能開悟，保治和楠緒子結婚後不久，他離開東京，遠去松山那裡教書。

據說漱石的弟子芥川龍之介曾恨恨地說：既然有這麼深的感情，為何不採取更積極的態度，或者通姦，或者情死呢。漱石寫三角戀愛的小說是出自這一段經歷吧。三角不是等邊的，正因為不等邊，才更有故事。說不定漱石多麼希望朋友像《此後》中的代助那樣把女人讓給他啊。漱石卒於一九一六年，幾年後發生關東大地震，大塚保治清理信件，把漱石寫給他的幾十封長信付之一炬。給他當秘書的侄女婿阻止，他說：這是漱石寫給我的，只能跟我商談的事不能給別人看。

為人，不要妄談為歷史負責，先要為身邊的人負責，但作為知情者，絕口不談，故作高深似的，也會使往事更加神秘兮兮，好像幫倒忙。如果箱子是空的，為什麼不敢打開呢？人們愈發認定箱子裡有東西，而且是見不得人的。

文人無行，信乎？

自卑

大清帝國在甲午戰爭中吃了敗仗，白花花的銀子，二億三千一百五十萬兩賠給了日本，據說等於它四年的財政收入。土狹民寡的「蕞爾小國」一下子富了起來，於是往歐洲增派留學生。其中有一位，時年三十三，個子矮矮的，被文部省派赴英國「調研英語教學法」。他就是日後有大名的文豪夏目漱石。

漱石走在倫敦街頭，迎面過來一個奇怪的傢伙，卻原來是他本人映在櫥窗玻璃上的身影。周圍淨是「身材高大的美男子」，教他自慚形穢，滿懷自卑感。漱石是一九〇〇年乘船到英國的，吞吐了兩年一個月大都會煙霧。對於漱石文學來說，這兩年至為重要，但英國給他的印象壞極了，深惡痛絕。要是按他自己的意志，一輩子也不會踏上英國一步。

自卑感不僅來自身體的差異，更來自經濟的困苦——他給夫人寫信說：日本的五十錢在當地幾乎只等於十錢、二十錢，十日圓花兩三次，一眨眼就化為煙。他在倫敦一連換了五處住所，不得安生，全然沒有周作人對日本「兔子窩」的怡然自適。兩年中一年有半住在大停車場附近的民家，除了逛逛舊書店，幾乎杜門不出，耽讀書籍，準備回國後打算到大學任教的講義。

漱石本來喜好漢學，討厭英語，但在「文明開化的世間」當不了漢學家，只好把漢籍統統賣掉，轉向英文學，「要用英文寫大文學」。不過，那時並沒有英語熱，東京帝國大學辦英文科已歷四年，只有兩年各有一人報考，漱石成為第二個畢業生。沒有同學，這種孤獨使他研究英文學伊始就心存不安。目睹英國的商業主義和拜金風氣，他更感到幻滅，神經衰弱也益加嚴重，以至被周圍的人懷疑發了瘋，但他卻從此恢復自我，不再過高評價英國人，進而以自己為本位批評英國文學。一九〇七年印行的《文學論》被視為「漱石對於外國文化的獨立戰爭宣言」，他在序言中回憶：「住在倫敦的二年是尤為不愉快的二年。余在英國紳士之間，如同一條與狼群為伍的捲毛獅子狗，日子過得甚淒慘。」直到晚年，他還在講演中「說真的，我不喜歡英吉利」。

只要不是魯迅筆下的阿Q，人多少都會有自卑感，也許這正是自知之明的表現，只不過表現得較為消沉。在日本作家的身世和性格中常見這種自卑感，例如太宰治。他從不遮掩自己的自卑，反而展現乃至誇大，以贏得同情。三島由紀夫叱責：「太宰所具有的性格缺陷，至少有一半是可以用冷水磨擦、器械體操或者有規律的生活來糾正的，應該靠生活解決的事就不要麻煩藝術。略玩一下反說，不想治癒的病人不配當真正的病人。每當接觸太宰文學，每當接觸那種殘疾人似的孱弱文體，我感到的是這個人對強大的世俗道德立馬現出受難表情的狡猾。」其實，三島也懷有強烈的自卑感，只是和太宰正相反，他一生都大加掩飾，當然也連累了藝術。三島矮小，找對象的條件之一是女方穿高跟鞋也不可以高過他。他「用冷水磨擦、器械體操或者有規律的生活」改造肌體，但運動神經不發達，劍術到底不高明。從文體的華麗到肉體的健美，三島一生執著於虛構，最終演一齣武士剖腹，了卻了自卑情結。

讀井上靖的小說《翌檜的故事》，知道有一種常綠喬木叫「翌檜」，這名字的意思是明天會變成檜樹，其實是永遠也變不成檜樹，可悲的宿命就不免令人自卑。小說用翌檜作象徵，描寫一個少年的心靈成長，有不少自傳成分。井上在《我的自我形成史》中說過：「由於成長在這樣的伊豆山村，我從小對城市、對住在那裡的男女少年抱有城市孩子們無法想像的自卑感。而且，這種自卑感變換種種形式支配我這個人，直到很久以後。」

以夏目漱石為例，似乎我們更多些理由厭惡日本，當然也可能出於自卑感。說不定因此能確保不當周作人，只是別忘記，對英國的反感使夏目漱石成其為夏目漱石。

漱石那隻貓

明治三十九年（一九〇六）秋，夏目漱石給弟子寫信，道：「只汲汲於眼前，故不能進。如此苦於當不上博士，苦於當不上教授，乃為一般。百年之後，成百博士化為土，成千教授變作泥。我是想以吾文留傳百代之後的野心家。」

岩波書店一九二七年刊行岩波文庫，頭牌是夏目漱石的《心》，綿綿八十年，出書達五千四百種。二〇〇五年統計讀者所愛，漱石有幾部小說上榜，《心》位居第一，《少爺》第二，《我是貓》第四，《三四郎》、《旅宿》、《此後》、《門》也都在百位以內。新潮社自一九五二年出版文庫版《心》，五十餘年印數達六百萬冊；每臨暑假，都要增印十多萬。一百年過去，與漱石同代或後來「留名青史」的作家大都不過是文學史上的存在，而漱石仍然被人們捧讀。他的「野心」沒落空，怕是近代以來中國文學家無人能比。

長篇小說《我是貓》問世當年就有教科書節選採用，戰敗後一九五〇年代所有語文課本都拿漱石的小說或隨筆當教材，乃至「鷗外與漱石」是高中課本的一個單元，從而奠定了漱石是國民作家的集體意識。不過，改元平成（一九八九）以來逐年減少，二〇〇二年漱石作品從初中課本裡消失，《文學界》雜誌為此搞了個特輯，標題是「不見漱石、鷗外的語文教科書」。近年來只有幾種高中課本選用《我是貓》或《少爺》這兩部作品。作家是一國的語言教師，文學教育是審美的，也是道德的，當文學教育轉向培養讀寫能力的文章教育，可能夏目漱石的作品就過時了。

我們中國人讀譯本，夏目漱石的小說曉白如話，這是拜譯者之賜，明治年間的日語被譯成現代中文。日本人讀漱石，大概比我們讀魯迅難得多。漱石是美文家，如魯迅所言，「以想像豐富，文辭精美見稱」。他的文體屬於漢文學系統；所謂漢文學，並不是中國文學。譬如漢詩，對於漱石來說，不是「吟」，而是「作」，他是用日語創作日本的漢詩。日本說「詩」本來指漢詩，有別於和歌、俳句，但十九世紀末葉被取自西方的新詩鳩奪鵲巢。漱石漢詩的漢味兒遠遠比森鷗外純正。文藝評論家谷澤永一推薦活用漢字入門書，列有漱石的《虞美人草》。據說漱石寫《旅宿》之前重讀了《楚辭》，滿紙漢文詞，如珠如璣，我們中國人傻看都會有美感，卻難為了當今假名（注音字母）橫行的日本讀者。

漱石文學是日本近代文學的巔峰。令人不解的是，川端康成和三島由紀夫，這兩位赫赫有名的現代作家都著有「文章讀本」，教人寫文章，廣徵博引，卻隻字不提夏目漱石，緣故何在呢？

夏目漱石生於一八六七年二月九日，陰曆一月初五，為庚申之日，迷信說此日降生，將來是大盜，可以用金取名改變宿命，於是他本名叫金之助。這一年，二月十三日明治天皇登基，十一月第十五代德川將軍把大政奉還天皇家，日本歷史便跨入近代。漱石一歲被送人，九歲又回到本家（戶籍是十多年後才回歸），難有歸屬感。為了讀漢籍，從公立中學退學，入私塾二松學舍。明治維新後改革開放（日本叫「文明開化」），全盤西化，漢學過時，擔心將來靠它吃不上飯，又改學討厭的英語。不過，漢詩文的興趣與素養已沁入心脾，伴隨終生。

二十四歲入帝國大學英文科，畢業後任教於高等師範學校，年俸四百五十日元。一年多辭職，赴松山的中學當英語老師；月俸八十日圓（校長為五十日圓），或許遠離京城真是為賺錢出洋。在地方輾轉四年，倒也為日後創作《少爺》體驗了生活，積累了素材。一九〇〇年，三十四歲被公派留學，本來已經有好似被英文學欺騙之感，在倫敦兩年更覺得「英國人很蠢」。歸國任帝國大學英文科講師，教授英文學概說。漱石不大有授業解惑的才能，學生從來不愛聽，大概這也促使他投教鞭，事筆耕。

一九〇三年遷居，房子是森鷗外以前也住過的。第二年，跑進來一隻野貓，趕出去又進來，一個老太太說，這隻貓爪子底下也全黑，是福神喲，漱石之妻便收養。果不其然，豈止給夏目家招財，而且給日本近代文學招來了一部不朽之作。一九〇五年一月一日，日本以慘重的代價佔領旅順，打敗了俄國，此日漱石發表《我是貓》。寫道：「我是貓，名字還沒有。」這隻被遺棄的貓登場就撇清老子可不是人類，然後，「高高在上，批判人，冷笑人，揶揄人」（這是當時對漱石的批評）。喵一聲驚人，接著又發表《少爺》、《旅宿》等，風格各異，展現了多彩的才能，一時間「文壇成了漱石一個人的舞臺」，從此人氣在大眾當中經久不衰。至於那隻貓，死於一九〇八年，被埋在後院的櫻樹下，漱石題寫了俳句，並函告友好，但忙於執筆《三四郎》，沒給牠開個追悼會。

當今暢銷書動輒超百萬，但漱石在世的時候，全部作品的印數累計也不會超過十萬冊。《我是貓》具有符號論的價值，一說漱石，人們就想到那隻「貓」。不過，寫這個小說的緣起不在貓，而在於高濱虛子。漱石海歸，神經仍然很衰弱，甚至連家人也當他瘋了，他也就不費話辯解。虛子等友人勸他寫東西換換心情，便寫了《我是貓》。俳友（俳句之友）集會上，虛子朗讀，笑聲滿座，於是發表在虛子主宰的《杜鵑》（雜誌名來自正岡子規的子規，但寫法不同，故譯作杜鵑）。題目叫「我是貓」，還是叫「貓傳」，漱石游移不決，虛子建議叫《我是貓》。他還給刪改了好些「贅文句」，以致第一章讀來似不如以下章節恣肆汪洋。並不曾意識文壇，不過是想寫就寫了，原定就一期，卻一發而不可止，斷續連載了十期，使這個俳句雜誌也一度轉向小說。

人們為這隻「貓」查找血統，眾說紛紜。譬如英國史威夫特的《格列佛遊記》，勞倫斯・斯特恩的《項狄傳》，德國霍夫曼（E.T.A.Hoffmann）的《公貓莫爾的人生觀》。小說家大岡昇平把英國卡萊爾（Thomas Carlyle）的《衣服哲學》推定為「貓」的樣本。這種閱讀聯想很自然，但動物擬人化更像是日本的古老傳統，繪畫也好，民間故事也好，司空見慣。讀《我是貓》，那種敘述腔調，特別是開篇，也讓人不禁聯想日後魯迅的《阿Q正傳》。

時人分析漱石風靡的原因，有二：一是用誰都能懂的文章寫誰都常有的事，再是筆調滑稽，有俳句之趣。漱石主張：文章以趣味為生命，文學是吾人趣味之表現。文學越發達，在某種意義上越是個人的東西。不充分展示強大的人格力量就不能說是優秀的東西。他並不把文壇看在眼裡，半個月寫就《旅宿》，給弟子寫信，說「這樣的小說是開天闢地以來不見其類的」。還說過：「是在與世間普通所說的小說完全相反的意義上寫的。只要把一種感覺——美的感覺留在讀者的頭腦裡就行了。此外並非有什麼特別的目的，也因而既沒有情節，也沒有事件的發展。」《我是貓》也不是「給人讀故事的普通小說」。究竟什麼是普通小說呢？那就是自然主義文學。

當時自然主義文學流派勃然而興，大有掌控文壇之勢，漱石不與為伍，就成為一個反動。自然主義派群起圍攻，把《我是貓》貶為「高級落語（單口相聲）」，儘管有意思，但讀完頭腦裡留不下任何印象。形成鮮明對照的是以小說《破戒》開啟自然主義文學的島崎藤村，有人加以比較：漱石寫作快得驚人，而藤村寫作之慢也夠驚人的，但前者不忠實於作品，相反，後者的忠實很讓人滿意。

漱石好用「自然」一詞，卻討厭自然主義，討厭以小說《棉被》確立自然主義文學的田山花袋所主張的「赤裸裸暴露自己」。一言以蔽之，自然主義文學不用想像力，不加虛構或修飾，完全照生活實際自我表白，而表白的每每是通姦、亂倫。這可算犯罪，為世間的常識與道德所不容，所以寫這種普通小說很需要點自我毀滅的勇氣。漱石筆下沒有性描寫，這也為他贏得中流階層的好感。自然主義者讀來，漱石的美文是空洞的，算不上小說。正宗白鳥的批評是自然主義文學觀的典型：《虞美人草》太冗漫，報紙的讀者竟能把這麼漫長的隨筆錄、漫談集當作小說來接受，堅韌地讀下去，實在不可思議。有點像小說的部分模仿通俗小說的形式，卻未能達成，遠不如菊池寬的通俗小說。

其實，漱石壓根兒不要寫「小說」，他寫的是「文」，以固執於語言的意識寫作。《我是貓》中有日記、書信、廣告、新詩、俳句等，豐富多彩。「用言文一致體一氣呵成地信筆寫下來的，有點亂七八糟的文章：『天然居士是研究空間、讀《論語》、吃烤紅薯、淌鼻涕的人』。」比漱石年長三歲的二葉亭四迷於一八八七年發表《浮雲》，是為言文一致運動（白話文運動）的先驅之作。這個運動主要由小說家推進，當然不是方言與文一致，甚而是通過文（文章、文學）對言（語言）強行統一。由於坪內逍遙、二葉亭四迷以及森鷗外等人的努力，漱石上場時，言文已基本一致，近代小說的敘事方式大體上成型。近代「小說」的語言是貧乏的，漱石從「文」的水準予以排斥。自然主義派作家沒有「文」的意識，語言被當作透明的媒介。歷史小說家司馬遼太郎認為，夏目漱石和正岡子規確立了日語。

漱石的「文」是「寫生文」，這是正岡子規宣導的。漱石的弟子芥川龍之介和谷崎潤一郎論爭，在《文藝的，太文藝的》一文中寫道：「夏目先生的散文未必有賴於其他，但先生的散文有借助於寫生文之處是不爭的。那麼，寫生文出自誰手呢？出自俳人兼歌人兼批評家正岡子規的天才。（不限於寫生文，子規對我等的散文——白話文也留下不小的功績）。」子規從西方的繪畫、攝影拿來了寫生，主張如實地描寫物件，進而把這種短歌和俳句的方法論推廣到散文，創生新文體，即寫生文。

子規和漱石是老同學，漱石跟他學俳句，筆名「漱石」也是子規轉讓的。漱石說自己是無害的男人，又不愛多嘴，從來朋友多。子規是松山人，與漱石同年生。自幼跟祖父學漢學，熱衷於漢詩。十六、七歲愛上了和歌、俳諧。寫出《七草集》，請友人批評，漱石寫下了漢文評語，又作《木屑錄》回應。自負多才的子規素知漱石英語非常好，而長於西者，大都短於東，不料漱石不費時日就寫出漂亮的漢文，驚歎「如吾兄者，千萬年只一人，余幸接咳唾」，從此引為知己。漱石和子規的友情在日本文學史乃至日本近代史上留下美談，無與倫比。漱石在《處女作追懷談》中談到：我也是十六歲時讀漢籍、小說等覺得文學很有趣，自己也想幹個試試。可以說，使漱石天才爆發的導火索是子規。

子規在《墨汁一滴》中寫道：「我俳句同好中，俳句發揮滑稽趣味成功的是漱石。」子規搞文學革新運動，核心是俳句，說到底，寫生文無非把散文寫成俳句。俳句是滑稽的，漱石筆下的滑稽植根於俳句精神。他說：「寫生文家對人事的態度不是貴人看賤人的態度，不是賢者看愚者的態度，不是君子看小人的態度，不是男看女、女看男的態度，而是大人看小孩的態度，父母對兒童的態度。世人不這麼想，寫生文家本身也不這麼想，但解剖則最終歸著於此。」這說法與佛洛伊德談幽默相近：「他對其他人採取某人對孩子似的態度，而且，即使對於孩子來說很重大的利害、痛苦，他也明白其實是雞毛蒜皮，微微一笑。」寫生文作者的心態是大人看小孩，不哭地敘述別人的哭，這對於主張一五一十寫現實的自然主義陣營是很大的刺激。正宗白鳥說：整個範圍跟近時其他小說家不同，滑稽可笑地觀看萬事，這是漱石富於俳諧趣味的結果，但並非作品中的人物造成滑稽，而是作家的冷笑批判。也有人憤然：漱石這個人瞧不起人，不管什麼樣的正經事，非弄得不正經才滿意。

日本人談論近代文學，總是不由自主把尋根的眼光轉向西方，何況夏目漱石又是英文學家。他的確有英國式幽默，但滑稽是老東京人的本性。生長在「天子」（將軍）腳下，說話愛冷嘲熱諷，也常說自己是傻瓜。漱石的滑稽還來自老東京（江戶）的落語。上大學預科時，他經常和子規去曲藝場聽落語。「貓」最後說：「好像曲藝場散場之後，客廳冷清了。」

《棉被》率先把西方近代文學的「告白」精神導入日本文學，被視為近代文學的出發點。從自然主義文學到私小說，構成純文學系統，是日本文學史的正宗。漱石自道，既不是自然主義者，也不是新浪漫派作家，「我就是我」。他是寫給不曾「見過文壇的後街小巷」、「受過教育但普通的士人」，並且使讀者「保持精神性健康」，因而被誇示病態的文學家視為「大眾文學」。這就是川端、三島不睬漱石文學的根由所在。

自然主義文學只把自然主義看作「文學」。當這種文學幾乎獨霸文壇時，一九〇七年漱石放棄「大學那樣有榮譽的位置」，受雇於朝日新聞社，專事寫作，「遇見的人都滿臉驚愕」。一九一一年當局不由分說頒發文學博士稱號，他斷然拒絕：我一直以普通的夏目某度日至今，此後也希望以普通的夏目某度日。他在帝國大學只是個講師，而今名氣大了，官方出來摘桃子，焉能不令他來氣。當時全日本只有四、五十名博士，地位之高不是現今可比的，這個拒絕實屬破天荒。漱石寸步不讓，言明：我沒有接受的義務，更何況我認為現今的博士制度功少弊多。

此事不了了之。當局組織知名作家如森鷗外、幸田露伴、德富蘇峰成立文藝委員會，以振興文藝，就不找漱石。他也不裝清高，在報上發表〈文藝委員會幹什麼呢〉，指出：靠官權之力，文藝不可能興隆，反而有害。文藝徹底是個人的東西，政府或文藝委員會充當最後的審判者，美其名曰健全文藝之發達，結果，對體制有利的作品被獎勵，不對路的作品被壓迫。幾年後這個文藝委員會不知所終，而漱石的後塵不乏人步，如八十年後大江健三郎峻拒文化勳章，但要說義正詞嚴，唯漱石長留天地間。漱石講演，聽眾為他敢於頑抗官方而鼓掌，他卻不買帳，說：你們去醫院看病，有醫學博士就不找普通醫生吧。

以評論夏目漱石揚名的江藤淳評論：「小說作者漱石，他作為一步也離不開徹頭徹尾被認為低俗、常讓人感到厭惡的日常生活的生活者而寫作。放棄作為生活者的自己對於他來說就意味作家生活的結束。而且可以說，能這樣使（作為）生活者的自己和作家的自己一致之處有這位作家的真正的獨創。」作為作家的漱石，對於生活者，也就是國民，包括他自己在內，是筆挾嘲諷與批判的。或許可以說，《我是貓》中的苦沙彌是生活者漱石，而貓眼看人，觀察並批判人的愚蠢、滑稽、醜惡的，是作家漱石。

作家往往有自己的歷史「標準像」，例如太宰治高踞酒吧的凳子上，像一堆頹廢，芥川龍之介目光炯炯，彷彿看透了漠然的不安，而夏目漱石是支頭沉思（其實他在為明治大帝戴黑紗）。在全民一窩蜂兒富國強兵的年代，漱石不是單純地讚美近代化，而是超然於自然主義文學潮流之外，對歐美及近代社會的弊端也洞若觀火，並重新審視東方的、日本的傳統。近代化實質是歐美化，輸入物質文明的同時也輸入人生觀、道德觀、社會觀，連真偽、善惡、美醜等的判斷都要向歐美求標準，固有的一切都是偽、惡、醜，這樣的近代化何其滑稽，讓漱石不笑都不行。《我是貓》中痛罵唯利是圖的實業家，二〇〇一年故去的文藝評論家谷澤永一指責反時代、反經濟。與他氣通沆瀣的論客渡部昇一說：「漱石顯得很幼稚，他四十九歲就死了，我已活到七十五歲，讀一個五十歲的人寫的東西被感動，豈不可笑。」

明治歷時四十五載，於一九一二年結束，四年後（一九一六年十二月九日）漱石病故，一生基本於明治相始終。如今讀漱石，欣賞之餘，也是讀明治這個時代。

永井荷風

1879～1959

永井荷風的東京

永井荷風給人的印象，好像他總在散步，要麼就狎妓。

讀《東京散策記》等留作後世談資的隨筆，彷彿看見他頭戴禮帽，手攜洋傘，趿拉著木屐，東京四下裡遊走；讀《掰腕子》等小說又彷彿看見他被藝伎或娼妓或脫衣舞女簇擁著，也不大有笑容。他身歷明治、大正、昭和三朝，著述等身，大致就這麼兩類，前者叫散步文學，後者即所謂花柳小說。一九五二年獲得文化勳章，理由是「創作了很多優秀的作品，兼備溫雅的詩情、高邁的文明批評、透徹的現實觀照三方面，此外，研究江戶文學、移植外國文學也取得業績，在我國近代文學史上留下獨自的巨步」。勳章是體制的獎賞，但他繼續反時代，一如舉國熱衷於戰爭之時。與其說是信念，不如說那就是他的生活方式，躲避與逍遙。

荷風生於一八七九年，明治十二年；琉球被改作沖繩，東京招魂社升格為靖國神社，掛上菊花徽，由陸軍供錢，東京基本是江戶時代的老樣子。他是官二代，十八歲時初涉花柳之遊。一九一〇年當局藉暗殺明治天皇事件大肆鎮壓，「若沒有左拉譴責德雷福斯事件的勇氣，就只好委身於戲作」。戲作，指江戶時代興盛的俗文學。此後他寫出《江東奇談》（原文用了一個日本人造字，代指隅田川，既為翻譯，何必照搬）等小說，描寫花街柳巷的風俗與生態。兩度結婚，都旋即離婚，公言拉家帶口障礙寫作，不再婚。一九五九年孤獨地死在從來不疊的骯髒被褥上。臨死前一天在《斷腸亭日乘》裡記下：「晴，正午大黑屋。」據大黑屋這家飯館老闆娘說，像往常一樣，他吃了炸豬排蓋飯，還喝了一壺酒。

荷風生長在東京。父親赴任日本郵船上海支店長，他跟著去上海逗留兩個月，歸國後入學東京商業學校附屬外國語學校清語科，曠課為常，混到二年級被開除，這是他最終學歷。在學期間發表《上海紀行》，據說是現存荷風處女作。耽讀左拉作品英譯本，撰文介紹這位法國自然主義文學大師。一九〇二年出版《地獄之花》，被森鷗外推許，荷風終生仰之為師。

荷風幼習漢學，但是與老一輩的夏目漱石、森鷗外相比，已屬於把漢詩文當作外國文學的一代。作品《雨瀟瀟》中欣賞王次回，《江東奇談》中翻譯《紅樓夢》的長詩，《斷腸亭日乘》中引用蘇東坡、袁枚、王漁洋等的詩句，中國文學刻骨地影響他文學及人生。在《小說作法》裡曾說：「只要古來的國語存在，有志於文學者要與歐洲語同時掌握漢文素養。」或以為荷風從歐美回來後，回歸東方，其實他從不曾離去。自道：大概我不受人教，早從學生時誦歸去來之賦，又盼讀楚辭，是流淌在明治時代背面的某種思潮所致。留洋只是使他獲得別樣的眼光，異常的高度，譬如一九二〇年出版《江戶藝術論》，就是用他從法國人美術評論家撰寫的文章裡獲得的知識重新認識浮世繪版畫的構圖與色彩，展示植根於憧憬古日本的美學。二十歲拜師學習落語以及歌舞伎，研究江戶文學，但父親怒其甘當無用之人，安排他渡洋赴美學實業。

上船是一九〇三年，明治三十六年，我大清光緒二十八、九年；年初夏目漱石從英國留學回來了，有七位教授聯名敦促首相立即對俄國開戰，前總理大臣伊藤博文說：「沒有比半吊子學問的蠢貨更可怕的了。」就在這一年，東京開始大規模改造，歐美有的要建，歐美沒有的就拆，變成大工地。夏目漱石走在倫敦街頭，為自己的矮小而自卑，荷風似乎沒有自卑感，從照片上看，他是細高挑。五年後（一九〇八年）歸國，東京舊貌換新顏，但對於他來說，面目全非。當年的《讀賣新聞》發表社論，提出了首都東京的景觀問題。

東京這座城市因甲午戰爭得勝而繁榮。江戶時代，商業中心在日本橋，那裡是浮世繪常畫的名勝，而明治時代銀座、新橋一帶摩登了，磚瓦結構的樓房拔地而起，面貌一新。出國之前荷風在《燈火街巷》中寫道：「遠望欄杆上點亮瓦斯燈的新橋方向，格外明亮的銀座街衢猶如被各種燈火的光青白地浮現出來，從其間不計其數的鐵道馬車的燈、人力車的提燈無休止地向各處移動。」欣然描寫了滿目新鮮的城市風景，要他像一位法軍大尉兼作家那樣看出「磚瓦大樓以美國式醜惡聳立著」，尚有待於留洋見識了西方以後。

在美國住了將近四年，然後靠父親的門路去法國，那才是他夢魂縈繞的樂土。從夏到冬末，在里昂住了不到一年。《法蘭西物語》所收的《羅納河畔》中寫道：「黃昏略略失去薔薇色光澤，不知從何處添上發藍的色彩。對岸的小山和人家的屋頂從背後接受明亮天空的光，展現難以形容的清晰輪廓。同時，湍急的河面那打旋的波紋各種各樣，閃耀得幾乎令人目眩，還在邊上垂釣的人影如塑像一動不動。堤上成排的樹木之間瓦斯燈已經點亮，但對於天的光、水的輝，只不過在點點顯示悲傷似的微弱黃色。」文中有畫，像是在欣賞新印象派秀拉的點彩畫作。來法國之前，他已經在芝加哥美術館等處接觸到印象派及新印象派的作品。十六歲時打算進美術學校學洋畫，但家裡反對，未能如願。不少早期作品寫畫家，《法蘭西故事》中三篇以巴黎為舞臺的作品也是以畫家為主要人物。

《美利堅物語》是在美國寫就的，正好在他回到日本時問世，儼然出現了一個新文學大家。轉年出版《法蘭西物語》，未上市即被封殺，出版社要求他退還初版的版稅。隨後小說《歡樂》被禁售。荷風是筆名，本名壯吉，與他一貫反俗的形象有點不相符。十五歲時患病住院，看上女護士，她叫蓮，於是單相思地起了這麼個筆名，或許日本人一般已不知荷與蓮是一回事了。

《歡樂》寫這段初戀，「人能戀幾回呢」，當局卻覺得傷風敗俗。

小說《放蕩》也描寫了香榭麗舍大道「人工巧奪造化之美」。一九五〇年代留學法國兩年多的作家遠藤周作批判永井荷風的生活態度，認為《法蘭西物語》不過是用文學的眼鏡矯正過的描寫，年輕人最不要仿效在東京探求江戶風情的荷風文學。不過，荷風描寫巴黎的美，恐怕也是東京豹變給他衝擊的反動。像留洋的畫家回國後犯愁畫什麼、怎麼畫一樣，荷風描寫東京也同樣犯愁吧。他筆下的東京，比較從前曾有過的姿態與現在的面貌，既有個人的記憶，也有浮世繪、戲曲、讀物中出現的風景。

體驗過歐美，重新審視日本，海歸荷風瞧不起徒有其表的西歐化，既沒有美國的尊重個人，也沒有法國的遵守傳統，有的只是山寨版的淺薄與醜陋。迅猛歐美化造成的城市外觀不適合日本風土。「怎麼也想像不出日本社會能夠像流血革命的西洋那樣」。日本風土產生日本人性格：達觀、忍從、無常觀，與西洋建築以及建造它的精神根本不同。銀座那裡有一座三菱一號館，是美術館，這座倫敦式磚瓦結構三層樓興建於一八九四年，為日本第一座辦公樓。荷風曾嚴厲批評，紅磚的顏色與質感不適於日本風土，可是，歷史捉弄人，現今被精心保護，彷彿鑲嵌在摩天大樓上，變成了東京的景點。每當我看見萬綠叢中一架紅橋時，便覺得荷風的說法別有用心。批判城市景觀也是一個文學家對權力的抗爭。

歸國一年有半，由森鷗外等推薦，荷風到慶應義塾大學任教，講授法國文學及文學評論，同時編輯校內雜誌《三田文學》。自一九一四年六月，正好距今一百年前，開始寫《東京散策記》，在《三田文學》上連載九期，按城市的構成要素分章立言，批評建築及城市。作為編輯，交際擴大，發言更加有分量，因而立場也有所變化，批判的同時，積極地提倡理想的景觀。城市由一個個建築構成，建築是城市的記憶，講述城市的歷史，而且與周邊的環境相關才產生美的效果。像京都、奈良那樣古蹟多的城市，不是一個寺廟一個庭園地保存，而要把整個城市保存下來，獨具城市美。走進一個茶室或酒館，別有洞天，或許有脫離日常之美，但走出來恢復了日常生活，卻可能對城市更加厭惡。一位建築史家說：「城市不單是空間的擴展，而且是故事場所的連綿。」

城市是進步的產物，也是欲望的堆積。愈現代的城市愈是均質的空間，時間也被日曆、時刻表等均質化，人們被迫以迅速化為價值。荷風描寫城市風景，批評城市景觀，寫的是文學，不是文化地理學或城市社會學。他散步，不僅寫成了隨筆，而且散見於小說，景色描寫是他的文學特色之一。讀了它尋訪，那就像他當年拿著江戶時代出版的地圖在大街小巷散步一樣，雖然很可能有按圖索驥之惑。他曾希望東京能留下四樣東西：老樹、寺廟、護城河及渡船。看似懷舊趣味，卻正是這些景物能保持城市的品位，不僅給人以歷史感，而且有安定感，乃至崇高感。居住其間的人們才不會焦躁，產生共感與愛心。荷風散步過的東京後來經歷了一九二三年關東大地震、一九四五年美軍大轟炸、一九六四年東京奧運會，更失去原樣。關於日本，我們中國人常有些沒來由的說法，其一就是誇日本人善於保持傳統。真正傳統的東京在永井荷風的文字裡，誘人探索、夢想、沉思。

一九一六年辭去教職，從此躲進小樓成一統。他給住處取名「斷腸亭」，開始記《斷腸亭日乘》，記了四十多年。後來又蓋了新房，取名「偏奇館」。偏奇是英語油漆的發音。據說館塗成藍色，在現代化東京的一片灰色中，刺眼的程度恐怕不下於紅磚建築。那種顏色審美確實很偏奇，正如其為人。

永井荷風的江戶、法國以及中國

永井荷風卒於一九五九年，迄今早過去了半個世紀。他是東京人，生於一八七九年，比周作人年長六歲，屬於同世代。周作人留學日本是一九〇六年，荷風已出版了兩本小說《野心》和《地獄之花》，「要無所顧忌地活寫伴隨祖先遺傳與境遇的暗黑的幾多欲望、暴力、兇行等事實」，被視為「自然主義作風的先驅者之一」。

我最初從周作人的隨筆中讀到永井荷風，而且跟他一樣，喜愛的是荷風隨筆。當周作人隨筆重見天日而風行乃至風乾的時候，荷風差不多已經被他的同胞們遺忘——日本是健忘的民族。荷風死後，小說家石川淳寫了一篇《敗荷落日》，貶斥他「掉了牙就那麼豁著，精神是僵化的」，但荷風文學除了文學史價值，還具有記錄了歷史的價值，因而近年來勃興江戶時代熱，他的隨筆又時常被提及。倘若對東京發思古之幽情，那就幾乎非引用他的《東京散策記》不可了。

周作人曾忽然覺得好有一比，谷崎潤一郎有如郭沫若，永井荷風彷彿郁達夫，雖然那只是印象上的近似。荷風晚年在千葉縣市川市度過，而郭沫若流亡日本十餘年，也一直住那裡，故居如今是他的紀念館，但挪到了別處的公園裡。荷風榮獲內閣總理大臣頒發的文化勳章，又與川端康成同年被選為日本藝術院會員，勳績卓絕，似乎市川市府對他的紀念卻不過是圖書館裡有一架子他的和研究他的作品，偏巧我僑居的地方距之不遠，時而也站在架前翻閱。若鑒賞荷風作品初版本及手稿，那得去跟他本人毫無關係的埼玉文學館，原來有一位舊書店老闆把長年收集的荷風資料都賣給它。舊書市場上荷風的舊版本是高價商品，這表明他身後有一小撮鐵桿粉絲，不曾被風化。

永井荷風的父親曾留學美國，是明治政府的官僚，同時以漢詩名世。永井家生活是洋式的，荷風從小吃西餐，一副西洋人打扮。所以，他去美國、法國頗有點馬蹄輕輕，不會像夏目漱石那樣在英國滿懷劣等感，鬱悶。荷風十九歲時考學落榜，隨父赴任到上海，回國後旋即入學東京外國語學校「清語科」。兩年後因為曠課太多被開除，從此耽於吹拉彈唱，還學說「落語」（單口相聲），並染指寫作。父親要管教這個不務正業的長子，讓他去美國學英語與實業。一九〇三年十月橫渡太平洋，來到美國。

明治年間日本人出洋，夏目漱石、森鷗外一代是官費，肩負著國家的期待，而荷風比他們晚一代，奉父命，用家財，完全是私費私事，但是從目的來說，整個明治時代唯有永井荷風為了當文學家而出洋。而且，如評論家中村光夫所言，「恐怕再沒有哪位作家像他那樣傾注才能與熱情把法國文學感化變作自己的血肉，巧妙把那裡形成的孤獨的文學理念跟日本傳統相結合。」

當時日本熱衷於文明開化，富國強兵，與英美德相比，不怎麼拿法國當範本，因為它可以傲人的是藝術，況且剛剛在普法戰爭中吃了敗仗。明治維新以降，人們以物質為重，文學藝術成為金錢的跟屁蟲，但荷風憧憬法國，在他心目中法國幾乎是藝術的代名詞。《法蘭西物語》的一些句子今天讀來似不免肉麻，有如那個時代我們的郭沫若詩句，然而那肉麻般的憧憬也正是對時潮的抗拒。

父親在外面儼然一英國紳士，在家中卻是位東方暴君，第一個招荷風反感。到了美國，他就鞭長莫及，荷風用心學的居然是回國後沒有用處的法語。出國之前，他「覺得左拉對舊文藝的那種堂堂的反抗態度非常適合自己的性情，一本又一本，幾乎通讀了左拉」。這是他最初的自我覺醒，那時的作品「全都是左拉的模仿，認為實際觀察人生的陰暗面，寫作其報告書，乃是小說的中心要素」。後來又發現莫泊桑，「起初有心學法語，嗚呼，莫泊桑先生啊，就因為想不靠英語，直接從原文品味先生的文章」。他甚而想絕望時枕著莫泊桑的著書仰毒而死。讀左拉讀的是英譯，由英譯接觸到法國文學，並傾倒一生，對英美文學卻始終反感。身在美國，心向法國，四年後終於如願，前往法國時自信法語比英語好得多。

荷風從美國生活中領會了以個人自由與獨立為基調的市民精神之本質，而初到海外，對自己的同類也較為關注，雖然他討厭人，一貫說日本人壞話。他給友人寫信，說「僑居此地的日本人社會情況實在是悲慘至極。人這東西竟然能為了所謂成功自己把悲慘的命運弄到這個地步，思之不由地厭世。」當時美國有幾十萬日本移民，幾乎都來自農村，荷風走進他們中間，傾聽他們的苦難，寫成了《美利堅物語》，佐藤春夫讚之為日本新文學時代起始的路標。

船抵達勒阿弗爾港，荷風頓時想起法國文學，想起莫泊桑描述的景色，這時他早已熟知的。美國的天空再晴朗也不會這麼藍，情感一下子就融入法國。他從小喜好逛街，在里昂、巴黎逗留兩年，漫步在暗澹的不知通向哪裡的胡同，不知不覺也有了波特萊爾為詩而煩惱的心情。但是跟波特萊爾不同，《法蘭西物語》訴說的不是與群眾在一起的興奮，而是脫離群眾的孤獨、寂寞。「法蘭西的自然所帶來的悲哀中含有難以言表的美，人與其由那種悲哀想什麼、悟什麼，不如直接沉醉於所謂悲哀的那種美，心醉神迷。」他只是一個觀察者，只要用孤獨與悲哀來充實自己的心。莫非因為書中清晰出現了一個利己主義者的享樂身影，繼《美利堅物語》之後印行的《法蘭西物語》竟遭禁，以致初版現今只有十幾本存世。除了這兩本書，荷風文學的主要作品都是寫花街柳巷，彷彿游離於時代之外。

留洋歸來，永井荷風對浮世繪等江戶藝術發生興趣，彷彿從思想上回歸東方，其實不是的。他在法國體會到尊重古典的精神，珍惜舊東西，觀念上轉向古典主義。在他看來，日本的古典即江戶。他把江戶三百年的傳統美與法國十七世紀以後的所謂古典美聯繫起來，其間有一個媒介，那就是中國近世文學。荷風承受法國及其文學的根底是自幼鑄就的日本從中國移植的文人情趣，即便受過儒教的嚴格訓練，這種情趣也近乎頹廢。譬如對女性的態度，荷風是一種文人式的賞玩，所以雖深愛法國，卻終不能接受法國文學中充溢的戀愛觀。荷風的漢文學造詣，據中國文學研究家吉川幸次郎評價，夏目漱石之後，文士中堪為第一。他以漢詩文為功底，文體看似白話，骨子裡卻是文言。他幼學香奩體，後獨鍾晚明詩人王次回。法國文學與中國近世文學的交叉點在哪裡呢？他說得很明白：

一度翻閱王次回的《疑雨集》，全四卷盡是情癡、悔恨、追憶、憔悴、憂傷的文字。其形式之端麗，辭句之幽婉，而感情之病態，往往有對於波特萊爾的詩之感。我不知中國詩集中有像這《疑雨集》一樣的其內容是肉體性的東西，可以把波特萊爾在《惡之花》中橫溢的倦怠衰弱的美感直接拿過來作為《疑雨集》的特徵。

偽善與惡俗似乎是社會進步的影子，荷風認為明治維新以來的日本整個是偽善與惡俗，對它採取不予理睬的態度。他生在東京，是所謂江戶子，甚而在他看來江戶子以外的日本人就不是日本人。谷崎潤一郎的小說《細雪》以京都、大阪那一帶為背景，他讚賞之餘，卻說「有如讀鄧南遮（Gabriele d'Annunzio）的小說懸想義大利風物」。他厭惡現代化的東京，厭惡它充滿欺騙性，有如模仿西洋的建築所象徵的。他喜愛的日本是十八世紀的日本，那是法國人欣賞的日本，在文化的爛熟以及頹廢上與王次回所體現的中國文化渾然一體。對於他來說，黃金時代在過去，他要尋訪已失去的黃金時代的痕跡，滿懷鄉愁。

荷風為人孤僻，一生我行我素，家裡有人就不能安身執筆，所以戰後住在市川市，卻借用相鄰船橋市的友人別宅寫作。說來日本人好像有一種上班族天性，作家都不愛在家裡伏案勞形，而是另外找個地方當工作室，每天出勤去創作。荷風對吃喝不感興趣，滯在巴黎八個月，《法蘭西物語》幾乎沒寫到美食。他死前常去附近一家叫大黑屋的餐館用餐，一壺熱酒，一碟鹹菜，一碗蓋澆飯，那個餐館就把它叫作荷風套餐，以為招徠。我特意去吃過，不禁感歎：嗚呼，荷風先生，何苦丟下了那麼一大筆遺產。

志賀直哉

1883～1971

從暗夜走出來的路

文學家大岡昇平說：志賀直哉是日本近代文學最高峰，明治以來的長篇小說只舉出一部的話，那就是《暗夜行路》。

志賀直哉回顧人生，說：「數數我受到影響的人，最稱心的，師是內村鑑三，友是武者小路實篤，親屬當中是我二十四歲時以八十高齡去世的祖父志賀直道」。

他出生在宮城縣石卷市，兩歲時隨家移居東京，由祖父母撫養。相馬藩主病故，身為管家的祖父一度以毒殺的嫌疑被捕。志賀說這是他「人生第一件慘事」。十二歲時母親去世，父親再娶。志賀曾一夜寫就《母親之死與新母親》，有人問他喜歡自己的哪個作品，他常舉出這個短篇，因為「小說中的我是感傷的，但寫法不感傷」。父親是他成長的對立面，影響也不可低估。

一九〇一年發生礦毒事件，已師事基督教思想家內村鑑三多年的志賀也要跟同學去現場考察，與礦主有關係的父親大加反對，終未成行，從此與父親反目。二十四歲時要和女傭結婚，又遭到反對，和父親的關係更其惡化。轉年從東京帝國大學退學，父親對他愈發失望。從事文學也是父親不滿的。

學習院是貴族學校（原為官立，一九四七年變成私立），陸軍大將乃木希典當院長的一九一〇年，志賀直哉、武者小路實篤等愛好文學藝術的年輕人創辦了一個同人雜誌，叫《白樺》。一九二三年關東大地震時收攤，堅持十三年，為日本文學史留下「白樺派」。耐人尋味的是，學習院的歷史上，這一批作家以後，直至三島由紀夫脫穎而出，沒出過像樣的作家。白樺派淨些官二代、富二代，不愁吃不愁穿，起初無志於文學或藝術，只是玩玩罷了。

他們的共同之處是厭惡風靡一時的自然主義文學，愛讀托爾斯泰、莫里斯·梅特林克，也受到西歐現代藝術感化。《白樺》的內容不限於文學，也介紹西方美術，一般日本人這才知道了羅丹。大概除了有島武郎之外，都不關心政治，有一種貴族式孤高，或者說貴族的堅毅，自我肯定，「自己不知道的事情沒用處，自己不理解的事情無意義」。志賀更是「觸犯自己的神經即為惡」，絕不像自然主義作家那樣，用自憐與自卑相雜的眼光把自己描寫成受難者。武者小路實篤代表白樺派思想，志賀直哉則代表白樺派藝術，最具影響力。對於志賀來說，畢生至交的武者小路是巨大的存在，但武者小路貫徹純潔主義，而志賀徹頭徹尾是享樂主義。

夏目漱石比志賀大十六歲，《白樺》創刊這一年，他在報紙上連載小說《門》。同年，比志賀小三歲的谷崎潤一郎以小說《刺青》出道。發表在《白樺》創刊號上的短篇小說《到網走》是一篇不像小說的小說，嶄露了志賀文學的特色：不加修飾與誇張，照實寫自己所見、所聞、所觸、所感。一九一二年在當時的權威刊物《中央公論》上發表《大津順吉》，第一次拿到稿費。這個中篇小說寫的是他在內村鑒三門下學習基督教，經歷人生最大的哲學體驗。他並沒有成為基督徒，大概首先受不了「不姦淫」的戒律。一九一七年的《和解》寫他與父親從不和到和解，但作為傑作，這裡沒有故事，只有語言，天然去雕飾的老嫗能解的語言。《在城崎》寫他被電車撞傷，一個人去城崎溫泉療養，看見各種死，感慨系之矣，自省撿了一條命。這些作品與其叫小說，不如稱之為文章。志賀曾自道：「若論我，小說與隨筆的境界甚為曖昧」。這種「曖昧」是志賀文學的最大特色，也正是日本文學的傳統。評論家加藤周一指出：志賀的文章好，一看好像誰都能寫，其實寫不來。

志賀直哉不具備谷崎潤一郎那樣的大結構能力，也不似芥川龍之介博洽，活了八十八歲，作品不算多，其長處在於文體，簡潔而精準，也藉以彌補故事性不足。志賀筆下使用的語彙相當少，也不用生僻的意思。他的文章自有一種沒有技巧的技巧。芥川龍之介輕蔑自然主義作家寫不來文章，敬佩志賀是自己文學創作上的理想，甚至他震撼文壇的一死也是對《暗夜行路》作者的全面屈服。倘若從什麼樣的文章更適合於小說來看，芥川比志賀略遜一籌。

芥川龍之介與谷崎潤一郎論爭，以志賀直哉的《篝火》為例，主張小說沒有情節也無妨。芥川自殺後，谷崎潤一郎寫《文章讀本》，例舉志賀直哉的《在城崎》，寫道：「故芥川龍之介把這篇《在城崎》列為志賀最好的作品之一，能說這樣的文章不是實用的嗎？這裡描寫了來溫泉療養的人從住處二樓看見蜂的死骸的心情和那死骸的樣子，那就用簡單的語言活靈活現地表現。用這樣簡單的語言鮮明狀物的本事在實用的文章裡也同樣是重要的。作者並不用難懂的詞語或措辭，都是跟普通我們記日記或者寫信時一樣的詞句，一樣的說法，卻描繪入微。」志賀被認為是文章寫得最好的，有個叫直井潔的作家竟然把《暗夜行路》整個背下來。志賀直哉確立了近代語文的基本模式，被譽為「小說之神」，幾乎一個人代表了近代文學。可能因為他手裡有台糖的股票，箱根的土地，以創作為本位而無憂，無須靠字數賺錢，改稿就用力做減法，字數越改越少。志賀的文章向來是語文教育的範本，但近年從教科書上減少，文學終究奈何不了時代。

「小說之神」的說法是套用他的小說題目《小僧之神》，一字之差，本來半開玩笑的說法卻弄假成真。確立以自我為中心的道德觀的《範的犯罪》（一九一三年）、做了善事卻覺得落寞的《小僧之神》（一九二〇年）在二十世紀日本短篇小說中也屬於上乘。準確地說，志賀是短篇小說之神，他一生只寫了一部長篇小說，那就是《暗夜行路》。

一九一三年末，夏目漱石通過武者小路實篤約志賀直哉為東京朝日新聞寫連載小說，他大為高興，動筆寫《暗夜行路》的前身「時任謙作」，但過了半年，似乎是知難而退，向夏目漱石推辭。夏目誇過他：「在藝術上是忠實的，他有一種信念，不是有自信的作品就不發表。」卻只怕這次推辭也成為心理壓力，三年後夏目漱石去世才得以解脫吧。《暗夜行路》終於自一九二一年一月在雜誌《改造》上連載，翌年出版《前篇》。接著連載後篇，卻像是難以為繼，中斷過九年，一九三七年方告結束。曠日持久，結構的鬆散幾乎是不可避免的，卻也自然釀出了日本文學傳統的隨筆性風味，簡直是「東方的睿智」。川端康成的《雪國》不也是斷斷續續寫了十多年麼。

《暗夜行路》裡主人公時任謙作是祖父和母親所生，當然是虛構，但虛構也自有來由，志賀在《續創作餘談》中寫道：

我不懂事的時候，父親曾去過釜山的銀行工作，還去過金澤的高中會計科工作，那時我的母親留在東京。而且，我十三歲時母親三十三歲死去，祖父在母親的枕邊哭出聲：天可憐見，還沒有真正享受就死了。父親當時卻沒哭。此印象留到後來變成我對父親的反感，一想像自己也許是祖父的孩子，這種記憶一下子以完全不同的意義在我心裡復甦了。

不過，祖父是世上他最尊敬的三四人之一，所以要另找個模特當小說裡的祖父，正好有一個出入他家的花匠，他討厭這個把家產敗光、聽命於兒子的沒出息老人。時任謙作的原型基本是志賀本人，而謙作之妻直子，他本來儘量不要寫成自己的內人康子，起初體格等完全是別人，但不知不覺地漸漸就寫成跟康子相近的人物了。

志賀曾說過，西歐作家們把通姦寫得過於輕鬆，而且對通姦的妻子給予同情，他看了大為不快。既然寫自己身邊事，要正確評價其作品就必須瞭解作家的實際生活。志賀也有過外遇，跟京都祇園小路茶屋的女傭，五大三粗，好像他就喜歡這樣的女性。康子發現了，他卻不肯表態跟情人分手，康子說「那我就不活了」，他只好說分手。

小說家阿川弘之是志賀直哉推上文壇的，從志賀六十三歲交往到八十八歲去世，撰著了評傳《志賀直哉》（但阿川說他只「傳」未「評」，作者評起來就讓人不知傳誰了），寫道：「直哉的心情絲毫未收斂。若探究真心，全無跟女人分手的意思。不過是用給她錢的形式欺騙妻，欺騙自己，也欺騙那個女人罷了。」雜誌《改造》約志賀寫小說，總算寫出了一篇《瑣事》，偏偏寫的是自己瞞著妻去見那女人的隱情。樣本寄到家裡，他撕掉《瑣事》那幾頁，以免被康子看見，卻不料康子的熟人看見了，寫信來打聽。為什麼非暴露自己見不得人的老底不可呢？這就是西歐自然主義在日本無能地異化所造成的文學認識或理念，哪怕毀了家庭或本人的生活，也必須追求真實，把它寫出來，那就是文學，那才是文學。或許也不無受虐的快感吧。

這種日本文學近代化的特產叫「私小說」。它的故事不是「編」的，而是「真」的，真人真事。《暗夜行路》裡母親通姦生了他，娶的媳婦也通姦，時任謙作是怎樣的心境呢？中野重治批評這個小說是「自用」小說，沒有昇華為「通用」，「戶籍上叫志賀直哉的人在這裡為收拾他的心寫這個發表」。時任謙作最終在大自然中得到淨化，寬恕了一切。不止於赤裸裸暴露個人的生活以及醜惡，逐漸提純「私」（我），與生活調和，就叫作「心境小說」，志賀直哉的《在城崎》是一個典型。

《暗夜行路》不僅是志賀直哉的代表作，也是近現代日本文學的代表作。從一些作家的記述足以見得它當年影響之大——

芥川龍之介在《齒輪》中寫道：「我躺在床上讀起了《暗夜行路》，主人公的精神鬥爭一一對於我有切膚之感。和這個主人公相比，我覺得自已多麼蠢，不知不覺地流淚。同時，淚又不知不覺地給了我的心情平和。」

宮本百合子在《兩個院子》中寫道：「前一陣子寫長的小說時，伸子一直在桌子上放著的是《暗夜行路》。」

這裡的「我」和「伸子」讀的只是前篇，《暗夜行路》前後篇收入志賀直哉全集出版是一九三七年十月，盧溝橋事件已發生。小津安二郎在入侵中國的戰場上讀到了岩波書店一九三八年出版的文庫版全本《暗夜行路》，記在日記裡：搭乘去安慶的客貨兩用船，「不斷想起時任謙作乘下行船去屋島。讀完已十來天，仍有點神韻縹渺，感動猶新，快哉」。

日本近代文學研究家紅野敏郎也曾被徵兵，回憶：當了一年俘虜，一九四六年夏天復員後寄居親戚家，忘了饑餓捧讀《暗夜行路》，背負不屬於本身責任的命運考驗的時任謙作決定性影響了以後的人生。

戰敗後，既有評論家中村光夫那樣否定志賀直哉，也有予以肯定如評論家本多秋五。志賀人生最後二十年間，除了小品和書信，幾乎什麼也不寫。他不大讀書，幾乎沒讀過戰敗後文學，就戰敗後文學發言多屬於即興。從未見過太宰治，也很少讀他的作品，但戰敗後太宰治一躍為流行作家，出現太宰熱，一九四七年九月志賀在「談現代文學」座談會上就被問到對太宰治的印象，於是說：「我討厭，裝瘋賣傻，這種樣子讓人喜歡不起來。」後來又批評太宰治的《犯人》和《斜陽》，「沒意思」「滿紙大眾小說的蕪雜」「貴族女兒使用的語言好像鄉下來的女傭」

云云。

身為文壇大老，頻頻被請去開座談會，話題差不多，結果就像是定向的反覆攻擊。太宰治可不是好惹的，立馬在雜誌《新潮》上發表《如是我聞》予以猛烈反擊。文藝評論家奧野健男說：「對志賀所代表的既成文學的批判是文學史上留給後世的紀念碑式的文章。《如是我聞》使戰前私小說完全喪失了權威，成為戰後新文學的進軍號。」不久後太宰自殺，志賀懊惱自己的不慎發言是不是他尋死的一因，撰寫《太宰治之死》。太宰治、織田作之助大罵志賀，坂口安吾甚至說他倆被志賀直哉氣死了。中村光夫說這些無賴派是「窮鼠反噬」，卻無力衝破志賀的權威之壁。既畏懼巨人，又渴望站到巨人的肩上，採取的策略往往是謾罵，這樣的例子在大陸作家中也屢見不鮮。

志賀直哉向來不關心社會問題。讀東京帝國大學，讀了兩年英文學科，又轉入國文學科，沒多久退學。文學家中村真一郎問過他，寫那樣的文章受誰影響，答曰「小泉八雲」，這位入贅日本把日本捧上天的英國人作家的英語文章很簡明。志賀懂英語，不懂法語，但正當日本被美國佔領不知何去何從的一九四六年，他發表三千字隨筆《國語問題》，主張用法語取代日語，因為法語是「世界上最好的語言，最美的語言」「有邏輯性的語言」。此話當真？那他一輩子的文體功業先就泡湯了。

「已不是戰後」以後，人們對志賀的主張仍耿耿於懷。日本語學家大野晉說：把志賀當「小說之神」足見大正年代、昭和初年的日本人把握世界之淺薄。文學家丸谷才一說：考慮到志賀是用日語寫作的代表性文學家這一要素，我們不禁為近代日本文學的貧瘠與程度之低而害臊。三島由紀夫也說：戰後竟然有文學家說要把日語改為法語，我珍重日語，要是失去它，日本人就失去靈魂。不過，若往好裡想，莫不是志賀覺得倘若非滅了日語不可，那麼，寧用法語，也不用佔領軍的語言。擁護志賀說也代不乏人，例如當過東京大學校長的蓮實重彥，他是巴黎大學博士。

志賀愛遷居，平生搬了二十六次家，小林多喜二登門造訪還留住一宿是奈良，芥川龍之介訪他則是千葉縣。在奈良租房四年，結廬九年，完成了《暗夜行路》。高畑的舊居如今為奈良學園所有，修葺復原，或可憑之遙想當年被稱作高畑沙龍時高朋滿座的情景。千葉縣我孫子市有個白樺文學館，好像「我孫子」這地名常被我們當笑話，卻很少有人去那裡一遊。

谷崎潤一郎

1886～1965

谷崎潤一郎和女人以及文學

說到谷崎潤一郎，最有趣的就是他出讓老婆，成為日本近現代文壇的一個事件，也堪為人類協議離婚的典範。來龍去脈是這樣的：

谷崎生於一八八六年，東京人，年屆而立，在文學上早已立業，這時和小他十歲的藝妓石川千代子結婚成家。千代子的姊姊初子也當過藝妓，是谷崎的情人。谷崎轉年在隨筆中寫道：跟現在的妻不是因愛戀而結婚。他是色情受虐狂，喜歡壞女人，而千代子低眉順目。多次寫殺妻的主題，就是要表達對現實生活中的千代子的厭惡吧。佐藤春夫曾目睹他用手杖打千代子，對千代子由同情進尺為愛情。谷崎瞞過似乎有一點愚鈍的千代子，誘惑她妹妹聖子。這妹子十六歲，肉體正介於男女之間，而且屬於妖婦類，谷崎的名作《癡人之愛》以她為原型。谷崎打算娶聖子，跟佐藤半開玩笑，出讓千代子。哪曾想聖子不要跟谷崎結婚，她愛上男演員，而把她送上銀幕的卻正是谷崎。若這般雞飛蛋打，留給谷崎的就只有孤獨，於是他反悔，佐藤與之絕交。

此事被稱作小田原事件，發生於一九二一年，谷崎居家小田原。雖然不屬於得勢的自然主義流派，但二人也都把此事照實寫出來，谷崎寫的叫《神與人之間》。

一九二三年谷崎在行駛箱根山間的巴士上遭遇關東大地震，他本來愛搬來搬去，就此舉家遷移關西。寫作也多變，在仍然聞得到王朝文化氣息的關西之地轉而向歷史取材，文體又變得古色古香。文藝評論家小谷野敦說：「他國怎樣不知道，但是在日本，不限於私小說作家，素材盡了就開始寫歷史小說的作家有好多。三田誠廣是這樣，連谷崎中年以後也寫了取材於歷史的《盲目物語》、《少將滋幹之母》等，因為實際人生完全不起波瀾以供寫小說。」他出版過《谷崎潤一郎傳》，卻好像忽略了谷崎寫歷史題材那些年結婚離婚，人生真所謂波瀾萬丈。

《癡人之愛》（一九二六年）是谷崎文學前期集大成，而《吉野葛》（一九三一年）是谷崎文學的「第二出發點」，此後接連推出了《盲目物語》、《武州公秘話》、《春琴抄》、《聞書抄》等古典主義名作，構成他文學生涯最豐饒的一個時期，一九三七年至三九年專心把《源氏物語》譯成現代日語，則是他回歸古典的極致。

關於歷史小說，谷崎的看法是：在日本，文學與歷史的關係自古極密切，但現在大部分寫現代，把寫歷史趕到了所謂大眾文學的範疇。「我並非主張把寫歷史作為文學的正統，但作家、評論家都全然不注意，只描寫日常身邊瑣事、就此議論紛紛的文壇實在是限界狹小，一條腿走路。當然要正視現代的文學，而再現過去的文學也絕不可忽視。」

《盲目物語》、《武州公秘話》、《聞書抄》等都是以戰國時代為素材，為什麼看中這個時代呢？《亂菊物語》的導言寫道：「作者著眼於這個時代不是為發掘世上不顯露的史實或人物，而是因為對於作者來說，有自由空想的餘地。隨心所欲地解釋誰都知道的事情，或者改寫，對古人對今人都覺得可恥，所以在這種拘束比較少的舞臺上放開手腳寫。」

大正天皇崩，一九二六年十二月二十五日改元昭和，元年只存在六天。這一年佐藤春夫也戀上妻子的表妹，豁然理解了谷崎的心情，兄弟們彼此彼此，握手言和。佐藤寫了一篇《潤一郎，人及藝術》，為評價谷崎定下基調。他認為谷崎「沒思想」，但谷崎不信奉自殺的美學，一輩子活得很來勁兒，哪怕躺在墳墓裡也歡快地叫喊。對自然主義文學不以為然，也不大與文壇交往，戰爭期間是最不跟軍政府合作的作家。一生執筆不輟，文思從不曾衰竭。

一九三〇年谷崎、佐藤、千代子三人聯名，石版印刷了一紙文告，周知各處：谷崎與千代子離婚，佐藤和千代子結婚。各報當作八卦新聞競相報導。這個讓妻事件被他寫成小說《食蓼蟲》。正宗白鳥說：「《食蓼蟲》、《盲目物語》等幾個物語風格的作品即使只其中一個兩個也足以與平安朝的物語文學為伍，岸然立足於文學史。」

谷崎不僅跟聖子偷情，還別戀著沒什麼文化的女僕絹枝，一度打算離婚後娶她。一九三一年再婚，女方是小他二十一歲的古川丁未子，發表《吉野葛》，接著是《盲目物語》，而後開始在《新青年》上連載《武州公秘話》。兩三年前為作品裡運用大阪話結識丁未子，後來介紹她當記者。《武州公秘話》卷之六寫道：「他與松雪院夫人的新婚生活，不出兩三個月便有了問題，他把十五歲的年輕新娘，依自己喜好的樣子去打造，結果卻徹底失敗，他的心，再度飛向牡鹿山情人那邊，甚至比以前更熱烈地想念。」這年輕新娘就是丁未子，而熱烈地想念的牡鹿山情人是根津松子。

谷崎是一九二六年邂逅松子的。那年他和芥川龍之介發生論爭，這是谷崎平生最大的一場論爭，以芥川自殺收場；他是在谷崎四十一歲生日那天自殺的。論爭歸論爭，照舊是好友，看完戲，吃過飯，一女人求見，她就是松子，原來是芥川的粉絲。谷崎跟松子大跳其舞，芥川作壁上觀。跳舞是以前住橫濱時跟西洋人交際的成果，那時的作品也帶有西洋趣味，但運動神經不發達，舞步笨拙。他們論爭什麼呢？芥川提倡「沒有像故事的故事的小說」，也就是最近乎詩的小說，而谷崎針鋒相對，以《大菩薩嶺》、司湯達的小說為例，主張小說需要有情節。為實踐這一主張，特意把「變態性欲小說」《武州公秘話》發表於並非純文學雜誌的《新青年》。

被稱作「天下第一奇書」，既為奇書，故事自然是虛構。武州公身高五尺二寸，這跟谷崎一樣，也是寫他本人。武州公當人質時看見幾個女人用熱水洗敵人的首級，其中一個十六、七，給首級洗髮，結紮，不時無意識地盯著微笑，臉上浮現天真的殘酷，他覺得她美極了，甚至自己也想當一顆那樣的首級。這種受虐狂的快感，在當時作為一種新趣向被文壇及讀者接受，如今也讓人覺得新奇好玩吧。

谷崎早已和松子私通，卻是跟丁未子結婚，障礙或許是松子有一雙兒女。他給松子寫信：「尤其這四、五年來，托你的福，覺得打開了自己的藝術瓶頸似的，我沒有崇拜的高貴女性就不能從心所欲地創作。」、「其實，去年寫《盲目物語》等也始終把你放在心上，自己就當那按摩的盲人。今後托你的福，我的藝術境界一定會豐富。即便不在一起，但只要一想到你，就湧起無限創作力。」

《盲目物語》用盲人講述的形式描寫織田信長的妹妹阿市的悲劇一生，歷史故事與現實女人結合在一起。盲人為高貴的阿市按摩，用手指感覺其容姿。谷崎自道，松子是阿市，盲目按摩人就是他本人。兩年後跟丁未子分居，和松子同棲，開始寫《春琴抄》，五月離婚，這個谷崎文學的巔峰之作完成。川端康成評：『如此名作，惟歎息而已，無話可說。』，正宗白鳥評：「雖聖人出，亦不能插一語。」

一九三五年初谷崎與松子結婚，她帶著妹妹和孩子。開始在報紙上連載《聞書抄》，副題是《第二盲目物語》，像《春琴抄》一樣用自由自在的講述形式。連載小說須日日伏案，谷崎終於受不了，中斷歇氣。而且在家裡寫不下去，必須換地方，把參考書籍帶了去，多得讓站務員大驚。

谷崎總結兩度結婚失敗的原因：「藝術家是不斷夢見自己憧憬的、比自己遙遙在上的女性的，可是大多女性一當了老婆，就剝下金箔，變成比丈夫差的凡庸女人，所以不知不覺又另外追求新的女性。」

不過，女人這盞明燈很費油。處理和聖子的關係曾破費一大筆錢，以致讓谷崎咒罵自己「可恥的弱點」。《春琴抄》每次寄出十幾張原稿都要催稿費，恐怕也是為負擔丁未子分居的生活費用。離婚後丁未子說：自己心臟有問題，可能活不了三年，但願潤一郎能給她三年錢。《貓和莊造和兩個女人》（一九三五年）的模特是丁未子。

松子懷孕了，谷崎寫道：「一想到她成了我孩子的母親，就覺得她周圍搖曳的詩和夢消失淨盡」「那樣的話，也許像以往一樣的藝術之家崩潰，我的創作熱情衰退，什麼也寫不出來了。」松子彷彿是文學女神，但有人說，這是松子在谷崎死後製造的一個神話。她墮了胎。一切都是以文學的名義，藝術第一，當我們欣賞谷崎文學時也應該感謝他身邊那些為藝術做出了犧牲的人。不過，從谷崎寫給中央公論社長嶋中雄作的上百封信來看，驅趕他創作的更像是還債。

《武州公秘話》為錢而作。他不是書出了之後拿版稅，而是還沒出就預支，信中寫道：《盲目物語》「反映作者的國史趣味乃至和文趣味」，而《武州公秘話》是他「近來最有自信的東西，通俗有趣，這一點和《盲目物語》不同，堅信必定相當有銷路。相信哪裡把它簽約出版，都會借給我初版版稅的一半」。倘若書賣不出去，預支的版稅就必須退還，但好似蛇吞下青蛙，哪裡還吐得出來呢。

谷崎出生在東京的日本橋一帶，是所謂江戶子。江戶子沒有隔夜錢，改造社長山本實彥說谷崎就是個標本。谷崎在《我的貧乏物語》中記述，每月需要一千元，以一張原稿十元計，每月需要寫一百張稿紙。但二百張稿紙的《盲目物語》寫了四個月，將近一百張稿紙的《春琴抄》寫了三個月，所以他窮困的重大原因之一是寫得慢。他也闊過，那是一九二六年末，因關東大地震而瀕臨破產的改造社孤注一擲，出版《現代日本文學全集》，一元一冊，交錢預訂，大獲成功，在出版史上掀起一場聲勢浩大的全集熱，文學大普及，大大的鼓起作家的腰包。谷崎家每晚一本本給書蓋印，劈劈啪啪，鄰居以為這家是開什麼鋪子的。一九二八年用版稅置地，親自設計建豪宅，過上這輩子最奢華的日子，結果債臺高築，不過四年把土地房屋易主，甚至典當衣物。寫信道：「當前，每月寫隨筆，直到還上那筆債」，便寫了《懶惰之說》，想來債主讀了也忍俊不禁，但他沒做到月月寫。東忙西忙，屢屢違約，一些作品也寫得虎頭蛇尾。

畢竟是江戶子，谷崎從不為錢犯愁，處之泰然，說：「雖然貧困，幸而我目下創作力充實，今後一、二年要寫的東西山積。」倘若他日子過得滋潤，或許寫不出這麼多作品。接受嶋中雄作的建議把《源氏物語》譯成現代語，苦鬥四年，首印多達十七、八萬冊，一舉脫貧，此後要動腦筋的是如何節稅了。

川端康成評說：「從明治至今的文學興隆之中谷崎是最豪華、成熟的一大朵，百花之王牡丹花。」但到底怎樣地豐富、多彩、妖豔、優雅，還得自己讀。

芥川龍之介

1892～1927

芥川不語似無愁

芥川龍之介二十二歲，那是大正三年（一九一四），就讀於東京帝國大學英文科，在《新思潮》上發表處女作《老年》。大正十五年（一九二六）十二月二十五日天皇駕崩，改元昭和，半年後，芥川續寫完《西方之人》仰毒自殺。他的文學整個是大正時代的文學。歷經明治、大正、昭和三朝的文學家佐藤春夫說：芥川比谷崎潤一郎或菊池寬更適於代表大正這個時代。

小島政二郎自傳性小說《眼中的人》翔實記述了大正文壇，有史料價值。對於他來說，芥川龍之介亦兄亦師，初次拜訪，正當芥川結婚第二天：「來客接踵，不大工夫書齋就滿了。主人跟誰都有話說，無人向隅。時而夾雜機智的議論，聽得我不禁為主人的博識咋舌，彷彿被理論的精闢洗耳。」

在小島眼中，芥川「像女人一樣的長睫毛給秀麗的容貌平添了一抹陰翳」。

年輕輕的，第一個作品寫的是「老年」，令人聯想太宰治的處女短篇集，叫《晚年》。芥川早熟，體弱，對於非現實的怪異感興趣。《老年》很顯得老成，雖然多少也露出幼稚，甚至有一點炫耀與裝腔作勢，但充足具備他的文學特色，不過，其中飄溢的江戶趣味與陋巷情緒後來的作品裡再未出現過。厭惡這種趣味及情緒，乃至否定永井荷風的小說《隅田川》為「庸俗可哂」，莫非因為他就出身於那裡——傳統的江戶，現實的東京。

東京叫江戶的時候祖上已定居於此，芥川一八九二年生在東京，一九二七年死在東京，一生基本在東京度過，純粹東京人。永井荷風、谷崎潤一郎以及三島由紀夫也都是東京人，他們有相似之處，那就是趣味和感覺遺傳了江戶文化的洗練，藝術感受性特別敏銳，追求形式，強烈地關心文體與結構，具有唯美的、城市的、理智的傾向，纖細華麗典雅，與大都出身於地方、拋棄家庭的自然主義作家形成對照。生長在老城陋巷（日本叫「下町」）的人搞文學，要麼現實主義地描寫其間的生活、人際關係及其獨特的哲學，要麼脫離現實，另外虛構一個理想的舞臺。評論家吉本隆明言道：「芥川這個作家畢生拘泥於自己是中產下層階級出身。對於他來說，出身階級的內幕是最該厭惡的（伴隨自我厭惡），便試圖憑超群的知性教養否定這一出身而飛揚。」陋巷出身與身處知識人世界的乖離造成芥川人生觀的虛無，而江戶時代的怪談趣味在他筆下表現為神秘、怪異、超現實。

芥川沒有把短篇小說《老年》收入第一作品集。繼《羅生門》之後，一九一六年發表《鼻子》，表現了不能本然活自己的悲哀，得夏目漱石青眼，一步登上文壇，所以通常將此篇視為他出道之作。漱石在「心情兼有痛苦、快樂、機械性」的狀態中寫信給芥川，誇讚：「覺得你的東西非常有意思。沉穩，不戲耍，自然而然的可笑勁兒從容而出，有上品之趣。而且材料顯然非常新。文章得要領，盡善盡美。這樣令人敬服的東西今後寫二三十，將成為文壇上無與倫比的作家。然而《鼻子》的高度恐怕很多人看不到，看到也都置之不理罷，別在乎這種事，大步往前走。不把群集放在眼裡是身體的良藥。」《羅生門》寫的是以惡凌惡才能活下去，這是人世的真相，也是芥川的人生觀。「善與惡不是相反的，而是相關的」。「外面只有黑洞洞的夜」，一句景色也道破人生與人心。《羅生門》和《鼻子》這兩篇小說基本上確立了芥川的創作方法，也規定了芥川文學的方向。

夏目漱石忙於寫作，騰出星期四（木曜）待客，稱作「木曜會」，也就是文學沙龍，形成了漱石門下。一九一五年冬，芥川跟著久米正雄鑽進漱石山房的門。他回憶：「進夏目先生門下一年左右之間，不單藝術上的訓練，而且發動了人生的訓練。」芥川終生稱漱石為先生，執弟子禮，但若看其小說，他實乃森鷗外的忠實徒弟，那種明晰端麗就是從鷗外的歷史小說學來的，鷗外對芥川文學具有實質性影響。他也稱鷗外為先生。

《老年》和《鼻子》均發表於《新思潮》。這是個同仁雜誌，創刊於一九〇七年，時斷時續，一九七九年第十九次停刊。芥川參與第三、第四次復刊，這兩次《新思潮》雜誌的作家群被稱作「新思潮派」。初期《新思潮》的文學史意義在於反自然主義運動。自然主義派的一定之規就是從身邊日常的平凡生活造作文學，芥川與之對抗，從書齋的讀書中產生作品。

他崇拜法朗士，在《澄江堂雜記》中贊同其說法：「我了解人生不是和人接觸的結果，而是和書接觸的結果。」自然主義作家把豐富人生經歷擺在首位，芥川看似不大把本人的生活體驗直接反映在作品裡，卻也同他極為厭惡的島崎藤村一樣，不是無中生有，筆下的人物是古代王朝的平凡人，而心理是大正時代的小市民，當然與他人生不無關係。他說過：「我的小說多少也是我的體驗的告白，但諸君不知道。諸君勸我的是以我本身為主人公，恬不知恥地寫我身上發生的事件。」自然主義者以自我暴露為能事，在他們看來，芥川賣弄技巧，炫耀學問，把文學當作遊戲，不說「真話」。芥川出生於小康人家，沒吃過苦，一帆風順，教兩年書就躲進書齋裡寫作，從古今東西的書本討素材，因而作品裡幾乎看不見廣闊的社會現實和深刻的生活鬥爭，氣場比較小，卻也是無奈的事實。芥川的藏書現今收存在日本近代文學館的芥川文庫中。

發表於一九二七年的《玄鶴山房》充分展示了芥川文學的成熟，筆法質樸，簡直不像出自他的手，連癡迷自然主義小說的評論家也予以好評。在為數眾多的作品中，有人說《玄鶴山房》第一，正宗白鳥則推舉《地獄變》，志賀直哉讚賞《一塊土》，久米正雄鍾情於《蜃氣樓》，而川端康成認為《齒輪》好。各有所好，足以表明題材與手法之多彩。芥川的作品可分為幾類，人們最熟悉的是那些取材於歷史的小說，如《羅生門》、《鼻子》、《芋粥》都是以平安時代的風俗為背景。芥川的唯一弟子堀辰雄說：「他終於沒有他獨有的傑作，他的任何傑作都帶有前世紀的影子。」

芥川的作品不僅是文學的，而且是才學的。據考證，至少六十餘篇小說有來處，原典用得最多的是《今昔物語》。大約成書於十二世紀前半的《今昔物語》從各種資料彙集千餘說話，分為天竺五卷、震旦五卷、本朝（日本）二十一卷。一則一兩百字的說話被芥川拿來創作成五千來字的現代小說《羅生門》。《竹林中》的出典也主要是《今昔物語》；小說主人公是失業的下級武士，為今後的生活而苦惱，想活只有當強盜，以惡凌惡，機智地寫活了異常狀態下人物心理的一步步變化。黑澤明據之改編成電影《羅生門》大獲成功，把芥川文學推向世界。

芥川也多從世界文學獲取靈感，吸納手法。大概果戈里的《鼻子》讓他懸想別的「鼻子」，藉以揭示「旁觀者的利己主義」：同情別人的不幸，但看見別人掙脫了不幸，又感到不滿意了，甚至有敵意。《芋粥》簡直像摹寫果戈里的《外套》，漱石批評它過於「細敘絮說」，雖說上帝在細部。《偷盜》與梅里美《卡門》人物類似。《竹林中》主題是對於女人的心極度不相信，把作者深度懷疑客觀真理的情緒加以文學化，形式上也借鑒了羅伯特·白朗寧的長詩《指環與書》由九個人陳述殺人事件，還有法國十三世紀傳奇《邦丘伯爵的女兒》：夫妻旅行中遭遇草寇，妻子被凌辱，要殺掉目睹自己恥辱的丈夫。把芥川的作品和原典相比較，可藉以了解他如何脫胎換骨，新編故事，寄託人生感懷，有益於鑒賞與寫作。歷史小說家從史料文獻中漁獵素材是當然的，而芥川漁獵之廣，及於不為人知的部分，發現其文學價值，就需要別具藝術素質了。

芥川也寫現代小說。《手巾》批判新渡戶稻造鼓吹武士道，《秋》描寫大正時代知識階層男女青年的細膩的心理起伏，《南京基督》、《湖南扇》是芥川旅行中國、研究中國女性心理的產物，《將軍》批判為明治天皇殉死的乃木大將的生活方式及其性格，《一塊土》用弟子提供的素材描寫了芥川陌生的農村生活。《玄鶴山房》凝縮了二十世紀初葉的家庭生活及家庭制度最黯淡的要素，最後冒出個大學生捧讀「不惜一切犧牲地去同資本主義作無情的鬥爭」（列寧語）的李卜克內西《追憶錄》，彷彿象徵了新時代的到來。

芥川早就從藝術上對基督教感興趣，研究過天主教傳來及時代風俗與殉教史，以天主教為素材寫了一系列作品，如《煙草與惡魔》、《奉教人之死》、《西方的人》。他不是基督徒，不信上帝，無關乎信仰，不過把基督教當作一種異國趣味，抒寫固有的主題。《西方的人》裡的「我」

不顧歷史事實、地理事實，只是按自己的感覺寫「我的基督」，把基督當作人描寫，普通女人瑪麗亞生下的人之子，而不是聖經裡的上帝之子。寫了《西方的人》，意猶未盡，又續寫《西方的人》，「再次加寫我的基督」，似乎當他決定自殺時走近了基督。遠藤周作被稱作天主教文學家，他寫《沉默》時還不曾讀過芥川的《神們的微笑》，但挖掘的問題正是芥川在這個作品裡提出的。生前身後，基督徒論客不斷地批評芥川對聖經解釋有誤。

一九二七年，盡失生活欲，僅存「製作欲」，芥川在「人生比地獄還地獄」的處境中仍然旺盛地創作，但一反常態，《大導寺信輔的半生》、《蜃氣樓》、《齒輪》、《某阿呆的一生》等作品寫自身，坦率表露了人之將死的心緒與人生觀。《齒輪》被很多評論家視為芥川的最高傑作，寫於自殺三個月前。由於服用安眠藥（一般藥店買不到的進口安眠藥），幻覺叢生，卻不見生的光明。憂鬱中讀《暗夜行路》，心感到平和。《暗夜行路》是志賀直哉的自傳性長篇小說，芥川對志賀的文學家生活方式深為敬畏，肯定志賀的「沒有像『故事』的故事的」心境小說，甚而完全否定自己以前有故事性的文學。寫作《戲作三昧》時讀了志賀直哉的《和解》，竟討厭繼續寫自己的小說。這兩個作家資質全然不同，問題是芥川始終對自身的藝術抱有懷疑。

這一年芥川撰寫《文藝的，太文藝的》，跟谷崎潤一郎展開論爭。他主張，沒有像「故事」的故事的小說最接近詩，是最為純粹的小說。志賀直哉的《篝火》等就是這樣的小說。谷崎則認為：「凡在文學中能最多地具有結構美的東西是小說。」其實，芥川並不曾否定結構美，他重視詩魂，有無詩魂、詩魂深淺才是藝術問題。《蜃氣樓》是這種主張的實踐，漫不經心，幾乎不能叫小說，但他自認「最有自信」了，也有人認為這是芥川向日本式抒情世界的回歸。三島由紀夫說這個小說裡「飄溢著詩」。芥川文學之美即在於詩心與理智。

芥川擅長於警句格言，思想的閃光，文學的碎金，要約其人生觀、藝術觀。《侏儒的話》就是一本箴言集，熱衷造警句的微博控不妨拿來作範本，例如，「遺傳、境遇、偶然，掌控我們命運的畢竟是這三者」。又如《某阿呆的一生》有一句廣為人知：「人生還不如一行波特萊爾。」法國詩人波特萊爾是藝術至上主義者。人生苦短，而藝術長久，《戲作三昧》、《地獄變》具體表現了芥川的藝術至上主義。《戲作三昧》的人物不是虛構的，而是江戶時代「戲作」（通俗小說）大作家瀧澤馬琴，描寫他一天的日常生活，借馬琴這個外形表達了芥川身為作家的思想、感情以及問題。他跟谷崎潤一郎等是最強硬的反私小說派作家，但這個小說大有當時已成為文壇主流的私小說之趣，想來也是要謀求風格變化，以防止自我模仿，作為藝術家退步即瀕死。《地獄變》取材於《宇治拾遺》等古典，把作者唯美的藝術至上主義信念加以物語化。對於芥川來說，藝術之境沒有未成品，即使短小也要創作完成品。戰敗後三島由紀夫將其改變為歌舞伎，但主題全然不同了。芥川說：「古來熱烈的藝術至上主義者大抵是藝術上去勢者。」

通常芥川是伏案一天，寫千八百字，反覆推敲，功夫下在文體上，但《軌道車》例外，一晚上一揮而就，也許因為是借用一個雜誌記者的習作改寫的。友人室生犀星歎其「清澄簡潔」，誇耀人工性奇巧的三島由紀夫也讚為佳作，「描寫對軌道車這一小物象的記憶，使其徐徐具有人生的象徵，最後寄託現在的心境」。

芥川龍之介只創作了十一、二年，月月在報刊上發表作品，篇篇各有巧妙不同。一九一〇至二〇年代彷彿在文學方面繼承了江戶匠人善於做小巧工藝的感覺，產生了很多短篇小說的名手。小說的主要形式是短篇，或許這也是芥川不要等寫完長篇《邪宗門》之後再自殺的傳媒因素吧。美國小說家愛德格·愛倫·坡對日本作家影響甚鉅，他主張一兩個小時能讀完的短篇優於長篇，芥川與之共鳴，也是短篇主義的作家。他有《小說作法十則》，曰：「小說在所有文藝中最是非藝術性的」「如果對一個語言的美不能恍惚，那就在小說家資格上多少有缺點」。

終生不寫粗野的文學，潔淨是芥川文學的魅力所在。他說過：「我同情藝術上的所有反抗精神，縱然有時是針對我本人。」外國文學的影響，古典的攝取，新文體的成熟，一個時代的文學在芥川手裡出色地完成。留名文學史，現實意義又如何呢？中村真一郎的說法發人深省：芥川創作了誰都不能模擬的優秀散文，然而，他的方法在其後文學歷史中什麼都不曾產生。他的文學是死胡同。其完成沒打開任何新的展望，沒蘊藏任何可能性萌芽，這也含有花已全部開盡的意思。

大正時代是優秀作家輩出的時代，如武者小路實篤、里見弴、有島武郎、廣津和郎、宇野浩二、葛西善藏、志賀直哉、佐藤春夫、久保田萬太郎、菊池寬、久米正雄，群星璀璨。大正時代有所謂大正民主或浪漫之說，也就是資產階級自由化，不消說，各個階級的所有階層都參與這場狂歡。芥川凝聚了這個時代的自由精神、懷疑主義，感到了「漠然的不安」。果不其然，浪漫到了頭，日本走上軍國主義的不歸路。從小說來說，志賀直哉等二、三作家也不無勝過芥川的作品，為什麼單單芥川始終被另眼看待呢？大概原因之一是他很及時地自殺了。正當歷史劇變之際，他的死就具有象徵意義。芥川自殺絕不是一時衝動，致友人信中一再說：「我這兩年淨考慮死了」「我有死的預感」。而且留下了七封遺書，寫道：「人生至死是戰鬥，自殺如同對過去生活的總決算。」甚至遺囑孩子們，倘若人生的戰鬥打敗，那就像你們的老子一樣自殺。

芥川一九一七年刊行第一個作品集，名為《羅生門》。卷頭印著「供在夏目漱石先生靈前」，還有中學恩師題寫的「君看雙眼色，不語似無愁」，這是江戶時代臨濟宗白隱禪師的詩句。作品本來是作家給自己做的假面。芥川機智、諷刺、諧謔，從「似無愁」到「漠然的不安」，笑的假面之下有一張陰翳而憂鬱的真面目。芥川尊敬的作家佐藤春夫說：「人們大都被他的颯爽風貌和絢爛才華所眩惑，沒發現深處秘藏的東西。他的真面目是深深悲哀的人，這種人品構成他文學的根柢。把那悲哀巧妙地包裝或變形而訴諸筆端的努力不就是芥川文學嗎？」當代評論家江藤淳也說：「重讀芥川作品所痛感的是隱藏在高雅文章背後的黑暗空洞之重。」他太是審美家，始終不失對古典主義的憧憬，但徹底是近代人，而且是記者，既不能隱遁，也不能沉默。憑時代的敏銳感覺和博學發覺了隨後將興起的東西是和他完全絕緣的新文化，漠然的不安是思想的，更是文學的。對於芥川之死，時人或認為是社會問題，或看作他「最後的力作」。室生犀星說：「這個作家好像從書籍之間變出來的，在世上只活了三十幾年，談笑一通，馬上又隱身於自己出來的書籍之間，不再出來。」

芥川覺得「周圍是醜陋的，自己也醜陋，而且看著這些活著是痛苦的。」末了想到了中國的作家，似乎他們向來只看見周圍的醜陋，就活得很快樂，盡情活下去，小苦也帶著微甜。

吉川英治

1892～1962

吉川英治的《三國志》

《三國志通俗演義》在日本翻譯出版已整整三百年。

一六八九年至一六九二年京都天龍寺僧人義轍、月堂兄弟以湖南文山的筆名用文言體日文譯成《通俗三國志》，刊行於世，先是在上層社會，隨後在民眾間流傳開來。從此，無論兩國文化交流是好是壞，日本一直與中國共有這部古典文學作品。對於中國歷史，大概日本人最熟知的就是三國時代吧。法國文學研究家、評論家桑原武夫說他反覆讀了二十多遍，這是讀其他書從未有過的。近年的譯本主要有立間祥介譯《三國志演義》（據毛宗崗本，平凡社，一九七二年），村上知行譯《全譯三國志》（據毛宗崗本，社會思想社，一九八〇年），小川環樹、金田純一郎譯《全譯三國志》（以毛宗崗本為主，參照弘治本，岩波書店，一九八二年）。

不過，一般日本人說到「三國志」，並不是羅貫中的《三國志通俗演義》，更不是陳壽的《三國志》，那是指吉川英治的小說《三國志》。吉川英治「少年時熟讀久保天隨的演義三國志」（全稱是《新譯演義三國志》，至誠堂書店，一九一二年），一九三九至四三年依據《通俗三國志》等譯本，用現代感覺進行再創造，把中國的古典名著改寫成日本人所喜聞樂見的大眾小說，連載於《中外商業新報》，後由講談社出版單行本。從此以後日本人讀「三國志」大抵是「這個國民文學」。中國文學研究家立間祥介講過一則笑話：他翻譯了《三國志演義》，有讀者來信斥責他不忠實於原典，因為和吉川英治的完全不一樣。這位讀者很有點猛張飛，但由此可見，吉川英治的「翻譯」是和原典《三國志通俗演義》大不相同的。

吉川英治在《序》中說：「我並不做略譯或摘譯，而要把它寫成適合於長篇執筆的報紙連載小說。劉玄德、曹操、關羽、張飛等主要人物，都加上自己的解釋和獨創來寫。隨處可見的原書所沒有的辭句、會話等也是我的點描。」於是，我們讀到了這樣的開篇：

後漢建甯元年。

距今約一千七百八十年前。

有一個旅行者。

除了腰佩一劍，渾身襤褸不堪，但唇紅眉清，更雙眸聰慧，兩頰豐腴，時時隱含微笑。總之，絕無猥瑣低賤之相。

這就是劉備。後面出場的還有一個叫鴻芙蓉的姑娘，還有劉老太太。這位「親孝行」的劉備為買母親所嗜好的茶葉，遭遇「黃巾亂賊」，多虧張飛搭救，便以家傳寶劍相贈，惹得劉老太太摔壺教子，教訓他立志再興漢統。某文學博士說：「三國志的世界是男人們的世界，但背後還有個女人的世界。」在吉川英治《三國志》中女人們都跑到前臺來。全書分桃園、群星、草莽、臣道、空明、赤壁、望蜀、圖南、出師、五丈原十卷，最後還有一卷《篇外餘錄》。

吉川英治說：「孔明一死，呵筆的興致和氣力頓時都淡弱了，無可奈何。」豈止他，所有日制「三國志」幾乎都是到「星落秋風五丈原」（土井晚翠的名詩，充滿傷感，構成日本人對諸葛亮的感情基調）便嘎然而止，這可能造成了中國文學研究家中野美代子所說的「中國人喜歡張飛而日本人喜歡孔明」。她還說，「近於妖」（魯迅語）的孔明更符合日本人避免明確性、有點喜歡神秘氣氛的特質。據日本青少年研究所一九九〇年初發表的調查結果，諸葛亮是中學生心目中的第九位英雄人物。諸葛亮的事蹟對日本人的忠孝觀念、道德涵養有極大影響。

吉川英治之外，還有一些現代作家寫有各種各樣的「三國志」小說，如武俠小說家柴田鍊三郎的《三國志》、歷史小說家陳舜臣的《秘本三國志》等，但影響都不如吉川英治《三國志》。

他生於一八九二年，七歲開始接觸《十八史略》等漢籍，十歲熱衷給雜誌投稿。因家道中落，十一歲輟學，從此幹過印刷工、修船工、畫匠、記者等種種營生，同時自學不懈，據說把百科事典讀過五十來遍。三十四歲時在《大阪每日新聞》上連載《鳴門秘譜》，一舉成名。評論家、小說家木村毅甚至認為它「超過法國的大仲馬」。筆耕五十年，多數作品是「故事新編」。一九六二年去世，使數學家、隨筆家岡潔「覺得大東京都褪色了」。生前身後，全集一再出版，最新版本是講談社一九八四年出齊的《吉川英治全集》，計五十八卷，責任編輯是他兒子。

吉川英治的名字不曾從讀者的書單上消失過，每代人都愛讀，尤其是走上社會的男子漢。就經久不衰這一點來說，能夠和他比肩的只有大文豪夏目漱石。代表作《宮本武藏》在美、英、法、德等國翻譯出版，頗為暢銷，歐美人想從中窺探日本人的哲學思想。倘若把吉川英治《三國志》和羅貫中《三國志通俗演義》對照來讀，加以研究，一定很有趣，中國人和日本人的差異會顯現無遺。他還寫有《新・水滸傳》，一九五八年一月開始在《日本》（講談社的月刊雜誌）上連載，惜其未竟，終成絕筆。在隨筆《小說的題材》中他說過：「寫完《新・平家物語》，有了空閒，於是這個夏天在輕井澤重讀自少年時代就耽讀的《西遊記》，得以展開幻想的翅膀，其樂陶陶。」他也曾打算寫一部「現代版西遊記」。

吉川《三國志》至今仍是人們的必讀書，但近幾年的「三國志熱」卻更為現代化。熱潮興起於一九八三年NHK電視台播放木偶劇《三國志》（此前還播放過動畫片），而後電子遊戲《三國志》上市，推波助瀾，據說五年來賣掉五十萬盤。不過，「三國志」的戰鬥歷時二百多年，人物超過三百多個，玩電子遊戲機不易掌握，難以盡興，所以，尤其是大學生，更喜歡看連環畫《三國志》，不僅看起來津津有味，而且還可以收集電子遊戲機攻略所需要的資料。連環畫作者是橫山光輝，共六十卷（潮出版社，一九八四年），已售出二千五百萬冊。一九八二年中央公論社翻印香港版三國演義連環畫，似乎銷路平平，大概是因為畢竟沒有像「中華料理」那樣改造得適合於日本讀者的口味吧。

日本人讀三國自有日本人的讀法。有人這樣說：「三國志」的最大魅力是謀士的活躍，在今天的日本企業裡許多經理所苦惱的就是缺少這樣的謀士。決定重大方針之際，徵求幹部們意見，得到的往往是評論家式的答覆，什麼「我認為成功率約有百分之六十」之類，而「三國志」的謀士們積極地獻策、爭論、勸誘，掉腦袋也不悔，正是今天日本所需要的。日本人把「三國志」讀成人生訓、處世方、成功法、組織學、領導術、戰略論，等等，尤其被經營者奉為座右之書。我們的《三國志通俗演義》問世有六百年了吧，而今似乎也不妨試試日本人的讀法，出些「三國志與人學」、「三國志的統率學」之類的書。

川端康成

1899～1972

曖昧的川端康成

誰說話都有自己的腔調，別人一聽就知道是你，這腔調若寫成文章，那就是你的文體。不過，援筆作文，往往都裝腔作勢，可能就弄得自己也不知道自己是誰了。日本人愛讀村上春樹，他的文體有特色。他不愛拋頭露面，結果一露面就成為新聞，以致像作秀，搞什麼戰略。前些日子電視上看見他走了幾步路，六十多歲的人了，把帽遮扣在腦後，便彷彿感受到他的文體。

有一個詩人，叫禰寢正一，也寫小說，《高圓寺純情商店街》獲得直木獎，他說：「讓我說，《聽風的歌》真是『咖啡館老闆文體』。當然不是說結構，而是說村上春樹的世界觀是咖啡館老闆式的，文體也那個樣子了。不用說，文體的手搆得著的長度和那文體所能表現的世界相對應。」對於這類說怪話似的批評，村上向來不以為然，早說過：「我的作品無論什麼樣都具有一貫受文壇主流攻擊的體質」，「這種體質才是我作品的重要生命線」。雖然同屬於高度大眾社會的通俗文學，可村上不欣賞川端，他說這也與他討厭諾貝爾獎意識有關。川端康成領風騷，常登臺亮相，卻不愛談自己的作品。村上總躲在家裡，躲到國外，但他像搞當代美術的畫家一樣，一有機會就自我解說，或許他壓根兒不認為粉絲們真能讀得懂他那些貌似平白的作品所寓含的深意罷。

小說家都擁有自己的文體。三島由紀夫華麗，谷崎潤一郎筆下多修飾語，但意思明晰，而川端康成的文體是朦朧的，便像是繼承了平安朝文學的傳統，很有日本味兒。讀川端小說一不留神就找不到主語了，例如《伊豆舞女》，中譯本有這樣一句：「我抓住繩梯回過頭來，想說一聲再見，可是也沒說出口，只是又一次點了點頭」，其實川端寫的是：「我伸手抓繩梯回頭時，舞女要說再見，但還是作罷，再次只點點頭」。之所以「再次」，是承接上文：「舞女低頭注視著壕溝入海的地方，一言不發。只是我的話每次沒說完，就連連哈腰點頭。」

本來可以寫得更明白些，但川端康成偏要玩曖昧。翻譯他的作品比較難，或許這個難也正是川端文學的魅力所在。谷崎潤一郎在《文章讀本》中比較《源氏物語》的日語原文與英語譯文，得出了一個結論：「英文比原文精密，沒有意思不鮮明之處。不說也明白的事，原文就儘量不說了之，而英文即使是明擺著的事也要讓它更明白。」又說：日本文學家用片言隻語暗示，促動讀者想像力，讓讀者自己來補充不足的地方，而西方的寫法是儘量把意思限制得狹小細緻，一點都不許隱晦，不給讀者留下想像的餘地。所以，用日語作文，鐵則是「不要拘泥於語法」。

「不大考慮語法，努力省略為語法而添置的煩瑣語言，用心恢復為日語所具有的簡素形式，這是寫出好文章的秘訣之一。」（這裡說「恢復」，是因為上文說到初學者不妨暫且按西方語法作文）。中國人寫日語文章，常被日本人誇獎日語很標準，其實從文學的標準來看，這不大算好話。

譯者應該最了然原作的文體，但文體不是說譯就譯得出來的，起碼需要有模仿的才能。翻譯小說最好找與本人文體或文風相近的，庶幾能得心應手。什麼樣小說都翻譯的譯者可能有七十二變的本事，也怕是最不可信。我這裡說的是翻譯具有文學性的作品，至於一般的小說，特別是推理，「超譯」也無妨，或許那更適於推理也說不定。美國人賽登施蒂克（Edward George Seidensticker）從一九五四年開始翻譯日本文學，第一個把川端康成的作品翻譯到歐美，為他日後獲得諾貝爾文學獎立下了頭功。這位賽兄把《山音》譯成英語時很有點為難，因為川端經常不厭其煩地使用一個詞，例如《蟬翼》篇當中一連串七個「やさしい」。他搜索枯腸，把「やさしい」們變換成不同詞語，好似千手觀音的一些手裡各有所持。大概中文跟英文一樣，一個詞翻來覆去不是好文筆，所以中譯本譯作「和藹」、「不錯」、「慈祥」，變化多姿。日本人對這樣的修辭卻看法不一。小說家大岡昇平說：「不怕重複」；同樣是小說家的五味康祐嘲諷川端康成在《雪國》裡竟用了十九個「何か」，詞彙貧乏，缺乏漢文素養，靠假名打馬虎眼。

可是我覺得，起碼像這個「やさしい」，川端康成是有意為之，因為這家人就是在說道老人信吾對兒媳婦菊子「やさしい」這事兒，乃至不由地懷疑，西方人對東方的修辭及文體到底能領悟到什麼程度。又如《睡美人》：「六十七年的生涯裡，江口老人當然也有過和女人的醜陋之夜。而且，那樣的醜陋反而是忘不掉的。那不是姿容醜陋，而是來自女人的生的不幸扭曲。江口已到了這把年紀，不想又增加一次和女人的醜陋相遇。來這家萬一有事，他就這麼想。可一個老人要在被弄得昏睡不醒的女孩子旁邊躺一夜，有這麼醜陋的嗎？江口不就是來這家尋求那衰老的醜陋之極嗎？」連用了六個「醜陋」，似乎也不必幫諾貝爾獎得主豐富詞彙，增添文采，就讓那江口老人「醜陋」到底罷。

資訊理論有一個說法：好的翻譯會比原文長。但是就日譯中來說，這不是真理。日本有文學素養的作家會顧及一個頁面上漢字與假名的平衡，若譯成中文，假名統統被拿掉，漢字就緊密地團結在一起了。而且，「感到老醜」也無須費話地譯成「看見衰老的肉體而感到厭惡」。日語受漢語影響千餘年，兩者的差距比中文或日文距離英文近得多。日本人拉大日語跟漢語的距離很可能出自「脫亞入歐」的心態，而我們說「學英語是哭著進去笑著出來、學日語是笑著進去哭著出來」，似乎也不無增加懂日語在人們心目中的分量的意思。譯文比原文長，往往是意譯造成的。積四十年之經驗，賽登施蒂克說：「最近我的想法轉向了最好盡可能忠實地依從原文的字義。過去是比較自由地意譯，如今不僅自己努力避免隨便的意譯，看別人的譯文也覺得那樣的意譯不怎麼令人佩服了。」

賽兄樂呵呵應邀隨川端康成去斯德哥爾摩，為他演講《美麗日本的我——其序論》做翻譯，卻不料被瑞典方面當作了隨行通譯。翻譯（筆譯）與通譯（口譯）是兩個行當，能筆譯未必也能口譯好，口譯更需要機智。記者問川端：「獎金打算怎麼花？」川端答：「先買點瑞典的傳統東西作紀念。」但不知何故，這位賽兄給譯成了考慮捐給瑞典的機構。第二天媒體大加報導，他狼狽不堪，川端卻覺得有意思，說：「沒什麼嘛，不用管，過幾天大家就都忘了。」這正是川端以及日本人曖昧的底細罷。所謂文如其人，如的是文體。

小林多喜二

1903～1933

一部日本小說與兩度世界危機

小林多喜二早已過時，因為他不單是文學的，更是時代的產物，此一時彼一時也。但今夕何夕，八十年前他創作的《蟹工船》又暢銷起來——僅只新潮文庫版，以往一年能賣出五千冊，而二〇〇八年增印五十餘萬冊，大爆冷門，跌破眼鏡，歲暮評選流行語大賞，「蟹工」、「蟹工船」也昭然上榜。

記得上世紀七〇年代後半接觸日本文學，最初捧讀的就是小林多喜二等的無產階級文學。其後，松本清張等的推理小說以社會派之名盛行，不久又讀到夏目漱石等的文學名著，再後來開眼的是諾貝爾文學獎得主川端康成以及三島由紀夫等的作品。二〇〇八年晚秋，在東京大學藤井省三教授處聚會，遇見久仰大名的台灣翻譯家賴明珠，還談到我二十多年前在大陸編輯《日本文學》雜誌，介紹村上春樹時肆無忌憚地刊用了她的譯作。村上走紅台灣又紅遍大陸，能和他飆銷路的渡邊淳一也被這個雜誌介紹過，全不管日本有純文學與大眾文學的涇渭之分。在座把杯的還有島村輝教授，笑瞇瞇的，專攻無產階級文學，為《蟹工船》大暢其銷打頭陣的漫畫版就是他寫的解讀。

往事畢竟如煙，應時重讀《蟹工船》不禁有「他鄉遇故知」之感。

出海捕蟹，在船上加工成罐頭，這種船叫「蟹工船」。中篇小說《蟹工船》是日本無產階級文學的代表作，描述船工被資本家廉價地酷使，終於再也忍受不下去，團結起來跟資本家以及站在資本家一邊的軍方進行鬥爭。一九三三年小林多喜二被員警拷打致死，年僅二十九歲。無產階級文學讀來常像是恐怖小說，大概就因為現實有時比恐怖小說更恐怖。對於日本人來說，這樣的故事本該有發生在「他鄉」之感，恍若隔世，但是據每日新聞社《讀書世論調查》，讀了《蟹工船》，一半以上的人感同身受。難怪不少人驚呼「差別社會」，好似小林時代在日本重現，人們吃二遍苦、受二茬罪了。

二〇〇一年小泉當總理，推行「無禁區的構造改革」，維護以出口為主的大企業，雇用形態更加自由化，到了二〇〇八年，每三人當中就有一人屬於「非正式雇用」。雇用合同工或者派遣工，簡直像文庫版圖書一樣，價錢低廉，讀過了就丟，當然是企業撙節人頭費的最好手段。其結果造成了龐大的「工作貧困層」，他們沒失業，但只能維持最低檔的生活。共產黨委員長在國會上以佳能各廠為例，揭露「非正式雇用」的惡劣狀況，批評政府放任「差別雇用」，大得人心。本來受蘇聯解體牽連，日本共產黨一路走下坡，這兩年時來運轉，成千上萬人入黨，頗有點只有共產黨才能救日本之勢。眼下書店又上架了馬克思、恩格斯全集，當然啃不動《資本論》，走俏的是「超譯」，《資本論》第一卷只譯成薄薄一本，足以認識資本主義真面目，瞭解現在到底怎麼了。

某友，在日本最大出版社擔當中國版權貿易，就是由派遣公司派去打工的，常聽他抱怨薪水比桌挨桌的正式員工低得多。按日本規矩，大學畢業時就不上職，這輩子基本就只有幹臨時工。年輕人讀《蟹工船》油然聯想到自身，瞻念前途，不寒而慄。倘若是搞笑的藝人寫當年窮日子，宿街頭，吃紙板，人們讀了也就是笑笑而已。村上春樹寫上世紀八〇年代以後的日本，主人公們大都不就職，生活卻不窮，聽美國流行樂，進屋就打開冰箱喝啤酒。小林文學追究資本主義發展所產生的矛盾，描寫與社會不公戰鬥的人們，這是其生命所在，超越時代。活兒重錢少，不少人自認沒本事，但通過《蟹工船》認識到自己沒有被當人，正像船上監工說的，「你們的命還不如一條小船」。

《蟹工船》發表於一九二九年三月，這是震撼了人類歷史的年分，擁有全世界一半黃金的美國股市暴跌，「永世繁榮」呼啦啦崩潰，導致世界大蕭條。唯蘇聯倖免，以致人們對共產主義充滿了憧憬。二〇〇八年《蟹工船》復活，美國又爆發金融海嘯，再度坑害了全球經濟。影響所至，日本企業紛紛解雇非正式雇用者，經團聯會長說這是不得已而為之。一旦被炒魷魚，要立馬搬出宿舍，有人就只有流落街頭。對於階級兄弟們，好像正式員工的工會並沒有伸出友愛之手，手插在資本家的褲兜裡。小林在一九二八年元旦的日記中寫道：「新的一年來到了，俺們的時代來到了，不是我等應該幹什麼、而是應該如何幹的時代。」《蟹工船》的船工們最後覺醒了，採取行動。

《蟹工船》復活不是文學現象，甚至好些人未必當小說讀，如同看小人書。它享譽世界，二〇〇八年九月在英國劍橋大學舉行小林多喜二研討會，學者們討論的當然是文學。曾有人說，革命的反權力的多喜二文學在共產黨執政的中國不受歡迎是一個諷刺現象，這卻未見得，跟日本一樣，無非三十年河東三十年河西。其實，中國讀《蟹工船》始終與日本同步，它問世第二年就翻譯到中國來。二〇〇三年小林誕辰一百年，二〇〇五年秋，河北大學舉辦多喜二國際研討會，結集論文，題為《目前在中國復活的小林多喜二文學》，這場世紀性復活的始作俑者倒像是中國，不知僅限於文學，還是與現實有關呢？但不要忘了，今非昔比，日本把一艘艘「蟹工船」挪到了國外，大吃其蟹。

山本周五郎

1903 ~ 1967

不領賞的作家

獎賞多，大概是日本文壇的一大特色。當作家不得個什麼獎，簡直就師出無名，都不好自報家門。譬如當東京都知事的石原慎太郎，一說到他就是當年獲得芥川獎轟動社會如何如何，實際上那個得了獎的小說早已未必有人找來讀，讀了只怕也好似聞了臭襪子，而且是別人的。芥川獎被捧上天，獲獎作品卻往往只是在日本文學史上留個名，時過境遷就不值得一讀。不過，要走出茅廬，常需要有人顧，獎賞就好比那個人，是敲門磚，是鯉魚玩命跳的龍門。

偏也有作家不領賞，最出名的是大江健三郎。全面地說，他是又領又不領，前腳接過外國的諾貝爾文學獎，後腳卻推掉本國的文化勳章。誠如其言，「戰後民主主義的一大特徵就是有接受勳章的自由，也有拒絕的自由」，但論客本多勝一譴責他，同樣是皇帝，日本天皇給獎他不要，瑞典國王給就要，為人虛偽。又領又不領的作家也不只大江一個，如大岡昇平，以小說《俘虜記》領取了橫光利一獎，但拒絕當選為藝術院會員，理由是「以前當過俘虜」，不好意思接受國家榮譽。還有吉村昭，領過太宰治獎、菊池寬獎、吉川英治文學獎，但不領司馬遼太郎獎，說是沒怎麼讀過司馬遼太郎作品。

頒獎有頒的道理，不領獎有不領的理由。武田泰淳不領藝術選獎文部大臣獎，是「因為不想要所以不要」。內田百閒不當藝術院會員，「要說為什麼，因為討厭；要說為什麼討厭，因為不感興趣；要說為什麼不感興趣，因為討厭。」不少作家不領賞都是拿自由當作擋箭牌，頗有不自由毋寧死的氣概。藤澤周平領了直木獎以後專事寫作，名聲日隆，故鄉要給個名譽市民稱號，被他婉拒，寫信說道：「並非了不起，以至為主義主張而違逆美意，不奉接榮譽。我一向認為，對於作家來說，至為重要的是自由，世間容許這種生活方式很值得慶幸。」

對於故鄉來說，領不領都具有宣傳價值，這封信被榮譽地展示在當地圖書館。藤澤死後家屬接受了縣民榮譽，因為死者已不需要自由。大宅壯一臨死前，弟子替他擋駕了政府獎賞，為他無冕之王的一生劃上了完美的句號。

一般來說，獎賞是對作家或作品的認可和鼓勵，但捧在手裡，也意味著順從它的標準乃至體制。要說任何獎賞都堅拒不受的作家，似只有那麼一個，就是山本周五郎。直木獎要頒給他的《日本婦道記》，他斷然拒絕，惹得文壇大老菊池寬抱怨。後來山本也不接受每日出版文化獎、文藝春秋讀者獎等。

山本周五郎本姓清水，生於明治三十六年（一九〇三），取名三十六。家貧，小學畢業進當鋪學徒。店主仁義，讓他讀英語夜校。昭和元年（一九二六），作品第一次登上大雜誌《文藝春秋》，筆名山本周五郎，其實是店主的名字。山本真正出名在戰後，尤其如小說家開高健所言，「晚年十來年，取得了壓倒性大勝」。作品常被搬上銀幕，特別是《日日平安》、《紅鬍子診療譚》、《沒有季節的街》先後被黑澤明拍成電影，接二連三獲獎，雖然整個走了樣，但對於原作的流行功莫大焉。

文壇有文壇的政治力學，山本概不參與，不結幫打球，不湊趣賽馬，有如一條狼獨往獨來，人送外號「拗公」。他畢生一庶民，拗也徹頭徹尾是庶民的拗。日本傳媒最愛搞對談、鼎談、座談，他從不參加，也不許登門請益的文學青年稱呼老師。社會發展到一定程度，學歷無用就成為有識之士的一識，山本雖只有小學文憑，卻認為學歷有用。因為學校生活需要忍耐，大學畢業的人耐著性子讀十六年，比初中、高中畢業更長，這股頑強勁兒能適應社會生活。說法有點像玩笑，但富有人情味。他的歷史小說也充滿人情味，有人評山本文學：對於世上很多不得志的人是一個撫慰。

作家活著時或許不可一世，死後卻事不由己，常常被活人捉弄，山本也在劫難逃。他一輩子不領賞，去世以後新潮社居然拿他的名字設了一個獎，用來抗衡直木獎。直木獎和芥川獎是文藝春秋創辦人菊池寬設立的，分工明確，前者鼓勵大眾文學，後者評價純文學。關於這兩種文學，菊池寬說：「作家想寫就寫的東西是純文藝，為悅人而寫的是大眾文藝。」山本周五郎則不以為然，主張文學無所謂純不純，無所謂大眾或少數，只有好小說與壞小說之分。小說必須以最大多數的讀者為物件，那種純文學連高中生也能搞。可見，不接受直木獎終究是出於文學理念，不願吊死在大眾文學這棵樹上。

山本的好小說確實超越純文學與大眾文學的框界，讀者廣泛，也就敢於說：「文學不是為了獎，對於作者來說，什麼獎也比不上讀者給予的好評。」新潮社同時還比著芥川獎創設了三島由紀夫獎，三島地下有知，一定會手舞足蹈。他的人生哲學與山本正相反，汲汲於虛榮，甚而之所以自殺，也被說是因為川端康成拔了頭籌，諾貝爾文學獎就不再有他的份兒。

山本周五郎卒於一九六七年。生前不愛讓人家照相，說是怕女讀者見其貌不忍讀其書。

妙筆抒情情更殷

我住在離東京不遠的浦安；如你所知，此地有日本惟一、亞洲已經不惟一的迪士尼樂園，每晚八點半便望見那邊的天空綻放幾分鐘焰火。但也許你不知道，那裡本來是一片海，特產紫菜和蛤仔。一九五九年，經濟到處都躍躍起飛，浦安敢然不跟著起哄似的發展工業，填海造地，興建遊樂園。你聽了或許就顧惜遠浦秋葦、歸舟唱晚，那麼我建議你讀山本周五郎的《藍划子》。一九二八年他在此地住過一年多，二十年後，偏等到三十年後的一九六〇年才把這段生活寫成了小品味濃濃的小說，公認是山本文學代表作，更有人推舉為日本現代文學的傑作。於是你讀過之後也承認，有了這個小說，足以慰撫人們對東京灣上不見了漁民打撈紫菜的簡陋小舟「藍划子」的惋歎。

由於「地緣」，我第一次讀山本文學就是《藍划子》，感動之餘，閒逛舊書店還曾以搜購山本小說新潮文庫本為樂，多達六十冊吧。大半藏而未讀，所謂美味不可多貪，我覺得讀三五本，比如說《SABU》、《紅鬍子診療譚》、《五瓣山茶花》，嘗鼎一臠，也可以知足。日本歷史文學（武士小說與歷史小說）有兩大潮流，分別由司馬遼太郎與山本周五郎開浚。司馬寫志，山本寫情。寫志是鳥瞰歷史，寫情則需要探入歷史的街頭巷尾。山本不同凡響之處，在於對世態人情的觀察之透，理解之深，閑閑地寫來，道人所不能道，入木三分。庶民的悲歡，武士的苦衷，千姿百態都躍然紙上，恰似《清明上河圖》，而且是京都陶板名畫之庭裡縱橫放大了兩倍的陶板畫，讀來更清晰。寫志是高邁的，順勢而應時，惜乎司馬之後無司馬，而情乃人之常情，山本有武士小說家藤澤周平、乙川優三郎等繼武其後。

山本周五郎本姓清水，是明治三十六年（一九〇三）出生的，取名三十六。讀完小學進當鋪學徒，老闆叫山本周五郎。吃住在店裡，通信就寫作「山本周五郎轉清水三十六收」。二十二歲時創作了短篇小說《須磨寺附近》，入選《文藝春秋》雜誌徵文，發表時名字被署成「山本周五郎」，此後將錯就錯，用作了筆名。他對這位老闆感恩戴德。少小就想當小說家，但家裡沒條件，而老闆仁義，給他創造條件，允許夜裡讀書，還供他念簿記和英文的夜校。關東大地震，學了八年徒的當鋪關門。災民乘車不要錢，山本也闖蕩關西。寄居同學的姊姊家，姊姊是美人，綽號「須磨寺夫人」，山本不免如在河之洲。半年後返回東京，把這份單相思寫成《須磨寺附近》，踏上文筆生涯。

年輕時戀愛幾度失敗，使他格外注意女人心，審視入微，而敗因可能在尊容。生得短粗胖，雙眼有點凹。成名後也不愛照相，怕讀者特別是女讀者拿他筆下的武士來比照，一個個英姿颯爽，對小說家本人就大失所望。而今作家也時興俊男靚女，若天不假山本周五郎以彼時，怕是出道都有點難。

山本的祖上是武將，為武田家看守秘藏軍資，雖然周五郎出生時家已敗落，但長大後也頗以武士血統為榮，性情孤傲。一九四二年創作的《日本婦道記》由三十一個短篇小說構成，原型是他的妻子，不事張揚地描繪日本婦人的善行美德，基本是一種不聲不響地忍耐著什麼的生存姿態。這位妻子是護士，山本患病住院時相識相愛，他回憶卻說是自己橫刀奪愛，恐怕是再三失戀的卑微心理作怪罷。《日本婦道記》收入新潮文庫時，作者手選十一篇為定本。一個故事一段情，善於抒寫人情的小說家每每是短篇高手，山本尤為翹楚。

直木獎要授與這個系列小說集，但山本拒而不受。這當中可能有他跟文藝春秋的恩怨。試想，菊池寬創辦文藝春秋，設立芥川獎與直木獎，是文壇大老，而山本雖不是初出茅廬，也幾幾乎一個如天上月，一個似水中鱉，豈能無隔閡。換了別人也就忍了，山本骨子裡可是有那種餓著肚子叼牙籤的武士氣質，睚眥必報，就留下了直木獎歷史上唯一不領賞的佳話。他後來也不領任何獎，理由是「文學不是為文學獎的」。日本文學有純文學與大眾文學之分，菊池寬界定：

「作家隨意而作是純文學，為娛人而作是大眾文學。」山本不以為然，說：「文學沒有純與不純，沒有大眾與少數，只有好小說和壞小說。」然而，死後只好任憑活人擺弄，新潮社對抗文藝春秋社設立雙獎，其一的大眾文學獎名為山本周五郎獎，讓他在九泉之下哭笑不得。

山本出生在山梨縣，四歲時山洪吞噬了祖父母等親屬，隨父母遷入東京。一九四五年妻子病逝，當時正遭受美軍空襲，物質匱乏，只好拆了書架做棺材，用大板車拉到火葬場。翌年跟照顧病妻及孩子們的鄰人再婚，遷居橫濱。在旅館「間門園」租賃一間工作室，遠離本宅，專事筆耕，直到一九六七年在這裡溘然長逝。山本向來對權威不以為然，一九五二年寫的《予讓》跟吉川英治作對，把劍聖宮本武藏寫成了一個虛榮矯飾的俗人。他說這個短篇小說是「把拉威爾的《達夫尼與克羅埃》反覆單純的數小節以表現主題的手法用在了文學上」「打開了創作後期的道」。也許真像他說的，「不過五十歲寫不出好小說」，五十一歲開始在報紙上連載《樅樹殘存》，為實在的人物翻案，從史實中探尋具有普遍意義的人及生活，是戰敗後歷史文學的劃時代作品。

讀山本小說要準備落淚；度世維艱，正好用淚水來滋潤我們乾枯的心田。最讓你感泣的首先是《SABU》，不為人物的命運，為那種庶民之間相濡以沫的真心和愛情。主人公是帥哥榮二，SABU 跟他同齡，是一個屋簷下的工匠，為人笨拙憨直，連活兒也幹不好，被人輕賤，但他的善良人性籠罩著整個小說，用他的名字作書名表明了作家的勸善之意。兩個女性阿末和阿信都愛著榮二，SABU 在愛情上也甘心避讓。不知誰栽贓，榮二被逮去做苦力，恨得他執意要報復社會。SABU 傻到底似的關懷他，鼓勵他，幫助他新生。事出意外，原來是阿末為獨佔愛情坑害了榮二，情有可原，最終徹悟的榮二原諒了她。故事很單純，卻讀得你滴滴淚水都順著 SABU 的情感流淌。他不是缺心眼，那就是誠摯，你已經做出了判斷，掩卷四顧，想要在自己身邊也找見 SABU。

你也聽說過，日本有兩大「名醫」，一位是黑傑克，再一位是紅鬍子；「黑」是手塚治蟲的漫畫，「紅」是山本周五郎的小說《紅鬍子診療譚》。名醫新出去定綽號「紅鬍子」，是窮人的救星，他的言行使年輕的保本登覺悟了醫師的真正使命，由憤世嫉俗轉向治病救人。世界級導演黑澤明把這個小說搬上銀幕，好評如潮。山本作品自戰前以至於今經常被改編成電影，不下三十部，這事情在日本很有名。黑澤明喜愛山本文學，還導演過《椿十三郎》（原作《日日平安》）等。他和木下惠介、市川崑、小林正樹組成的「四騎會」第一次共同執筆的電影是山本的《町奉行日記》。黑澤明在京都旅館裡跌倒骨折，以致不能再執導，就是為改編山本的《雨後》。二〇〇二年熊井啟導演的《海在看》，腳本是黑澤明據山本的幾個作品改寫的。《SABU》、《五瓣山茶花》也都有電影可看。

山本好酒，喝也只是喝大眾等級的酒，喝了就說教。談文學，談人生，爭執不休，甚而動武，據說跟《姿三四郎》的作者富田常雄打個平手。他的小說也充滿說教，「女人做夢都不說實話」「愛與背叛是雙胞胎」云云，但這類話被他說得與故事融為一體，更沒有跟讀者爭辯的腔調，娓娓動聽。在日本作家裡，山本最把讀者當回事兒，但對於「高級讀者」不客氣，說：「高級讀者容易騙，給他幾個中聽的句子就馬上受騙。」也怪他酒喝得太多，六十三歲就死了。紀念館多如牛毛，居然沒有山本周五郎紀念館，這是我對日本最不滿意的事情之一。

坂口安吾

1906 ~ 1955

無賴安吾

讀王小波的雜文，不知怎麼就想到坂口安吾。

安吾最有名的作品是隨筆《墮落論》和短篇小說《白癡》，均發表於一九四六年。《白癡》和《墮落論》在主旨上是關聯的，前者寫戰敗之際，人怎樣被逼入絕地，而後者探究人當戰敗後，出發點何在。他的朋友、小說家石川淳盛讚《白癡》是傑作，甚至是「安吾的全部」，但他本人抱怨人們讚其一點，不及其餘。似乎還是評論家柄谷行人說得好：「視近代小說為中心的戰敗後文學史家把安吾當作二流作家，實際上他的作品，隨筆是小說性的，小說是隨筆性的，沒有那種什麼樣作家都有的堪稱代表作的東西，但他今天仍然吸引我們，即緣於此。」

我當初讀《墮落論》，卻是出於對昭和四十年代（一九六五～一九七五）的興趣。那年代的我，關於日本，只是在全民同讀一張報的《人民日報》上常見偉大領袖接見日本友人，不絕於途似的。開放後東渡，心存好奇，偶然看到眼熟的姓名還有點他鄉遇故知之感哩，更想了解當年日本是怎麼一回事。一九六〇年代以學生為主的群眾運動以失敗告終，年輕人不知所措，從故紙堆裡翻出《墮落論》。坂口安吾的極而言之剝掉了一切假面，跟著他要一個無賴，便釋懷了挫折與頹喪，所以我讀它也無關乎戰敗後之初的日本。

這篇隨筆不足八千字，鼎中一臠，不妨讀讀這一段：

人生存，人墮落，除此之外沒有拯救人的方便的近道。不是因為戰敗了所以墮落。是人就墮落，活著就只有墮落。但是人不能永遠墮落到底，因為人的心對於苦難不可能如鋼鐵一般。人可憐而脆弱，因此是愚蠢的，要墮落到底未免太弱了。人結果就不能不刺殺處女，不能不編造武士道，不能不擁戴天皇。但為了不是他人的處女，而是刺殺自身的處女，編造自身的武士道、自身的天皇，人需要沿正確地墮落的道路墮落下去。而且日本也需要像人一樣墮落。沿墮落的道路墮落下去，藉此來發現並拯救自身。政治拯救云云是表面的愚不可及的東西。

安吾出道比較早，卻是靠《墮落論》一鳴驚人，獨領風騷，但這種思想並非一夜之間的突發，幾乎是他戰爭期間撰寫的《日本文化私觀》戰敗後版。例如他在這篇隨筆中寫道：「只看著漂亮不可能是真正美的東西，一切問題都在於實質。為美而美的美不老實，最終不是真東西。要而言之，那就是空虛。空虛絕不會靠真實打動人。歸根結底，只能是有沒有都無所謂的東西。」

一九三〇年代德國建築家布魯諾・陶特在日本住了三年，寫隨筆讚美日本傳統木建築，一時間日本大有藉以重振傳統主義之勢。結集譯成日文，叫《日本文化私觀》。安吾套用這個題目，落筆便寫道：「我對於日本古代文化幾乎沒有知識，不曾見過布魯諾・陶特絕口稱讚的桂離宮（京都府），也不知道玉泉、大雅堂、竹田、鐵齋。……不過，並不認為這樣的我，因迷失了祖國光輝燦爛的古代文化傳統而生活是貧困的。」又說：「陶特必須發現日本，但我們用不著發現日本，現今就是日本人。我們也許迷失古代文化，但不可能迷失日本。」問題不是傳統或尊嚴，而是實質。所謂國民性、傳統，有時隱含著欺騙。對於人來說，日常的欲求才是最重要的，所以，「京都的寺廟、奈良的佛像即使全毀了也沒什麼要緊，但電車不通就麻煩了」。安吾的醉翁之意是抨擊當時風行的國粹主義文化禮讚，但這種偏激的觀點也不免有文化的價值僅限於實用之嫌。而且，正當金屬統統收去造飛機槍砲之際，他竟然說「法龍寺、平等院都燒了完全無所謂，需要的話，可以拆掉法龍寺建停車場」，授人以柄，被指責幫軍政府的忙也順理成章。

評論家江藤淳曾指出：《日本文化私觀》常用俗語來否定形式的、莊重的表現，產生諷刺的效果。坂口安吾的文體是美的。年輕時崇拜江藤淳的柄谷行人也認為安吾在日本近現代文學當中是極其特異的。《日本文化私觀》並不是論日本文化，而是安吾的自我省察，是他發現他人或現實的態度。在大多數人積極或消極地跟軍國主義合作的戰爭年代，坂口安吾敢於不理睬，這點永井荷風也相似。作為日本人，二人稀罕地確立了個人主義，客觀地保持距離談日本文化，但作為作家，荷風是只要自己明白就行，而安吾要讓明白自己所思的人明白。從文化論來說，若活在今天，大概安吾會主張只要有益於健全的生活，漫畫也好，電子遊戲也好，都不妨接受，荷風則一味地鄙視。安吾厭惡荷風，肆意攻擊，而太宰治攻擊「小說之神」志賀直哉，他們以虛無的態度嬉笑怒罵，對整個近代以來的既成文學進行顛覆，主張文學要含有十八世紀後半興起的大眾讀物所含有的遊戲精神，被稱作無賴派，雖然在理論上或文壇上並不曾成派。

坂口卒於日本戰敗十年後的一九五五年，四十八歲，而王小波卒於文革結束二十年後的一九九七年，四十五歲，大概就是這享年的相差無幾讓我把他們想到了一塊兒。日本人喜歡立學碑，使風景多一點人文的招徠；坂口的故鄉新潟也不例外，文學碑上面鐫刻著他的手跡：「不談故鄉」。真夠無賴的。

山岡莊八

1907～1978

山岡莊八的「戰爭與和平」

從東京驅車到愛知縣岡崎市大約四個小時，再奔馳兩個多小時便到了京都。岡崎市內有岡崎城，德川家康就出生於此城。他的子孫把大政奉還給天皇家以後城郭被拆毀，現今該市當作標誌的城樓是戰敗十餘年後重建的。近處豎立著家康銅像，肥頭大耳，「一張偉大的鄉巴佬的臉」（山岡莊八語）。還有一塊折頁似的碑石，鐫刻：「武田信玄二十一歲，上杉謙信十二歲，織田信長八歲，日後的平民太閤豐臣秀吉是髒兮兮的六歲孩童。這一年，天文十年，一衣帶水的大海彼岸是明代」。這段文字是山岡莊八的小說《德川家康》突兀而起的開篇。

天文十年，即西元一五四一年，時當明嘉靖二十年，德川家康降世前一年，小說便由此寫起，順時而下，一直寫到一六一六年他結束七十五年生涯。山岡莊八說，《德川家康》「與世上說的歷史小說有點不同，盡情發揮了作者的空想」。這樣的小說，日本叫「時代小說」，可譯之為武士小說，通常寫江戶時代那些事兒，而《德川家康》早了些，歷史上屬於戰國時代，即一四六七年應仁之亂至一五七三年室町幕府滅亡的一百年間。它開了「戰國小說」的先河，自一九五〇年三月二十八日，在地方報紙上連載十八年，結集為二十六卷。文字天天塗抹下去，如萬里長城，作家的筆力當然是非凡的，而上世紀五、六〇年代讀者的閱讀耐性及生活節奏更令人驚歎。

歷史人物那有血有肉的形象每每是文學藝術塑造的，例如小說家吉川英治創作的宮本武藏，司馬遼太郎的坂本龍馬。比中國的春秋戰國晚千餘年，日本戰國時代也同樣是王權旁落，諸國紛爭，先後有三個人物領風騷，那就是織田信長、豐臣秀吉、德川家康。他們性格各異，信長是「杜鵑不叫就殺掉」，秀吉是「杜鵑不叫要讓它叫」，而家康是「杜鵑不叫那就等著它叫」。德川家康奉行一個忍字，他有一句遺訓，其實是偽造，但廣為人知：「人的一生如負重遠行，不要急。」當然，他的忍並非袖手坐等天上掉餡餅，而是頂著堅硬的龜殼不屈不撓地前行。忍耐的背後，實質是冷酷與狡猾。待秀吉病故，家康起而奪天下，在旁人看來很像是下山摘桃子，嫉妒之餘，又瞧他不起。江戶年間唱戲暗罵他「狸爺」，用我們的話來說，是一隻老狐狸。

明治維新，王政復古，皇權旁落兩個半世紀始作俑者德川家康徹底被打翻在地。二十世紀初頭，評書本風行一時，「狸爺」形象在民間定型。戰敗後之初，山岡莊八寫德川家康，頌揚忍耐，梟雄一變為「厭離穢土，欣求淨土」的高潔之士，始終都是在追求和平。有點像我們的郭沫若為曹操翻案，其實是山岡莊八畢生仰之為師的長谷川伸所慣用的小說手法。一九七〇年代初司馬遼太郎也寫了德川家康，把功過對開，過在使日本民族性格矮小化、畸形化。

山岡莊八生於一九〇七年，讀兩年高小，十四歲離鄉進東京做揀字工。跟親戚合辦印刷廠，倒閉，再自辦裝訂廠，又倒閉。入出版社當編輯，結識走紅的大眾小說家長谷川伸。創辦「與大眾共進」的文學雜誌《大眾俱樂部》。當時已成名的吉川英治把血氣方剛的山岡叫虎頭狗，告誡他年輕時要克制，雖不是家康，但忍耐很重要。熱情似火，可雜誌賣不掉，兩年後停刊。三十二歲時作品入選某雜誌大眾文藝獎，決意以寫作為生。出版界少了一個賠錢的編輯，產生了筆名山岡莊八的大眾小說家。

一九四二年被大本營海軍部徵召為報導員，決心赴死，離家前給自己做好了靈牌。體驗潛水艇生活，寫出一系列迎合時局的作品，獲得有「私設文部省」之稱的講談社野間文藝獎勵賞。一九四三年出版以江田島軍校為題材的小說《御盾》頗受青少年歡迎。一九四五年四月，戰敗在即，被派赴鹿屋，那裡是敢死隊出擊的基地，目送了最後幾批敢死隊員一去不復返的起飛。鹿屋歸來，到各地宣講年輕敢死隊員以身殉天皇的事蹟，忽聞裕仁天皇的玉音，宣布投降。茫然自失，企圖自殺，被長谷川伸勸阻。盟軍佔領日本，把積極為戰爭效力的山岡莊八列入開除公職的名單。

天佑日本，一九五〇年美國在朝鮮半島上打仗，日本被當作中繼基地，階下囚變成幫手，經濟更加速復興。繼中央三大報之後，地方報紙也紛紛恢復晚報。晚報不能沒小說連載，北海道新聞登門約山岡連載一百五十回。這時他已經動筆寫《德川家康》，答曰：「一百五十回家康還沒出世哪。」報社妥協，只求在最後一回怎麼也得讓家康出生，不然對讀者交待不過去。孰料，一發而不可止，連載了四千七百二十五回。一九六七年單行本最後一卷上市，後記有云：「我首先把它供在我家院落裡祭祀的『空中觀音』靈前」「空中觀音是一九四五年春我從鹿兒島縣鹿屋機場目送上天的那些敢死隊年輕人的靈魂」。數年後刊行文庫本，又寫道：此書是「我奉獻給從鹿屋基地接連起飛，撞擊沖繩美軍艦艇的海軍敢死隊戰士們的香華」。

山岡莊八說自己是「懷著對『和平』的祈禱」寫《德川家康》的，把這部小說當作他的「戰爭與和平」，不過，他所謂和平，在我們看來不免有點怪。勝也罷，敗也罷，戰爭若有了結果，總歸是某種和平，與民生息，但日本戰敗，山岡認為「這不是終戰，不正是更悲慘的下一次展開之前的小休止嗎？文明所具有的性質，支配人們頭腦的哲學，現實中變動的政治，都絲毫看不出與『和平』相關的東西，只能感受到與萬眾的希求完全相反的血腥」。所謂「家康及諸靈所欲求的『泰平』還沒有在今天的世界紮根」，偷換和平的概念，可能多數日本人出於幼稚，而山岡則有意為之。對於和平的想法，勝者與敗者實質上難以求同，只是在和平二字之下各做各的夢罷了。

那麼，戰敗的日本應該怎麼辦？這正是山岡要寫的。有讀者看出，小說《德川家康》把新興勢力織田氏比作蘇聯，憧憬京都文化的今川氏則比作美國，而弱小的德川不就是寫日本嗎？山岡為之興奮，進一步指出：「織田氏也罷，豐臣氏也罷，終究都包藏著跟今川氏一樣崩潰的種子。」日本只要學德川家康，忍之又忍，等蘇聯完了，美國也完了，天下便到手，那時才泰平。第一卷後記與第二十六卷後記相隔十餘年，所記有所變化，最明顯處在於把日本亂世之世變成世界之世，用今天的世界說事，給昨天的日本開脫了罪責。

一九七三年講談社出版《大眾文學全集》，山岡莊八毫不猶豫地收入為侵略戰爭鼓舞士氣的《御盾》。這部小說本打算寫四卷，但是被海軍派赴鹿屋基地而輟筆，只寫了三卷。從一九六二年到一九七一年他曠日持久地寫了《小說太平洋戰爭》，就是接著《御盾》寫，慨言寫完這個小說才自我解除了「大本營報道班員」的職務。他認為太平洋戰爭（日本在十五年戰爭期間稱作大東亞戰爭）的發端是一八五三年美國艦隊敲開日本國門，而使日中戰爭陷入泥淖的，絕不是近衛或東條，也不是蔣介石，而是每當兩者要握手言和，美國、英國還有共產國際就出來掣肘，使戰線向意外的方向擴大。莊八每唱軍歌涕泗零，說「父親啊，你是堅強的」一句道盡「際會白歐文明所壓迫的有色人種的歷史轉機被拉上戰場的無名戰士的哀傷」。

山岡莊八再三明言《德川家康》絕不是與現代無關的小說，他是用家康來比喻夾在蘇美之間的日本，然而，正如他自己說的，「作品孤行就好似長大成人的孩子獨立獨步，由不得我」，廣大讀者把這部喻世之作卻讀成了經營寶典，真讓他哭笑不得。這倒是時代使然。一九五八年日本人發明「速食麵」，轉年經濟增長率百分之十一，又明年池田勇人上臺，提出國民收入翻一番計畫。「私家車」一詞流行，卻也愛讀書，書店裡走俏日本史及經營類圖書，只可惜發財之道都是從美國搬來的。一九六二年三月《週刊文春》雜誌搞了個特輯，說公司老闆們愛讀山岡莊八的小說，暗流湧動，「用德川家康這位英雄來填埋舶來經營學與日本企業現狀之間的溝壑」。本來不被人待見的家康一下子鹹魚翻身，他說「家臣是寶，家臣是我師，家臣是我的影子」，這處世哲學被奉為日本式經營的箴言。

山岡莊八的小說頭三卷印數遞減，八千、七千、六千，而一九六二年七月推出第十八卷，一印兩萬四，十一月第十九卷猛增到八萬，風起雲湧，（多卷合計）連續三年進入暢銷榜前六位。某企業家認為德川家康不值得學，因為織田信長、豐臣秀吉有創意，而家康不過是狡猾地竊取了他們所開創的事業。山岡莊八也只好跟著讀者跑，用這種話反駁：「信長是做好了破產準備的，秀吉失敗於經營馬虎，二人都沒有把公司辦下去的力量。」但試想，織田和豐臣若不早死，輿許輪不到家康來持續未竟事業，而家康生也晚，竟活了七十五年，在當時實屬特例。

山岡莊八始終不渝的志向就是為體制服務，乃至當帝王師。《德川家康》寫出名，躋身為政經座上賓，往來有總理。他是戰敗後才恍然認識到天皇的偉大，沒有天皇就沒有和平。有人送一尾鯛魚，也要供在神龕上，先請天皇嘗。有人呼籲向中國賠罪，他寫道：「我怎麼也不覺得應該向中共的人們賠不是。說是日中戰爭中有人折磨了那邊的人民，所以我也要道歉，可問題是不記得折磨過人的我道歉也不會完事。」他大概是一個素樸的民族主義者，雖然很喜歡說教，甚至出版有《德川家康名言集》，當然都是他莊八之言，但似乎並沒有多麼高深的思想。

山岡還寫過織田信長、豐臣秀吉等，有人譏諷他光寫歷史上有名的人物。同步於大量生產、大量消費的時代，其作品曾擁有大量的讀者，但是在日本文學史上，雪泥鴻爪，不大被置評。一九七〇年代《德川家康》就已被韓國盜版，也頗有銷路，想來譯本更沒了文學，只剩下故事。他說過：「小說是那個作家的排泄物。」

井上靖

1907～1991

蒼狼之爭

日本小說家，寫推理的也好，也愛情的也好，寫來寫去，不知是題材告罄，抑或是一種文學情結，往往就要寫歷史小說。歷史小說一般歸類於大眾文學，是為了娛樂大眾，也就不大把嚴肅與史實當回事，讓作繭自縛的自慰似的純文學抱恨。這個地球上，恐怕沒有哪一個國家的歷史像中國這樣為別國的文學像日本那樣提供了取之不盡的題材、素材，但他們寫中國歷史，讀來常覺淺，這種感覺可能是來自那類作品往往把歷史過於現代化、本國化。文藝評論家小林秀雄說：「歷史，無非是人類的巨大怨恨。貫穿歷史的鐵筋是我等的愛惜之情，絕不是因果鏈子那樣的東西。」似乎中國自古偏好拿歷史說事，歷史小說動輒翻案、影射乃至反黨，汲汲於歷史經驗，而日本人看歷史更多些歎息，好像母親惋惜死去的孩子。

井上靖創作了好些取材於中國古代史的小說，借助於翻譯，也為中國讀者所熟悉。一九六〇年《蒼狼》問世，自道是《天平之甍》、《樓蘭》、《敦煌》之後的第四部歷史小說，寫的是成吉思汗。他認為蒙古民族的興隆完全由成吉思汗這一個英雄肩負了，若不出現成吉思汗，亞細亞歷史會面目全非。

評論家龜井勝一郎為之解說：「資料上必須正確是當然的，一讀《蒼狼》就清楚，井上詳盡查考了資料。但同時重要的是復原力。為了如實復原，除了嚴密調查，還需要詩人的豐富想像力，並考慮追加體驗。面對非日本人的異國的而且古代的生與死，自己假如是當事者，或者正好在場，會怎麼做，這種意義上的追加體驗是必要的。可以說，資料的正確性、復原力和追加體驗是支撐歷史表現的三要素。與此同時，也要警惕隨心所欲的空想。」

龜井的三要素之說不無道理，然而樹《蒼狼》這個樣板，可就是明裡暗裡回擊大岡昇平了，因為大岡曾發難，撰寫了一篇《〈蒼狼〉是歷史小說嗎》，否定井上之作。他指責井上篡改了《元朝秘史》等資料，用狼的攻擊性詮釋成吉思汗進擊不止的行動匪夷所思，寫的不是中世蒙古人的心理，而是現代人的心理。「為利益而侵略，這種人物確實不合乎現代人的趣味，但一個人物對出生抱有懷疑，為克服自卑感而辛苦完成偉業，則完全是現代式的。希特勒因血統裡混有猶太人的血而感到自卑，對猶太人施暴就是要克服自卑感，世上不是一直流行此說嗎？」

井上靖當然不買帳，但是對這位「平日裡敬愛不已的」文壇前輩很客氣，只是說了說「小說家對歷史的處理方法不是要涉足歷史學家不能解釋之處，觸及表面看不見的歷史最深處的流脈嗎？」日後他把自己創作歷史小說之餘的閒筆結集為《歷史小說周圍》，恐怕也不無回敬「是歷史小說嗎」之意。不過，歷史小說不是歷史敘述，大岡並沒說小說家無權在史實之間馳騁想像，而是斷言不能用現代感覺來解釋歷史。這裡不妨讓歷史學家津田左右吉替大岡把意思說清楚：歷史小說「也有出於給古人的心事、行動施加新解釋的動機的，新解釋如果不是依據那個時代的思想，而是基於與之不同的現代人思想，那就是無視歷史的變化，這樣的東西屬於文學類作品，卻難說是歷史文學。」大岡進而認為：「歷史上的人物必須活在那個時代的條件下，這不只是歷史小說這一種類的要求，而且忘卻那樣如實地捕捉歷史，將導致錯誤地捕捉現代。」後來他欣賞井上靖的《風濤》，說是在文獻性再現一個民族的戰亂上取得成功。

大岡與井上的爭論不了了之，十年後的一九七〇年代初，司馬遼太郎、松本清張這兩個歷史小說家風行（讀者往往把松本清張只當作社會派推理小說的巨匠），日本又掀起歷史熱，蒼狼之爭曾一度重提，卻也未能深入下去。歷史是歷史，小說是小說，井水不犯河水，相安無事，但合二而一，就出現了歷史與文學的介面問題。

森鷗外於一九一五年提出的「忠實於歷史與脫離歷史」是關於歷史小說的永恆論題。大家都明白，沒有想像，不要說小說，恐怕連歷史也無從談起。基於史實的想像的界限與節度，允許把史實改動到什麼程度，不可能有一個客觀的指標，難以把握，也就任誰都可以置喙。歷史小說既有歷史本身的評價，又有文學作品的藝術價值，在現代批評中最為複雜。大岡昇平說：「歷史小說不離開歷史就寫不來，但有點自己打自己嘴巴似的，人忠實於歷史才能離開歷史。」把這話換成龜井勝一郎的說法，是「歷史只有化為作者的詩魂時才成其為歷史」。鑽進故紙堆裡，在裡面天馬行空，是歷史學家，跳出來才能作小說家。寫歷史小說或許應該像米開朗基羅雕刻大理石，該雕刻什麼，如他所言，石頭本身已經限定了形象，他的兩隻手只是把那個形象從石頭當中摳出來罷了。

如魚飲水，歷史小說家最清楚歷史小說創作的苦衷，井上靖說：

《樓蘭》是想寫歷史本身，所以採取了那樣羅列史實的寫法；《敦煌》是嘗試用一個小說家的想像填埋歷史空白的作品；而在《蒼狼》裡，我要用我的把握方法來把握成吉思汗其人。似乎鷗外的「忠實於歷史」和「脫離歷史」總是在寫歷史小說的作家心中交互發生作用。

而且，我認為作家的這種動搖根本上來自技術問題。寫歷史人物或事件，寫到登場人物的心理時，越描寫心理越要用「謊話說得像看見過一樣」式的游離方法，這一定是所有寫歷史小說的人都切膚感受的。除了強抑心理寫，或者徹底排除心理描寫，就我的經驗，讓人物在歷史的時間和空間中落實相當難。寫這樣的作品，有一股彷彿從心底湧上來的激情，自己就想進到作品當中去，於是要「脫離歷史」。一離開歷史，會帶來討厭自己寫的人物的結果，那是心知肚明的。

太宰治

1909～1948

太宰治的臉

三島由紀夫討厭太宰治。

儘管討厭，可是從自殺來說，三島卻是步太宰的後塵，而且這兩位日本文學家死後的境遇也相同，小說都仍然被人們愛讀，經久不衰。

研究政治思想史的橋川文三寫過《太宰治的臉》，說：「有的臉莫名其妙地難以忘記。有一種人的臉不知為什麼深深銘刻在心裡，不斷地迫你思索。例如魯迅。關於魯迅的臉，堀田善衛曾寫過很好的文章，有這樣的話：『魯迅選集上照片的臉不知怎麼就烙印在頭腦中，留下了難以去掉的印象。有這種悲淒而高貴的臉的人一世紀頂多一個或兩個吧。』總之，有那樣的臉。我不是說太宰有那類臉，只是相信，包括我那以前看見的和那以後看見的無數的臉，很少遇見像太宰那般的臉。」

到底是一張什麼樣的臉呢？他「不能懷疑太宰的臉漂亮。說漂亮是曖昧的感覺，但那就是漂亮。或者說異常較為正確，也許應該說和善。」

我當然沒見過那張讓橋川文三過目不忘的臉，但太宰治有一幅照片，幾乎是昭和年代最有名的作家照片，經常會遇見，我看了，如果不管他三番兩次地情死，也會對這臉抱有好感。據說，林忠彥在酒吧裡給別人拍照，醉酒的太宰治說：「別光給他拍，給我拍一張！」拍下來的照片就成了這位攝影家的傳世名作。

三島由紀夫見過太宰治，對於太宰治卻是個悲劇。那時太宰治被文學青年團團圍著，三島在他對面坐下，開口就說：「我討厭你的小說。」太宰治目瞪口呆。三島還是大學生，剛得到川端康成的青眼，發表了小說《煙草》，只能算初出茅廬，而太宰治早已名滿天下。

不過，這種挑戰權威的事正是他太宰治最愛幹的。二十多年前，初出茅廬，作品未得到芥川文學獎，便撰文大罵評審委員之一的川端康成是「大惡黨」。然而時不過半年，又寫信給川端，哀求下次把獎評給他，「不要見死不救」，簡直像乞丐死死拉住過路人的衣袖。他也乞求仰之為師的佐藤春夫，未如願，於是寫小說攻擊，佐藤也利用小說反擊，說他是「頹廢派」、「性格破產者」。

或許與這些現世行為有關，三島對太宰的討厭不單是文學的，後來他寫道：「我對太宰治文學抱有的嫌惡是猛烈的。第一我討厭他的臉，第二討厭他的鄉巴佬時髦趣味，第三討厭他演出不適於自己的角色。跟女人情死什麼的小說家風度應該再嚴肅點。」而且從生活來教訓，說：「太宰具有的性格缺陷至少有一半是可以通過冷水擦身、器械體操、規律的生活糾正的。生活裡能夠解決的事情無須煩擾藝術。有點玩悖論，不想治好的病人沒資格當真正的病人。」

名人賣名，各有各的賣點，三島賣的就正是冷水擦身，器械健身，乃至進兵營操練，而太宰治賣軟弱，一副連作人的資格都失去的樣子。他在《富岳百景》中這樣寫自己：「沒有任何值得驕傲的東西，沒有學問，沒有才能，肉體骯髒，心靈也貧瘠，但是有一根稻草的自負，到底有幾個人知道這種自負呢？」《談我的半生》也談到：「自己對世上的人的感情總是很羞怯，用必須把身子矮兩寸走路似的感覺活過來，好像這也就有我的文學依據所在。」他極其執拗地自負唯自己與人不同，卻偏要裝孫子，自虐自毀地反抗社會，天可憐見，卻不料遇上三島這個同樣是自我意識過剩的人，同樣活得像演戲，竟然就勢拿他當孫子，自己裝大爺。

太宰治情死過幾回，第一回是上大學時和有夫之婦，女的死了，他活下來。一九四八年和情人投河，不知是誰怕誰脫逃，兩人綁在了一起，終於自殺告成。遺體被找到那天正好是太宰治的生日，六月十九日，把此日當作忌辰，二〇〇九年他誕辰一百年。屍體浸泡了一個星期，蒼白浮腫，臭不可聞，太宰治的臉自然是慘不忍睹，但旁觀驗屍的編輯事後卻編造神話：嘴角隱隱露出微笑，露出若有若無的微笑。編輯們隨侍太宰治，候取稿子，他這麼一死，就斷了出版的財路或生路，不禁遷怒於情死的女人，說太宰治本不想死，被她拖上不歸路。太宰勢力把髒水都潑到一個弱女子身上，也是要維護偶像的聖潔。在現實生活中太宰治並非弱者，對於女人，他尤其是強者。他的筆一向很暴力，誰不能滿足其欲望就肆意討伐，好似帶毒刺的軟體動物。

有如出痲疹，太宰治的小說幾乎是日本人青春時代必讀的。代表作《人間失格》年年銷行十萬多冊，與夏目漱石的小說《心》爭高低。近來有出版社把封面漫畫化，更吸引年輕人。

教科書中的太宰治

松本清張和太宰治同年，又同樣著名，二〇〇九年日本紀念這兩位作家誕辰一百年，造勢很不小。有調查統計，最初讀他們的作品，小學時代讀清張為百分之一，中學時代百分之十三，讀太宰小學時代多達百分之二十五，中學時代百分之三十五。倘若有時間，想讀太宰的為百分之三十五，清張為百分之三十六，不相上下。

這兩年又掀起一波太宰熱，原因種種，其一恰好他死後過了五十年，著作權解消，作品可以隨便印，多家出版社就趕著紀念他。不必花錢買版權，大概也是我們熱心翻譯太宰治小說的原故。他擅於用說話的腔調，羅列單詞，頻繁斷句，彷彿跟讀者個別談心，讀來有點像當今的網文（網路文章），也是其魅力所在。不過，要說最根本原因，恐怕在於教科書。

一九四八年太宰治開始寫《古德拜》，筆調是幽默的，但分量才夠報章連載十三回，就擱筆跟情人投水了，屍體被找到那天正好是他的生日，享年三十九。一九五五年筑摩書房出版太宰治全集，翌年《快跑，梅洛斯》被選入中學二年級國語教科書，貼上了友情與信義比生命更重要、梅洛斯的行為高尚而美好的標籤。一九九七年以後，所有的中學教科書都採用這篇寓言式小說。這就難怪被調查的人們最初讀的作品，松本清張的主要是《點和線》、《砂器》，太宰治多數是《快跑，梅洛斯》。享譽世界的大作家村上春樹在希臘跑馬拉松，也覺得「這簡直像『快跑，梅洛斯』，確實是和太陽的競爭」。

和村上一樣，梅洛斯也要跑四十公里，太宰治寫道：「太陽緩緩沉入地平線，最後一抹殘光也即將消失的時候梅洛斯疾風般衝進刑場。趕上了！」原來梅洛斯決意除掉暴君，只是有決意而已，就被逮住了。暴君說：「我也希望穩定嘛。」他反唇相譏：「為了什麼的穩定，為了維持自己的地位嗎？」於是被處死。死到臨頭，驀地想起自己大老遠進城來購物，是要給妹妹辦婚事，立馬換了一副語言（原文會話換成了日語特有的敬語表現），懇求暴君寬限三天。謂予不信，可以拿友人當人質，第三天日落不回來受刑就絞死他。現在他終於克服了重重阻礙，及時跑回來了。

《快跑，梅洛斯》是所謂青春文學，抒發了正義與友情的道德性主題。日本文學以及東方文學在描寫西方式愛情以前，本來的主題是友情，而今友情幾乎只活在武士小說或武俠小說裡。可是，梅洛斯的友情是什麼樣的友情呢？隨心所欲地革命，卻為了一己之私，未徵求友人同意，擅自用他的生命為自己的人格和信誓擔保，雖沒有替死，至少也遭受三天罪，尤其是心理的。分明置人於險地，反倒變成了拚命救人的英雄，豈非怪事。這樣的行為與暴君實質上別無二致，可謂暴民。

這篇小說是借用席勒的詩《人質》創作的。太宰治的摯友檀一雄記述了一個的逸話：跟太宰治去熱海玩，身上沒錢了，留下一雄當「人質」，太宰去找錢，卻杳如黃鶴。一雄被人跟著回到東京，在井伏鱒二家找到太宰。作家其人不能與其作劃等號，但是像其他作品一樣，《快跑，梅洛斯》也讓人油然聯想太宰治的為人行事，譬如芥川獎事件。太宰治因毒癮而負債，非常想得到芥川獎，用獎金還債，但未能如願。本來很自負，以為大家都會捧著他，不料被川端康成批評生活不檢點，立刻跳起來罵川端是大壞蛋。後來卻又寫信給川端康成和佐藤春夫，懇求給他獎，給他希望和名譽，還是落空了，便在小說中攻擊評委們。不過，從日本文學史來說，芥川獎未獎給太宰治和村上春樹倒也是兩大遺憾。

太宰治師事作家井伏鱒二。他兩度自殺，兩度情死，都死裡逃生，以致人們疑惑他是否真想死，只怕第三次情死成功也並非所願，起碼從《古德拜》來看，不是因江郎才盡。與第一任妻子情死未遂後離婚，井伏邀他到富士山下寫長篇，並為他做媒。婚後生活檢點了，精神安定，《富岳百景》、《快跑，梅洛斯》、《女學生》等作品的色彩也明亮。《富岳百景》裡出現井伏，他在一座山頭鬱悶地放了屁。對這個描寫，井伏認為不符合事實，他不曾放屁，要求訂正，但太宰用敬語說他就是放了，而且是兩個。日本的文學作品常常像日語有真名（漢字）和假名（字母）一樣真假相混。井伏覺得太宰最好的作品是《維榮之妻》。戰敗後二人疏遠了，最後太宰治在遺書上冷不丁寫了一句：「井伏是壞蛋」。也許這就是無賴派的反俗。他在《正義與微笑》中寫道：「沒有誰在我的墓碑上刻下這樣一句嗎：他最喜歡讓人高興！」太宰治用文學做到了這一點。

梅洛斯的行動使不能相信人的暴君相信了信實絕不是空虛的妄想，當梅洛斯與朋友相擁而泣的時候，民眾卻是為國王歡呼萬歲。小說怎麼讀，完全是每個讀者自己的事。例如某地有人犯經濟罪，請求為母親奔喪。來去兩天，一覺都沒睡，按時返回了牢房。檢察官不由地想起《快跑，梅洛斯》，慚愧自己起初還不想放犯人去。畫家安野光雅對梅洛斯的作法不以為然，認為那是假裝英雄，應該騎馬去，哪怕盜匹馬。安野畫繪本很有名，也裝幀圖書，知識廣博。

《快跑，梅洛斯》有多種版本，還畫成繪本、漫畫，據之改編的動漫也得到政府文化教育部門的推薦。在課堂上讀太宰治，還有《富岳百景》，多數高中國語教科書選用。從選用率來看，這篇文章排在夏目漱石《心》、中島敦《山月記》、芥川龍之介《羅生門》、森鷗外《舞姬》之後。

松本清張

1909～1992

重讀松本清張

讀雜誌專欄，欄目叫《再見，我的書》，台灣作家楊照談到了松本清張，那卻是令他難以割捨的。寫道：「松本清張，一九八〇年代我思想困頓中的一道明亮光線。」又道：「松本清張恢復了我對文學介入社會、改革社會的信心。」

由此想起自身的經歷，也是在一九八〇年代，那時編《日本文學》雜誌，介紹小林多喜二等的普羅文學、戰後派文學過後，與時俱進地轉向夏目漱石之類名家，以及當代推理小說，首選是松本清張。理由也簡單，即在於他的「社會派」旗號，被認作揭露資本主義社會。那時候乍暖還寒，有下半身作家之稱的渡邊淳一曾一度遭禁，後來二進宮，乃至被捧為情愛大師。

松本清張從一九五一年動筆寫小說，時年四十二歲。起初從歷史取材寫純文學，一九五八年改寫推理小說，開創「社會派推理」，一舉把向來被當作娛樂大眾的推理小說提高了文學地位。

何謂社會派？當時文藝評論家荒正人是這樣解說的：「對於認定偵探小說不是正規小說的人們，我硬要推薦這個長篇《隔牆有眼》，書中展開的奇怪犯罪富有驚悚，但不是單純為殺人而殺人。以現代的社會惡為背景，具有十足的現實感。」清張登場，日本（偵探）推理小說史為之一新，以致有「清張以前、清張以後」的說法。當然清張以前的推理小說也破解何以至於殺人的動機，但無非為金錢、名譽、愛情等，過於單純，而清張從社會背景來揭示犯罪動機，直指人性與組織的邪惡。有人稱他是日本的巴爾扎克，「普羅文學自昭和初年以來未能實現的對資本主義社會黑暗的描寫就此成功」（文藝評論家伊藤整語）。

松本清張熱衷於社會派推理小說創作前後約十年，即昭和三〇年代（一九五五年至一九六五年），這正是日本經濟高速度發展，被驚為奇蹟的年代；一九六四年在亞洲第一個舉辦東京奧運會，一九六八年GNP躍居資本主義國家第二位。經濟奇蹟的背後潛藏著「動機」。一切向錢看，新的人際關係與價值體系還沒有定型，跟上時代的與跟不上時代的，有錢的與沒錢的，矛盾一味地激化，糞土生蛆般產生瀆職、賄賂等「案件」。通過對犯罪的推理，深刻而犀利地暴露社會的腐敗、權力的蠻橫、強者的無人性，揭示政治、社會體制的結構性矛盾，為歷史存照，讀松本清張就是讀日本史。從本質上來說，推理小說也無非懲惡揚善，但一個案件解決了，不等於解決了社會的根本問題，問題猶在，下一個案件的發生幾乎是可以期待的。經濟完成了轉型，發展趨於穩定，激蕩的年代過去了，而清張本身的興趣與關注也更加多歧，揭秘昭和史，索解古代史，對歷史的推理勝過了文學推理。

清張出身貧寒，只上過小學，卻是在高學歷成堆的報社做事，半生遭冷眼，從鬱積的怨恨中形成了獨自對社會大加鞭撻的思想，發而為文。他議論過芥川龍之介、三島由紀夫、大江健三郎，指出三人的共同之處是素材的人工性。說大江健三郎「壓根兒不是所謂左翼，不是所謂進步文化人的類型。從學生一下子進入作家生活，所以，像《死者的奢華》那樣的感覺性文章是本來的大江健三郎。可他偶然採用反美的素材，可以說這是為小說而採用了素材，並不是從他的思想走到了那裡」。《死者的奢華》是大江健三郎上大學時創作的短篇小說，嶄露頭角。在清張看來，文學需要有紮根於生活的思想，然後才形諸文字。這三位作家沒有生活經歷，只能在頭腦中製造人生，所以他們的文章是「人工的」，用當下的網語來說，就是「裝」。三島瞧不起推理小說，甚而頑拒把清張收入日本文學全集，但他的《金閣寺》用社會派推理小說的手法探究犯罪動機，不是很有點「清張式」嗎？

從積累了半生的實際生活中挖掘素材，清張似以此自負。不過，作家或許本來有兩類，一類靠生活，一類靠想像，也就是編造生活。以近年獲得芥川獎的作家為例，田中慎彌高中畢業後就關在家裡寫作，靠母親養活。他寫性，寫女人，但除了他媽，在見到女編輯之前，幾乎只接觸過便利店女售貨員。西村賢太初中畢業後在社會底層幹種種營生，所寫完全是本人的經歷，甚而擔心同居過的女性告他把人家原封不動地寫進小說裡，這也就是所謂私小說。

一九六四年四月一日，日本人出國旅遊自由化，但一年限一次，只能揣五百美元。十年後，出國旅遊大眾化。啥時候咱也出國去逛逛，這想法大大改變日本人的意識。當年四月十二日清張第一次出遊，翌年赴海外取材，創作了《沙漠的鹽》。這是有婦之夫和有夫之婦去沙漠裡情死的故事，有點像渡邊淳一所嗜好的題材。案件中少不了二奶小三，但清張一向對性的描寫很克制，這就是作家的資質。小說不是要起到春宮圖的作用，床上戲是情節需要之類說法也近乎扯淡。故事是人編的，沒有哪個場面非要不可。

一個作家大概要經受三種評論，在世時讀者的褒貶、媒體的蓋棺論定、研究者的歷史評價。松本清張說，自己出道晚，剩下的時間全部都用於作家活動。到一九九二年去世，四十年間寫了十多萬張稿紙，全集有六十六卷之多。三十年前讀松本清張似乎早了點，大概當下讀，正當其時也。

柴田錬三郎

1917～1978

刀尖自左畫圓時

「讓你在此世的最後一眼看看眠狂四郎的圓月殺法罷。」

狂四郎聲音冷漠，擺出了下段架勢，刀尖指向腳前三尺遠的地面。接著，徐徐由左伸臂畫圓。對方決眥欲裂，瞪大了雙眼追隨著轉動的刀尖，說來奇怪，那眼裡鬥志消沈，卻好似著了魔，滲出茫然若失之色。

刀身轉到頭頂，成上段姿勢，畫成這半月形的剎那，狂四郎五體跳躍。

對方的身體濺起血霧，往後倒仰。

還沒有敵手能撐持到眠狂四郎的刀畫出一個完整的圓。

——這就是柴田鍊三郎筆下的圓月刀法。憑此刀法，他與揮刀斬影的五味康祐兩雄並世，雙璧爭輝，捲起了一場劍豪小說熱。武林智者百曉生若萬幸躲過小李飛刀，讓他來品評，恐怕也評不出這兩位日本武士小說家的高下。不過，五味所創作的劍豪，殺敵的瞬間在做著「喪神」，而柴田讓眠狂四郎走一條與所謂劍豪正相反的生路，被圓月刀法斬殺的對手是「喪神」，狂四郎意識裡充滿殺人的現代罪惡感。

柴田鍊三郎威震江湖，人稱「柴鍊」。生於一九一七年，三歲時多才多藝但一事無成的父親去世，留下些漢籍在書房，留下些資質在他的血液裡。源於這些資質，他自幼好讀書，小學時認識的漢字比老師多，但不愛上學，愛的是游泳，更愛編瞎話講給同學聽。寄居叔父家，因為叔父開醫院，他就報考慶應義塾大學醫學系預科。念了半年，了無興趣，便轉到文學系預科，並開始寫小說。慶應的文學刊物《三田文學》是他修練文學的道場。三年預科，只記得亂讀一氣。或許是父親留下的漢籍之緣，大學本科攻讀中國文學。不喜交往，晨起放聲讀杜詩，不睬與文學全然無緣的同學。畢業論文是《魯迅論》。年長一輪的大哥有文才，上大學時自費出書，誘發他立志當作家。

柴鍊生長的時代是他最喜愛的作家芥川龍之介漠然不安的時代。一九四二年接到一紙徵兵令，本來他身體不合格，可見戰局已不妙。二哥蹬軍靴，挎軍刀，來家祝賀，但柴鍊說：「有什麼可喜的，這仗是你們軍人隨意搞起來的，我們老百姓不懂什麼聖戰不聖戰的。」已經是陸軍中尉的二哥大怒，把瘦弱的弟弟抓起來丟到屋外。鍊三郎忍住淚爭辯：「我只問一句，當兵是你選的路，文學是我選的路，逼人放棄自己選擇的道路，誰能爽快答應！讓你現在棄武從文，你高興嗎？」二哥無言以對。這時的柴錬已經出版了第一部長篇小說《文久志士遺聞》，是歷史小說。

入伍後偷偷喝醬油，跑百米，裝出「發作性心動異常疾速症」，終於被除隊。但一年後又徵召，他只帶了維利耶・德・利爾阿達姆（Auguste Villiers de l'Isle-Adam）的短篇集和杜甫詩集，上了往南線運送兵員物資的運輸船，當衛生兵。這次看來是死定了。衛生室在甲板上。黎明前的黑暗裡航行在台灣以南的巴士海峽，被潛艇的魚雷擊中，船首朝天豎起，這時若還有閒心的話，從甲板上看海面，就好似從十層樓上俯瞰街道。聽從一大尉的教導，柴錬護住股間，跳進大海，奮力游離行將沉沒的萬噸巨船。浮出海面的人寥寥無幾，那景象大概像晚秋罷園的西瓜地。柴錬體力差，但知道不消耗體力的方法。這時想故鄉，想父母、妻兒、戀人，大動感情，就消耗體力，再強壯的軀體也難免一死。他從腦子裡趕走留在日本的一切，完全處於虛無狀態。這是萊蒙托夫、梅里美、利爾阿達姆支撐了他的生命。學生時代讀過這些文學家的作品，學來了虛無思想，使他能夠把體力消耗控制在最小限度。他回想：「我被拋進最悲慘的極限世界，能僥倖活下來，靠的是『護住股間』的形而下的動作，與『學文學知道了虛無』的形而上的思惟。」虛無地漂浮了七個多小時，被驅逐艦救起。

柴錬從不打算想把這段恐怖經歷寫成小說。復員又回到日本出版會工作，編輯週報《日本讀書新聞》，後創辦月刊《書評》，半年而廢。妻病子幼，只好給低級而盛行的娛樂雜誌寫色情小說，以圖自救。被文學之師佐藤春夫叫去訓誡了一頓，從此改邪，歸而寫正經的小說，第二篇《耶穌的後裔》一九五一年獲得直木獎。本來以純文學自負，卻被直木獎貼上大眾作家的標籤，茫然若失，覺得自己在文壇上好像是猿頭狸身虎足蛇尾的怪物，煩惱得簡直要自殺。歸屬問題是那個時代的文學所特有的煉獄，榮獲芥川獎的五味康祐、松本清張也經歷過。

報社的週刊雜誌印數誘人，一九五六年新潮社在出版業首創週刊，沒有新聞業的報導優勢，但文學蓄積豐厚，揚長避短，以小說連載取勝。主持週刊的是軍師似的人物齋藤十一，獨具慧眼，當年就是他引導五味康祐以小說《喪神》成名，週刊從創刊號連載他的《柳生武藝譜》。大家谷崎潤一郎的連載因故中斷，齋藤登門請柴田鍊三郎出山。期限緊迫，柴鍊趕忙讀吉川英治、大佛次郎的作品，但不願寫《宮本武藏》式的求道者、《鞍馬天狗》式的正義漢，也不想寫織田信長、豐臣秀吉、德川家康之類玩權術的歷史幸運兒，不寫內心和外貌沒有陰翳的人物，不寫向前看的人物。他要無視以往武士小說的法則，乾脆對著幹。去舊書店搜購以供參考的書籍，看見中里介山的《大菩薩嶺》，這是武士小說的開山之作，雖然沒讀過，但也知道主人公的名字「機龍之助」。這個「機」（書桌），但凡上過小學的人就用過，所以自己創作的主人公也要有一個平易近人的名字。睡不著覺，想到了「眠」，人人都需要睡覺，那就叫主人公以此為姓。人物的性格呢？必須是日本故事中從未有過的性格。出生陰慘，命運扭曲，隨時被殺也毫不在乎，那就讓他是混血兒，荷蘭傳教士在酷刑下背叛信仰，銜恨強姦了武家女子生下的，天生的虛無主義者。他手中的刀，也不是武士的靈魂，完全是凶器。既然是凶器，剝女人衣裳也好，殺狗戳糞也好，隨便怎麼用。「眠狂四郎」就這樣出世了。主人公的魅力在於人格與遭遇，西方文學有哈姆雷特、基督山伯爵、三個火槍手，而日本戰敗後武士小說中最具魅力的形象是眠狂四郎。

系列小說《眠狂四郎無賴抄》在雜誌上連載不多日，柴錬又另闢用武之地，在報紙上連載《遺劍知情》，與後來的《美男城》、《孤劍不折》合為戰國三部曲，筆墨酣暢，大獲好評。《孤劍不折》尤為扛鼎揭旗之作。這部長篇小說的背景是德川家第三代將軍家光當政的時代，幕府體制尚處於草創階段。家光憂懼弟弟忠長謀反，家光的乳母春日局命柳生宗矩暗殺忠長，而輔佐家光的松平信綱認為殺掉忠長只會使世局更動盪，遣小野單刀派門徒神子上源四郎除掉柳生的暗殺團夥。舊武田家的五十萬兩藏金，天主教徒們的浴血苦難，美音的姊姊絲耶行刺春日局，病弱的美音被賣進青樓，錯綜迭起的故事由刀串聯，構成刀的世界，而源四郎對美音的純愛是狂四郎身上所不見的。

對決是劍豪小說的模式，小說家的高低取決於模式翻新，看誰把對決的場面寫得更出彩，出奇制勝。柴錬描寫源四郎與宮本武藏的養子伊織對決，教人不能不佩服他確是箇中高手。可是，一把刀能救助幾個人呢，源四郎黯然傷神，踏上旅途。柴錬說他喜歡寫孤獨的人，忍耐孤獨比叱吒十萬大軍更難。沒有雷同，打鬥的場面多變，小說家本人也頗為自詡。

柴錬玩命寫劍豪小說，某日更深，寫累了仰臥，呆望天井，感到一種奇妙的空虛：為什麼一直過這種日子呢？他自問自答：這就是自虐精神罷。當初眠狂四郎系列約定每週一篇，寫二十篇，最後一篇殺掉他，但讀者要他活，結果斷續寫了近二十年，總計三百三十七篇。

柴錬的風貌，作家安岡章太郎是這樣描述的：「臉乾瘦，像曬乾的鯡魚；一直抱著胳膊，嘴抿成八字形，不時翻動一下無邊眼鏡後面的黑眼珠靠上、三面露白的眼睛，目光灼人；成天皺著縱溝似的眉頭，下巴弄成個梅干，似乎世上一切事情都教他厭煩。」傳聞某雜誌費了兩個小時才總算拍到了他的笑容。但柴錬自道：「我如果是冷酷無情的人，那肯定就不寫武士小說，而是一個勁兒寫『純文學』什麼的。」

晚年，柴錬在《週刊花花公子》雜誌上開設《圓月說法》專欄，對年輕人說教人生，關於「無賴」，他說：「依循自己的規則，也就是有理智的操控罷，不管世間說什麼，只要自己相信那規則是對的，就照此行動。這樣有自尊心的行動就是無賴。」

柴田鍊三郎的一生是「無賴」的一生，卒於一九七八年。

水上勉

1919～2004

悼念水上勉先生

水上勉先生去世了。

我曾見過他一面，已經是大約二十年以前了。那時在地方上編輯一個有關日本文學的雜誌，聽說水上勉先生率日本作家代表團訪問中國，便專程到北京拜訪。不會說日語，也不大知道日本的事情，多虧有中國作協的朋友陳喜儒引見，中國文聯的朋友王玉琢陪伴，壯起膽子走進了北京飯店。依稀記得久聞大名的北京飯店不像日後那般富麗堂皇，水上先生下榻的房間不算大，宮本輝先生也過來聊天，就只好坐在床上。

水上先生出生於一九一九年，跟家父同齡。日本作家中不乏美男子，我尤其欣賞水上先生和五木寬之、椎名誠，而先生更多些紳士和長者的風度。他從各處拿過來五個杯子，包括漱口杯，然後打開一瓶中國烈酒（那年月還沒有低度酒），挨著個斟上。我沒想到酒竟然就這麼喝，連一點抓頭（日語叫「撮」，指下酒菜）都沒有。這是我第一次見識日本人喝酒，當然更沒想到後來會習慣了這種喝法。玉琢、喜儒二兄長年從事中日文化交流，精通日語，我夾在中間也聊得暢快無阻。中國人日譯中，時常把一目了然的句子添枝加葉，好像那才顯出譯筆的高低。我問先生，日本文學為什麼那麼質素呢？他說：「好比白色的碟子，陽光照在上面會映出五光十色，日本的作家往往只拿出白碟子。」

宮本輝先生拿著照相機，給我和水上勉先生照了相。這張合影在雜誌上登出，突出個人，惹惱了上司，埋下我辭職東渡的前因。玉琢兄跟宮本先生非常熟，叫他「阿輝」，更因為大家歲數差不多，到他房間裡就輕鬆了。出於職業好奇，我問他稿費幾何，他故作詭秘：「這可是犯忌呀，我的稿費比水上先生還高呢。」原來日本並不像中國，作家憑老本拿稿費，而是誰流行誰賺得多，當時宮本輝正大紅大紫。多年後讀到他一篇隨筆，說他和水上勉先生在避暑勝地輕井澤看見一個家貓走失的招貼，賞金之高讓他們垂涎，想投筆找貓。我忍俊不禁，像得知了老朋友近況。

水上勉先生本人最得意的作品是《饑餓海峽》，若不是自己寫的，他還要多誇幾句哩。我從稿件中讀過幾篇他的小說，印象最深的是《越前竹偶》。來日本以後，經濟保證人金子勝昭先生是出版社文藝春秋老編輯，要領我見水上勉等作家，可我覺得過去有編輯頭銜，而今是自費來日本，不好再招搖，況且我向來討厭見一面就算是「我的朋友」，列入多個朋友多條路的名單，終於沒有去。

後來聽說有一個「若州一滴文庫」，是水上先生投私財修建的，特意去參觀了一趟。文庫在福井縣，那裡是先生的故土，過去東部叫越前，西部叫若狹，又叫若州。文庫旁邊還有竹偶館，製作了許多先生作品中的人物，上演竹偶戲。圖書室裡寫著這位出了大名的前輩給家鄉子弟的一段話：「我生長在沒有電燈的家庭，渴望書。九歲出村，讀書揀到了未知的人生和夢想。能當上作家也多虧了書。現在我把我的藏書向你敞開。書是寶貴的，隨便讀吧，揀到點什麼。」

水上勉先生的父親是一個窮木匠，為了減少一張嘴吃飯，把九歲的勉送到京都臨濟宗名剎相國寺當小和尚。他討厭寺廟生活，曾隻身逃離，最終在十八歲還俗。這一段人生使他寫出了由推理小說回歸純文學的名作《雁寺》，後來為一休、良寬等禪僧立傳，也隱隱滲透著自身的宗教經歷和思想。七十多歲的時候愛上了燒陶，給自己製作「骨壺」（骨灰罐），恐怕不只是終生不衰的好奇心使然，到底是佛寺長大的。一滴文庫的「一滴」即出自故里禪僧的「曹源一滴水」之語。

先生二十九歲出版處女作《平底鍋之歌》，這是一部私小說，賣得也不錯，卻到底難以養家，妻子也逃之夭夭。此後擱筆近十年，幹過三十多種營生。一九五六年在倒賣西裝的路上偶然讀到松本清張的推理小說《點與線》，死灰復燃，創作了《霧與影》。第二部推理小說《大海獠牙》獲得偵探作家俱樂部獎；他文學生涯獲得十多個獎項，這是第一個。上世紀七〇、八〇年代，世無英雄，且樓臺近水，我也悍然翻譯過日本小說，但一九九二年七月三十日中國加入了世界著作權公約，以前的擅自翻譯都報廢，倒也免了悔其少作，唯有水上勉先生的這部《大海獠牙》由群眾出版社購買了版權，重新出版。

終於沒有再見過水上勉先生，卻時時留意著，是一種追星族心態吧。十年前先生出版了《心肌梗塞前後》，趕緊買來讀。他在〈後記〉中寫道：「一九八九年六月一日作為作家訪華團的一員訪問北京，四日發生天安門事件那天，正住在天安門附近的北京飯店，眼見一部分騷亂，身心有變。六日晚搭乘第一架救援機飛抵羽田機場，但回到家裡兩個小時後發生心肌梗塞，瀕臨死亡。幸而保住一條命，住院出院折騰了差不多兩年」。

若狹多竹，水上先生愛竹，還會用竹漉紙，畫水墨畫。用日本話來說，他的一生七轉八起，波瀾萬丈，恰似一竿竹，一節又一節向上拔高。高風亮節，綠竹知其心。享年八十有五，在日本也要算長壽。嗚呼，尚饗。

五味康祐

1921～1980

五味筆下劍氣豪

禮尚往來，三國年間魏明帝回賜日本，禮物有兩把「五尺刀」。日本出土過這種刀，銘曰：「百煉精鋼，上應星宿，下辟不祥。」日本傳承了吳越之地的鑄劍技藝，多能工巧匠，把刀打造得更其精良，似劍非劍，單刃而長身，尤其那弧度別具美感。到了宋代就臻於用刀進貢，歐陽修讚之為寶刀，明代更成為大宗貿易。日本刀集殺人與審美於一身，恰好代表了他們的兩重性德行。劍在前秦時代已極為發達，但日本拿了來基本是用作祭祀，而後被接踵傳來的鐵刀取代，只掛在貴族腰間裝飾身分了。刀也混稱為劍，是一個美稱，明明在那裡耍大刀，卻稱作劍道。他們的劍士或劍豪，讓我們來看其實是刀客，卻不妨人云亦云。日本人愛刀，不管他由愛刀而尚武，抑或因尚武而愛刀，總之，刀與武都不現實了，就只有向「劍豪小說」尋求所愛，樂在其中。

劍豪小說類似於我們的武俠小說，是武士小說的一個種類。所謂武士小說，日本叫時代小說；

時代，指的是過去的時代。當初武士小說基本寫江戶時代（十七世紀至十九世紀中葉），但時代推移，後來明治時代也被當作小說的時代舞臺。而今時代演變得更快，或許過不了多久，昭和時代也將蒙上歷史塵埃，滿紙蒼茫了。武士小說不同於歷史小說，雖然兩者的涇渭從來不分明。

歷史小說應該是虛構為史實服務，站在現代的高度審視已往如煙的歷史，進而思考今天以及明天的生活方式，而武士小說向來是史實為虛構服務，作家用天馬行空的想像編造故事，人物穿戴了歷史衣冠，底下卻還是一顆現代心，所以又稱作「頭上挽髻的現代小說」。讀者可以藉武士小說游離不勝其煩的日常，讓劍豪武俠替自己整治這難以順心如願的世界。

從文學史來說，武士小說濫觴於中里介山的《大菩薩嶺》，大成於吉川英治。《大菩薩嶺》中以濫殺為能事的單刀派機龍之助，吉川英治創作的劍禪如一的雙刀派宮本武藏，皆仗刀橫行，可見武士小說本來以劍豪小說為主流。吉川說：「歷史上的人物，所謂故人，絕不是一死了之，無論何時應社會形勢一招呼就活在地下，幫助日本的文化。故人被喚回，那就是小說，就是電影，就成了書，在人們中間傳播。」

日本戰敗，美國佔領軍認為劍豪小說裡魂兮歸來的是封建武士道、軍國主義，當即下禁令，對砍砍殺殺的小說及電影嚴加限制。在這樣的社會形勢下，作家們隨風放下「屠刀」，當春乃發生的是「捕物帳小說」，也屬於武士小說，近乎我們以前的公案小說，由岡本綺堂的《半七捕物帳》發軔，一時滋潤得蓬蓬勃勃。境未遷而時過，一九五六年日本「不再是戰敗後了」，經濟起飛，出版社競相創辦週刊雜誌，劍豪小說因之重振江湖，蔚為大觀，掌門人就是五味康祐。

五味是大阪人，生於一九二一年。三十歲時浪跡東京，身無分文之時偶然結識了《新潮》雜誌編輯長齋藤十一，寫小說找他換錢。有了錢吃飽肚子再接再勵，但寫了多少篇都不能刊用，終於對自己的寫作才能絕了望。齋藤幫他找生計，做社外校對。五味從中學時喜歡聽音樂，太想給舊收音機配一個好喇叭。打算向齋藤預支工錢，沒容他開口，齋藤說：你來得正好。原來雜誌要出一期專號，給五味機會寫一篇。那就賺來這筆稿費買喇叭，可是寫什麼好呢？聽著德布西的《西風所見》忽現靈感，決定寫一個男人的自殺，但切腹沒意思。到圖書館查了四、五天資料，一氣呵成了《喪神》，寫的是天下無敵的劍豪。還加了副題「西風所見」，這一抹文學青年的乳臭被齋藤去掉。西風看見了什麼？不知為何，我讀《喪神》不由地聯想日本與中國以及美國的歷史關係，似乎是一個隱喻。五味買了喇叭，沒能買最好的。《喪神》刊登在《新潮》一九五二年十二月號上，新年伊始，獲得芥川獎。

五味筆下的劍豪造型截然有別於克己修行的宮本武藏形象，開啟戰敗後劍豪小說新潮流。夢想成真，五味有點暈，夫妻倆高興得一夜沒闔眼，晨起聽莫札特的交響曲。就勢把以前不被採用的舊作翻出來交《別冊文藝春秋》雜誌發表，慘遭苛評，被打擊得一個字也寫不出來了。只能聽音樂，聽韓德爾和巴哈，還有韋瓦第。日子更難過，把獎品歐米茄懷錶也送進當鋪，這當口電影公司購買了「喪神」。電影上映，攜妻去電影院看。五味潸然出涕，從電影上分明看見了一個作家的才能，沒有才能是寫不出這樣的原作的。自信油然而生。幾天後偏巧在街頭就遇見《別冊文藝春秋》編輯長，約他寫稿，從此再起。《秘劍》、《柳生連也齋》等佳作頻頻出手，率先垂範，捲起一場劍豪小說熱。他感歎：「培育一個作家的，不是作家本身的才能，而是編輯。」我想，還有音樂。

五味興趣廣，簡直是五味雜陳，評論棒球，講授麻將，也會看手相，更擅談音樂，是音響發燒友先驅。據說《柳生連也齋》的決鬥也是從俄國作曲家拉赫曼尼諾夫的交響樂聽來的。真正使他名聲鵲起，作品走俏的，是這個短篇小說。最後的決鬥別開生面：在城外天白原，鈴木綱四郎背向朝陽，柳生連也齋腳踏他身影的尖端。太陽上升，萬象運行。連也齋看似不動，其實隨綱四郎身影一點點縮短而逼近。雲遮日的瞬間，雙劍交輝，誰的額頭現出一道紅。上應天道，揮劍斬影，但到底誰倒地，需要讀者來自作結論。《喪神》的結尾，究竟是幻雲齋要殺死哲郎太，還是打算讓他如願復仇，殺死自己，作家也不去點明。笑而不答心自閒，東方劍客的刀光閃處飄渺著西洋樂曲。

文藝評論家秋山駿推崇五味康祐，說他的《柳生武藝帳》在多如繁星的武士小說中首屈一指，遠遠超過吉川英治的《宮本武藏》。三島由紀夫也同意這個看法。劍豪小說寫刀寫人，高低首先取決於打鬥的描寫。《柳生武藝帳》中，霞多三郎和獨眼柳生十兵衛在佐賀街道不見身形的捉對拚搏，十兵衛、友矩、又十郎三兄弟對浮月齋、印南勘十郎、井元庸之介的聯手對陣，獨出心裁的場面此伏而彼起，令人稱快。劍豪給人的印象每每是孤傲的，憑莫須有的絕妙刀法獨步天下，自五味始，組織與個人的問題意識被納入小說，出現了集團群像，單打獨鬥也變為成群結夥的廝殺，這是戰敗後日本上班族社會的反映。

他畢生寫「柳生」系列，《柳生武藝帳》是集大成之作，也是戰敗後武士小說代表作。所謂武藝帳，不是中國武俠小說裡常見的劍譜，而是柳生派門徒名簿。柳生派表面是武藝流派，其實是忍者集團，所以這個小說也先於司馬遼太郎的《梟城》，是另一類武士小說即「忍者小說」的嚆矢。忍者集團隱藏在幕府內部，為首的柳生宗矩充當第二代將軍德川秀忠家的劍道教頭。秀忠施壓，把女兒和子送給後水尾天皇為妃。天皇不願皇家血脈裡流有德川幕府的血，要殺掉興子所生皇子。宗矩呈上武藝帳，聽憑天皇指定殺手。兩個皇子接連遇害，宗矩也不知何人所為。要知道誰接受了天皇密詔，唯有把散在三處的武藝帳合在一起。三卷武藝帳攸關皇室和平、幕府安泰，而一旦暴露也危及柳生一門。各路英雄尋找武藝帳，你爭我奪，大顯身手，或許因故事繁雜，規模宏大，終於是未完成品。

刀是凶器，閃著生的光，濺起死的血，就在這生死之間，作家寫出人情世態。日本人凡事好新，從推理小說、戀愛小說來看，確然如是，但武士小說及歷史小說多有例外，人們更愛讀過去有定評的作品。五味康祐於一九八〇年去世，最後在病榻上聽的是貝多芬鋼琴奏鳴曲。他在讀者心目中寶刀不老，從未退出武士小說的江湖。

隆慶一郎

1923～1989

隆慶一郎成名之作《影武者德川家康》。

從史學到文學

新潮社第二次刊行《隆慶一郎全集》，每月一卷，於二〇一〇年七月出齊，計十九卷。

二十年前的一九八九年三月隆慶一郎出版《一夢庵風流記》，十月獲得柴田鍊三郎獎，寫下〈獲獎之言〉，說：「回首已六年，始自迎來六十歲，叫什麼還曆，返回了奇妙的赤子之日。我厭倦了以往的生活方式。想過新的生活方式，不是影像，決意用文章，並採取傳奇的手法，重新建構歷史事實。今年正好是六年。六年之間問世了長篇小說五部、短篇小說集一部、隨筆集一部。單算小說是六部，可說是奇妙的巧合。今年以小說第一次獲獎，而且是冠以柴田鍊三郎這位傳奇式武士小說家之名的獎，更是奇妙的巧合，大為感動。」十一月，隆慶一郎因肝硬化溘然長逝，享年六十有六，徹底巧合了。

武士小說，日本叫「時代小說」，所謂「時代」，主要是江戶時代。這類小說大都以江戶時代為背景或舞臺，即便寫市井，一般也少不了武士。隆慶一郎為什麼寫武士小說呢？答曰：「因為死人比活著的人靠譜罷。」人們有一個印象，寫武士小說以及歷史小說的作家多是低學歷，如吉川英治、山岡莊八，但起碼隆慶一郎畢業於東京大學文學部法文科，大江健三郎是後輩。他生於一九二三年，作為學生兵入伍，轉戰中國，行囊攜帶了法國詩人蘭波的《地獄一季》。戰敗後復讀，畢業正趕上辰野隆教授退休，開筵紀念，隆慶一郎初次見到前輩小林秀雄，說：「我想在先生手下工作。」小林喝著酒，說：「可以，明天來吧。」於是隆慶一郎在小林執掌編輯業務的出版社當了兩年編輯，深受其薰陶。後到大學執教，三十一歲開始寫電影腳本，數年後辭去教職。寫腳本用的是本名池田一郎，大約編創了一百二十部。

一九八三年小林秀雄去世，翌年，隆慶一郎在週刊上連載小說《吉原恩准》，搖身一變為小說家。文藝評論家秋山駿據此推測，小林在世，隆慶一郎不好意思寫，因為他要寫的命題跨出了小林世界。此說流傳為逸話，但實際上隆慶一郎早就著手寫小說，乃至大忙，不時在腳本上一筆帶過：「此處由導演處理。」不願讓人聯想劇作家寫小說，所以用筆名隆慶一郎，世間以為與恩師辰野隆的名字有關，其實，這是一個小酒館的老闆娘越俎代庖給他起的。

隆慶一郎的武士小說有什麼特別之處呢？在隨筆集《武士小說的愉悅·後記》中，他寫道：「現代歷史學處於巨大的轉變期，這也是我偏向武士小說的理由之一。一言以蔽之，那就是相對於以往的農業定居民的視點，開始同樣重要地重視非農業民的視點。沒有固定的土地和房屋、一輩子放浪全國的人們，還有漁夫、山民、走卒，用這樣一種自由人的眼睛眺望歷史，究竟會展現怎樣的情形呢？這真是說不出的快樂有趣。」這就是秋山駿所說的跨出了小林世界。

日本列島自古形成以農耕為基礎的社會，歷史與文學一向從定居的「常民」角度書寫，不關注「非常民」，如漁夫、山民、工匠、走卒、藝人，以現代來說，譬如《伊豆的舞孃》（川端康成）中的江湖藝人們。他們沒有土地，脫離了支配與束縛，處於體制外，是一種自由人（同時是饑餓的自由、路倒的自由），四處漂泊。雖然各具才能（若無一技之長，那就只有死），為社會生活所需，但農耕文化把持話語權，他們就屬於不務正業。隆慶一郎留意史學研究的動向與成果，例如史學家井上鋭夫指出抵抗織田信長「天下布武」的一向教起義主力是農民之外的各色人等，所著《一向教起義研究》甚至使隆慶一郎興奮異常，打開了全新的眼界。他用豐富的想像力將網野善彥在《無緣・公界・樂——中世日本的自由與和平》中論述的日本史之中的異常空間加以具體化、文學化，描寫那些抗拒為政者、追求自由的「非常民」，令這位獨樹一幟的史學家也拍案稱奇。網野學說在學界有點被默殺，大概他不無從文學上獲得知音與援助之感罷。隆慶一郎不是把歷史虛構化，而是用虛構來捕捉歷史。他「痛切感到，也包括我在內，小說家不學習。暗暗燃起敵愾心：豈能輸給史學家」。

《吉原恩准》的主人公是皇子，母親被德川秀忠派忍者慘殺，宮本武藏救出他，在游女（妓女）世界裡撫育成人。所謂游女的游，隆慶一郎說就是漂泊的意思。《一夢庵風流記》的主人公前田慶次郎也是與鄉土親朋斷絕了緣分的漂泊的自由民，所謂「傾奇者」。關於傾奇，隆慶一郎曾寫道：那就是傾於奇，好奇，誇示奇。為何好奇？一定是因為對現實不夠滿意，或者因為自己擁有的生命力超過卑微的現實。因為夢過大，生命力過強，又因為急於活，就要誇示奇。神話的素盞嗚尊是傾奇者的原點，戰國的織田信長、豐臣秀吉都是傾奇者。前田慶次郎身軀魁偉，使一桿赤柄長槍，徹底反權力、反權威，這種形象在任何時代都活在男子漢的夢中。隆慶一郎塑造的前田慶次郎性格複雜，行動颯爽，非常有魅力，但好多人讀過的，並不是他的小說，而是《北斗神拳》的作者原哲夫據之創作的漫畫。

武士小說是歷史衣冠現世心，隆慶一郎基本取材於戰國末到江戶初。他不大喜歡淨是完全脫離史實的虛構，《影武者德川家康》基本依據了德川家的正史《德川實紀》，但小說比史學家寫的東西有意思，就在於作家可以在沒有史料的世界裡馳騁想像，把歷史和傳奇混為一談。山岡莊八寫德川家康從呱呱墜地寫起，而隆慶一郎從關原戰役落筆，開戰不久德川家康便被殺，小說主人公是影武士——替身德川家康。替身之說，明治年間一個叫村岡素一郎的人已經在《史疑德川家康事蹟》中探究，一九六〇年代南條範夫也寫過推理小說《三百年的面具——異傳德川家康》。隆慶一郎堅信此說，根據之一是家康打下江山，才兩年就讓給了兒子秀忠。作家的本領不僅能想像，還要能自圓其說。隆慶一郎找來的替身世良田二郎三郎是說唱藝人之子，也是被輕賤的「非常民」。他沒像電影《讓子彈飛》的替身去替死，而是要繼承正身的遺志，與秀忠暗鬥十五年。

五味康祐、柴田鍊三郎死後，秋山駿一度對武士小說的前途失去信心，因為及時閱讀隆慶一郎，乃懊恨是個人讀書史的傷痕。他說：「從文學來說，隆慶一郎在誰的眼裡都毫不遲疑地映現豐富的創造與發明，是我們文學中稀少的幻想力巨匠。」隆慶一郎好酒，有人說他少喝一半，就能活得更長些，但他有言在先：「長生絕不是美德。」

1923～1990

池波正太郎

劍光閃亮一池波

池波正太郎卒於一九九〇年。

他生前常說：「武士小說（日本叫「時代小說」）早晚要滅亡。」這並非預言，而是一種喟嘆。武士小說獨具日本特色，因傳統式生活急劇衰變，其賴以存在的條件有朝不保夕之虞。但畢竟是喟然一嘆，武士小說似未見式微，尤其他池波的作品仍然在書店的架子上像防風林一樣為文學出版抵禦著蕭條的秋風，又像是一池碧波照人眼，供疲於工作的讀者怡然小憩。

池波正太郎出生在淺草，當年發生關東大震災，即一九二三年。七代居東京，祖父製作金屬裝飾品，看戲看畫展總帶著他，也薰陶給他匠人氣質。自幼好吃，也喜好圖畫，日後經常給自己創作的人物設計形象。小學畢業，從業於股票經紀公司，手頭有了錢，讀書，看戲，練劍術，遊花街，還學過江戶音曲，但自知難聽，不敢在人前唱。日本挑起太平洋戰爭，十九歲池波學車工，很快就可以當師傅。此時投稿應徵，得到第一筆獎金。一九四五年入伍，做電話接線員，戰敗之際為二等兵曹。

戰敗後荒蕪，仍熱衷於觀賞歌舞伎。家屋被空襲燒毀，當上東京都職員後住在職場，白天到處噴灑ＤＤＴ，晚上伏案寫劇本。應徵入選，被搬上舞臺。二度入選，長谷川伸是評選者之一，從此師事。寫劇本難以維生，改行寫小說。小說家、劇作家長谷川是文壇領袖，門徒甚夥，多人獲得直木獎，如戶川幸夫、新田次郎、平岩弓枝，但正太郎命途多舛，六次被列為候選才終於折桂，作品是《錯亂》，時年三十七歲。得知消息，馬上整裝謝師恩。他說過，對他寫作影響最大的是長谷川的歷史小說和安東尼·德·聖修伯里的小說及隨筆。池波重禮儀，女作家澤田藤子回憶：「寫書暢銷，其忙可知，但每年元旦都按時收到池波先生的親筆賀年片。」池波在隨筆中也曾說，每年寄出千餘張，入夏就抽空寫，一張張寫到年底。獲獎後辭掉工作，專事寫作。

池波正太郎的剋星是海音寺潮五郎，此公充任直木獎評選委員二十餘屆，幾乎把司馬遼太郎捧上天，卻偏要按池波入地。與五味康祐、柴田鍊三郎的異想天開相比，池波當初風格很質樸。不看好他的人批評其手法是吉川英治等人早已用過的。海音寺更甚，說這樣的作品也拿來候選真教他意外。唯有第一屆直木獎得主川口松太郎力挺，說直木獎的目的不在於給一個獎，重點是培養後進作家。雖然《錯亂》的結構有點亂，但沿著大眾小說的正道走下去的執著態度很令人放心。藤澤周平比池波晚十二年獲直木獎，寫的世界、寫的方法都不同，竟然說：「大概用我這樣的方法寫我這樣的世界的作家以後還會有，但能用同樣方法寫池波所描寫的世界的作家不會再出現。」

武士小說細分為劍豪、捕物帳、忍者、股旅等類型，短篇小說《錯亂》是忍者（細作）小說。池波據史料一句話「明曆四年六月二十三日放逐家臣堀正種」，浮想聯翩，將堀家父子寫成幕府打入松代藩的奸細，最終被真田信之鋤掉。池波有很多作品取材於松代藩藩主真田家，巨篇《真田太平記》是這一題材集大成之作。真田家活躍的地方主要在信濃國（別稱信州），即今群馬縣，那裡建有池波正太郎真田太平紀念館。

池波自一九六八年開始寫《鬼平犯科帳》，計一百三十五篇（一百三十個短篇，五部長篇），一九七二年開始寫《劍客商賣》，計八十三個短篇，四部長篇，同年又開始寫《仕掛人藤枝梅安》，這三大系列寫到死，先後獲得吉川英治獎、菊池寬獎。《鬼平犯科帳》是戰敗後捕物帳小說的代表作。此類武士小說可稱作「時代推理小說」，以岡本綺堂《半七捕物帳》為嚆矢，而淵源更遠在中國公案小說之中。「犯科帳」是江戶時代長崎官府的判決記錄，名編輯花田紀凱自道，他初當編輯，乍聞此詞甚新奇，推薦給池波。雖類似武俠小說，但武士小說的世界裡沒有游離於正常社會之外的所謂江湖，小說家憑藉素養與常識把鮮活的現代伏流在作品的底層。池波筆無遮攔，上自戰國，下至幕末，描繪各色人等，多采多姿，更寫出生活的日常，庶民的悲歡。

《仕掛人藤枝梅安》可歸為股旅（遊俠）小說。「仕掛人」一詞是池波自造，藉以造成另一個時代的閱感（閱讀感覺），不妨譯作「下手人」，也就是殺手。他還設計了殺人的社會結構，把出錢殺人的人叫「起」，生起事端，找來一手牽兩端的中間人「蔓」，由他去雇用「下手人」下手殺人，這樣，「起」與「下手人」兩者不存在主從關係，從而避開了近乎武士小說的永恆主題的「忠」。梅安明裡是治病救人的針醫，暗裡是用針殺人的殺手，但池波的濃墨重彩不是寫他如何殺人，而是寫這個殺人的人如何過日子。

武士小說最大的魅力在於俠，在於活得非同尋常的人物，例如機龍之助、鞍馬天狗、錢形次平、眠狂四郎、木枯紋次郎，而池波成功塑造了長谷川平藏、梅安、秋山父子等，這些人物更具有現代性、現實感。《鬼平犯科帳》的長谷川平藏被盜賊呼為鬼平，史有其人，是官府人物，梅安則受雇殺人，而秋山小兵衛卻是為好奇心驅使，快快樂樂投身於各種事件。五短身材的小兵衛是無外派高手，五十七歲時關了武館，隱居大川之濱，和小他四十歲的女僕阿春戀奸而婚。本想放下劍遠離世事，耽樂酒色，但總是對人家的日子感興趣，扯出事件，雖幾經周折，終歸是一殺了之。以劍解決問題是武士小說的宿命，其根底似在於人皆有殺人之心。小兵衛訓徒：「抱女人時出手收手也是練劍」。兒子大治郎，七歲喪母，從父學劍，十五歲入師門，修煉有成。遊歷諸國後返回江戶，在田沼意次宅邸比武，脫穎而出。娶男裝麗人佐佐木三冬，生小太郎。三冬乃田沼與侍女所生，因正妻嫉恨，交家臣佐佐木撫養。自幼習武，是單刀派武館四大天王之一，揚言娶她須先打敗她。

這田沼史上有名，受第九代和第十代將軍重用，升任有閣老之稱的老中，改革幕政，史稱田沼時代。整個江戶時代已過去三分之二，生活方式及文化已定型，也就是說，今天所謂的日本習慣那時候大都形成了，但武家社會也趨於崩壞，市人尤其是商人得勢。田沼推行商業政策，改善了財政，卻也弄得農村凋敝，一切向錢看，賄賂橫行，治安惡化。正如書題《劍客商賣（生意）》所象徵的，劍術也用於賺錢。池波把秋山父子與田沼掛上鉤，給小說以真實的社會背景，問題迭出，事件頻仍，秋山父子倆老的世故而灑脫，小的卻為人古板，聯手出招，在在展現了江戶城下的利劍與人情。

《鬼平犯科帳》、《仕掛人藤枝梅安》寫的是惡濁世界，但誠如大眾評論家尾崎秀樹所言，讀來很乾淨，體現了池波正太郎的庶民性資質，這正是池波文學的特質。武士小說家南原幹雄說過：「三個系列裡恐怕《劍客商賣》最難寫。」池波去世後創作筆記被公開，上面貼了一張日本畫現代畫家前田青邨身穿和服的照片，是塑造小兵衛形象的參考，而大治郎的形象貼的是美國演員詹姆士．史都華和賈利．古柏的照片。一篇接一篇的懲惡故事，究竟要寫什麼呢？池波在筆記中明確寫道：「人心叵測」，也就是他的人物常說的，「人是不合乎邏輯的活物」「人有幾張臉，這一存在深不可測」云云。池波為老秋山設定的年齡與自己相仿，慨歎人生，說出的不就是自家心底話嗎？

池波正太郎在吃上很有名，寫過《食桌情景》等隨筆，不過，這些吃食還是在小說中讀來更有味。縱情描寫吃，是池波小說的一大特色，不僅藉以營造季節感，而且字裡行間的傳統吃食可能比實際吃到嘴更大快朵頤。把小說中的佳餚重新炒作，出版有《梅安料理冊》、《鬼平料理帳》、《劍客生意菜刀曆》，合在一起是全本「大江戶味道」。不過，中國讀者或許要覺得那些吃食太簡單，敲不響舌鼓。

遠藤周作

1923～1996

又見狐狸庵

驀地看見狐狸庵先生，嚇了我一跳，雖然他出現在電視上。戴一副黑框眼鏡，眼裡含著笑，面容卻顯得蒼白，或許因為是四十年前的舊廣告。古人只能吟桃花依舊笑春風，如今則常見畫面依舊，世事皆非，這位狐狸庵先生去世已經十多年。二〇〇八年，電視拿出他一九七二年為雀巢咖啡做的商業廣告，和當紅演員唐澤壽明合成「第四十年的翻新」，雖相差四十年，卻都是四十多歲，看著蠻有趣。廣告詞是「明白不一樣的人，狐狸庵先生．遠藤周作」。當年這個廣告使遠藤周作的雅號狐狸庵廣為人知，乃至仙台等地有酒館也掛出「狐狸庵」招牌，火借風勢，隨筆《狐狸庵閒話》紅透半邊天。不過，本該一臉肅然的純文學作家這樣在電視上放「狐騷」，讓守道的文人把頭搖得像撥浪鼓，嘆人心不古。

遠藤周作有兩張臉，一張嚴肅有餘，一張滑稽過火，真是不一樣。兩張臉反差太大，遠遠超過了陶淵明的「悠然見南山」與「猛志固常在」，令人看不懂，幾乎是日本現代文壇之謎。文學史寫到他，列舉的一色是小說，如《海與毒藥》、《沉默》、《深河》，也就是嚴肅文學，這固然是文學史以小說為正統之故，即便附帶說到以《狐狸庵閒話》為代表的隨筆，似乎克制之中也含有畢竟登不上大雅之堂的意思。

筑摩書房出版《現代文學大系》，堀田善衛、遠藤周作、阿川弘之、大江健三郎合為一卷。遠藤周作是真名真姓，生於一九二三年。十二歲受洗，理由是不想讓離婚後信奉天主教的母親傷心。對於他來說，這信仰好似母親讓他穿的西服，長大了覺得不合身，不是袖子長就是褲子短，穿在身上很難受，幾次想脫下來丟掉。他的信仰不是與上帝之間的個人契約，而是和母親的契約。文藝評論家江藤淳獨具慧眼，指出小說《沉默》中遠藤的耶穌「顯然被女性化，幾乎是日本母親似的存在」。終其一生遠藤都是在確認信仰，認識到西服並非全部衣服，日本人穿合體的和服也可以不乖離基督的教義。

他批判宗教排他性，不否定日本人傳統的物件駁雜的信仰形態，認為各宗教殊途同歸，以至於神。作為天主教作家，遠藤周作在日本罕見其匹。關於天主教文學，他這樣定義：「人具有選擇或捨棄上帝的自由，把這種人的自由傾注於文學就是天主教文學。」而文學「以凝視人為第一目的」。

遠藤自幼多病，倖免於當兵。一九五〇年得風氣之先，赴法留學現代天主教文學，兩年餘抱病而歸。五九年冬周遊歐洲，研究薩德，歸來住院兩年多。六三年，人到四十，喬遷郊外。「這次患病期間，說來難為情，還是淨考慮上帝的事兒了」，結果著手寫《沉默》。不過，世人先看見的卻是他在沉默中爆發：把新居的廂房命名為狐狸庵，自號狐狸庵山人或散人，寫起了狐狸庵隨筆（雜誌連載叫《午後聊天》，結集出書時名為《狐狸庵閒話》）。而且，狐狸般的戲謔猶不能盡意，正當全民玩命把GNP搞成世界第二位的時候又大寫吊兒郎當，《吊兒郎當生活入門》、《吊兒郎當愛情學》、《吊兒郎當好奇學》，笑倒日本。

狐狸庵？三島由紀夫問他為什麼用這麼老氣橫秋的名字，遠藤回答：「你把筆名叫什麼由紀夫，棒小夥兒似的，上了歲數怎麼辦？」三島拒絕老，一本正經，彷彿人與文如一，趕在老之前自己動刀了斷，永保四十五歲的形象。傳聞二人都候選過諾貝爾文學獎，遠藤標榜吊兒郎當，像是故意跟小他兩歲的三島作對，對三島的生活方式及形象是一個破壞。

文未必如其人，常常不過是其人把生活加以偽裝，貌似如其文。遠藤寫兩種截然不同的文，或許有一種近乎其人，究竟是哪一種呢？周作，這是很有點載道的名字，大概用它寫小說便板起面孔，嚴肅地探討日本人與基督教的矛盾。日常生活裡，據熟知其人的作家和編輯說，遠藤真像老狐狸，對什麼事情都好奇，正經談文學時也會突然扯起淡來，津津有味地打聽女演員八卦的真偽。他極有表演欲，從小夢想當演員，成名後組織了一個叫樹座的業餘劇團，登臺演出（從劇照看，好像不大有表演才能）。亮出自己的真實一面，甚而漫畫化，不是為證實文如其人，用意何在呢？狐狸庵先生在隨筆《剪報簿》中寫道：

近代文學之功，其一在於讓我們看見人心理背面的自私自利、虛榮心、無意識及其他種種，但我們的心理背面越來越複雜，難以捕捉，我們在現實生活中不能相信別人的真實一面了。別人的什麼樣善意也會被我們認為那是「這傢伙想讓我覺得他好才幹的」，或者習慣於解釋為「哼，陶醉於美滋滋的自我滿足」。表面的臉後面還有另一張別的二重臉、三重臉在看著。這時我們陷於無力感，似乎自己和他之間沒有「能互相溝通」的力量。

我翻開剪報簿，好像相聲裡說的這些蠢貨們露出傻傻的真實一面，故而能把握，所以一剎那感到跟那個人能互相溝通的愉悅，不禁一笑。但同時不能不考慮笑的貧弱，我們今天只有用這樣的笑溝通人的途徑嗎？關於這一點，日本的近代文學幾乎不曾給我們什麼貢獻。

可見，先生要借助笑，和人們溝通。寫《沉默》是認真的，寫《狐狸庵閒話》也是認真的。遠藤在京都嵯峨野建別莊，曾想讓尼姑作家瀨戶內寂聽題名，不叫狐狸庵，而是諧音為孤離庵，在他搞笑的背後浩茫存在的不正是孤獨與寂寞嗎？這種孤寂來自少年時父母不和，他討厭回家，放學後在街上遊蕩，從小用淘氣或搞怪來遮掩不愉快的心情。在不大重視宗教的日本，恐怕他作為天主教徒也感到孤立無援。

他說過：「幽默不是從高處看，從劣等人的視點看東西時才會有幽默」。幽默或惡作劇也常是弱者對強者的挑戰和報復。當然，狐狸庵隨筆寫的生活也並非完全真實，他不是弱者，不是吊兒郎當的懶漢，把自己弄得很滑稽，那是他人生的戰略。遠藤還著有一些被稱作輕小說的作品，譬如《我、丟掉的、女人》，介於《沉默》與《狐狸庵閒話》這兩類文學之間。他的嚴肅作品也搞惡作劇，不乏幽默，以至讓諾貝爾文學獎評委討厭，說他不正經。

遠藤周作卒於一九九六年，享年七十有三。六十五歲時被評為日本國文化功臣，從那前後不再用狐狸庵的名號。

踏繪

長崎的角力灘是海上看落日的好地方，尤其在參觀了遠藤周作文學館之後，思緒與落霞齊飛。

遠藤生來體弱多病，一九六一年三度肺手術，病篤時恍惚在探視人帶來的紙上看見「踏繪」。病癒後多次去長崎取材，創作了長篇歷史小說《沉默》，一九六六年出版，獲得谷崎潤一郎獎。寫的是踏繪。

踏繪起始於長崎。

一六一二年德川家康下令禁止天主教（當時叫「吉利支丹」），其後幕府幾度頒佈禁令，嚴加鎮壓。一六二八年前後長崎官府採用踏繪這一招，就是把基督耶穌或聖母瑪麗亞畫在紙上，讓人踏一腳，以驗證是不是天主教徒。不踏即教徒，強迫改宗。紙畫易損，於是雕刻了十塊木板，後來又製造二十塊銅板，每年正月裡實施，好似過年趕廟會。還借給其他藩排查。一八五七年接受荷蘭商人建言，經幕府批准，於翌年廢除這一制度。但日本禁止基督教，直到明治六年（一八七三）歐美施壓才最終結束。

在《沉默》裡，日本鎖國時耶穌會派來布教二十年的費雷拉神父屈於倒懸拷問而叛教，年輕的洛特里哥神父經澳門偷渡，潛伏在長崎郊野，被教徒出賣，準備殉教。可是，他堅守信仰，那些已發誓放棄信仰的教徒就繼續被官府用刑，直至喪命。最終他伸出腳，感到了一陣劇痛，這時銅板上已經磨損的耶穌對他說：「踏吧，我最知道你腳痛。正因為知道這種痛，我才降生人世，背負十字架。」

遠藤筆下的耶穌並沒有沉默，通情達理，但現實的長崎教會不容忍洛特里哥叛教，拒絕《沉默》。設置在歷史民俗資料館前的「沉默之碑」也曾被塗漆。遠藤在《異邦人的立場》中寫道：

恐怕大多數日本讀者懷疑我到底對基督教信賴或確信到什麼程度。我明確回答，我認為基督教義比其他各種思想對於我是最深最高的真理。我心底今天有對基督教義的信賴感。儘管如此，基督教中有很多我不能適應的東西，特別是西歐的——特別是湯瑪斯的思考所錘鍊的基督教。當然那不是基督教的全部，是一部分。儘管是一部分，今天卻被說得好像是基督教的全部，也這樣在日本傳授。我前面說「洋服」即為此。不過，我內心對基督教義的信賴感讓我認為『洋服』未必是衣服的全部，我覺得合日本人身體的和服也不乖離基督教義。

境未遷而時過，二〇〇〇年文學館在長崎市外海地區開館，附近的浦上天主堂為遠藤周作和所有天主教徒舉行追悼彌撒，尼僧作家瀨戶內寂聽也光亮著頭皮在祭壇旁講話，呈現了宗教寬容的景象，或許可以讓遠藤釋懷。

今年，二〇一〇年的五月，文學館落成十周年。巨大而低矮的屋頂沉默著，腳下的角力灘煙波浩渺。沉默之碑上鐫刻著遠藤手書《沉默》一句話：「人如此可憐，主啊，海卻太藍了。」

夕陽西下，海水漸變了顏色，不像遠藤說的那麼藍。

司馬遼太郎

1923～1996

比小說更離奇的司馬史觀

司馬遼太郎去世久矣。

他出生在大阪，本名福田定一。就讀於大阪外國語大學蒙古語專業，提前畢業入伍，到過中國牡丹江。復員進報社，從事新聞工作十五年。一九五五年處女作《波斯幻術師》（書名均照搬原文字面）獲獎，此後取筆名司馬遼太郎。一九六〇年小說《梟城》獲得直木文學獎，從此專事寫作。一九六二年先後開始在報紙上連載《龍馬逝》、《盜國物語》，名聲大振。

《龍馬逝》連載了一千三百三十五回，結集為《立志篇》、《風雲篇》、《狂瀾篇》、《怒濤篇》、《回天篇》，最後是這樣收筆的：「此夜，京城的天空佈滿了雨意，不見星辰。但時代在旋轉，年輕人用手推那歷史的門扇，敞開了未來。」這部小說也算作青春小說。司馬遼太郎何止著作等身，落筆三千萬，直追吉川英治。時當經濟一日千里地發展，上班族階層壯大，歷史狀況頗類似從明治維新至日俄戰爭那段蒸蒸日上的年月，司馬的小說向來被視為給發憤圖強的日本人鼓勁，屬於勵志類，總計銷行兩億冊。讀了《龍馬逝》覺得主人公坂本龍馬確然是日本「維新史的奇蹟」，「天不生這個奇蹟式人物，歷史或者就大不一樣」。傳聞他身染梅毒，如不被暗殺，尊容可觀，歷史小說家的妙筆可怎麼生花呢。

或許與當過坦克兵有關，司馬寫了一輩子戰爭。那薄如紙板的坦克促醒他思考：「日俄戰爭時日本陸軍的裝備是世界準一流的，第一次世界大戰以後日本陸軍的裝備第三流，第二次世界大戰時就簡直不能相信了，只比日俄戰爭時代的裝備強一點點。那裝備只適於討伐滿洲馬賊，徒有「軍國主義國家」之名。」這個念頭逐漸定型，形成一個最基本的司馬史觀，即日清、日俄戰爭時的日本人是健全的，然而後來日本人在哪裡扭曲了，陷進亡國大戰爭。日本人在哪裡變了的呢？司馬遼太郎反對戰爭，但反對的是昭和戰爭，而明治年間形成近代國家的過程中發動的戰爭他並不反對，並一味頌揚那些贏得歷史的風雲人物。

出道之初，《梟城》取材的還算是無名之輩，但後來司馬就成了寫幕末動盪時代的英雄的專業戶。司馬史觀是英雄史觀，模仿評論家佐高信的說法，若問長城是誰建的，遼太郎必然脫口而答：「秦始皇。」他絕不會想到農夫泥瓦匠。為塑造體制變革之際的英雄人物，作為依託和背景，自然要起勁拔高井上清、網野善彥等史學家據實貶低的明治維新。雖然對日軍被蘇軍打得落花流水的諾門罕戰役感興趣，做過調查，卻到底未染指這個昭和題材，只怕他來寫，也無非張揚一番「沒有金剛鑽莫攬瓷器活兒」的哲學，甚而淪為電玩市場流行的「假如我來指揮那場戰爭」一流。

昭和是從明治發展而來的，明治時期已埋下昭和年代四下裡侵略的伏筆和隱患，司馬割斷了歷史脈絡。難怪他一死，一個叫藤岡信勝的便跳出來拉大旗作虎皮，把司馬史觀弄得比小說更離奇，跟他們的自由主義史觀成了一路貨色。

何謂史觀？

司馬遼太郎說：「我以為史觀是非常重要的，有時不把史觀橫在心上就鬧不清對象的情形。史觀是挖掘歷史的土木機械，但僅此而已。土木機械要好好擦，但變成它的奴隸就無聊了。看歷史的時候有時必須停下便利的土木機械，用手挖掘。」

對於歷史，司馬作壁上觀，更作樓頂觀，他時常說：「從樓上眺望下面，平常住慣的街道也像是完全不同的地理風景了，小車小人在其中往來。我喜好這種視點的物理性高度。就是說，看一個人的時候，我爬樓梯登上房頂，從上面再俯視地看那個人。比在同樣的水平面上看他別有趣味。」

又說：「歷史小說處理完結了的人生。例如豐臣秀吉臨死掛念著秀賴的命運。秀吉本身不知道自己的命運，但四百年後的我們知道。就是說，能從上面俯瞰完結的人生，這就是歷史小說的魅力。」

歷史小說家把握歷史的本質，基於史料，驅使想像力，建構可能有的過去時代。優秀歷史小說家應獨具史識史眼。司馬遼太郎的鳥瞰不等於客觀性，倒可能更主觀，更容易產生錯覺和虛像。居高臨下，也許就只看見高居於民眾頭上的人物，所以他不寫下級武士，不寫吃不上飯的農民，不寫為宗教暴動的民眾，如評論家吉本隆明所言，那就不是幕末的真正歷史。司馬筆下總是寫整個戰役、整個戰場，倘若寫的是一對一的劍客廝殺，就要被歸入武士小說，例如與他前後腳去世的小說家藤澤周平。兩相對照，藤澤只是在同一水平面上描寫人情世故。他說自己不是司馬作品的「忠實讀者」：總算讀到最後的作品只有《劉邦與項羽》等三部，此外斷斷續續讀了報紙上連載的《花神》，至於輿論叫好的《龍馬逝》、《坂上雲》、《如翔》都沒讀過。

這三部長篇小說是司馬文學的代表作，尤其為公司老闆所愛讀。著名小說家吉村昭不領「司馬遼太郎獎」，理由是慚愧，幾乎沒讀過司馬小說。藤岡信勝則絕口稱讚，說自己「轉變了認識結構，最初的恐怕也是最大的原因是讀了司馬遼太郎的作品」。這簡直幫文藝評論家小林秀雄的說法做了一個註腳——「本來史觀這東西應該是造訪實存歷史的手段，是工具，但這手段或工具變得精緻，變得萬能，手段或工具就擺出一副該歷史的面孔。」從歷史小說中不可能學到真正的歷史。讀了歷史小說就以為自己明白了歷史是讀者的誤區，也像是歷史小說的陷阱，甚至寫得越好，越像那麼回事，陷阱也就越深。小說家大岡昇平擔憂：「今日耽讀《坂上雲》的『庶民』不就是要走一九三〇年代讀著吉川英治的《宮本武藏》追隨日本法西斯化的『國民』同樣的路嗎？」

司馬遼太郎承續了評書傳統，尤擅長把史實與想像銜接得天衣無縫，雖然意識著當代的現實，但人物造型不乏歷史感。他的小說有一種報導筆調，或許日本人就當作新聞報導讀，信以為真，卻正是我所厭煩的。

我愛讀的是司馬隨筆，常讀到有趣的野史逸事。其實，他的那些長篇巨構也時而陷入逸聞主義，人物喪失真實的歷史性格。晚年司馬遼太郎不再寫小說，只寫《此國模式》、《漫步各地》之類的歷史隨筆和遊記，於是就有了跟台灣李登輝的談話，惹惱了某些國人，乃至在國際書展、翻譯出版上施以封殺。我倒覺得該感謝司馬才是，不然，李登輝怎麼會說出心裡話，赤裸了他的歷史悲哀呢。

山崎豐子

1924 ~ 2013

小說長鳴警世鐘

日本出版不景氣，二〇〇九年書刊銷售額跌回了二十年前的水準，但冷眼細看，慘跌的主要是過度依賴於廣告，而內容與編輯又未能跟上時代的雜誌，實際上圖書跌得不算慘。書店裡豈止村上春樹的新作《1Q84》一枝獨秀，山崎豐子的幾部小說，而且是舊作，如《不毛地帶》、《白色巨塔》、《不沉的太陽》也賣得火，如火如荼。

山崎豐子生於一九二四年，大阪人，家業是海帶商。當初在報社當記者，被日後成為大作家的上司井上靖鼓動：「要是寫自己的經歷和家庭，任誰一輩子都能寫一回」，於是她寫了一個關於海帶商兩代的長篇小說《暖簾》，於一九五七年出道。翌年繼續寫大阪，原型是日本一家最長久的演藝經紀公司創辦者吉本勢，憑這個小說《花暖簾》獲得直木獎，在文壇立住了腳跟，從此專事創作。獲獎時發表感言：「我好像寫不來盆景似枝葉綽約的小說，也不想寫。想寫的是『造林小說』，如同一株一株在禿山上植樹造林。作為素材，就是不斷寫大阪的天空、河流和人。對於我來說，我覺得從養育自己的風土中凝視人是最為確實有把握的方法。」

但山崎造林，不久就不局限於大阪這一座禿山，取材的範圍擴展到整個日本，筆挾雷霆，有剖析醫學界腐敗的《白色巨塔》，有暴露銀行家醜惡欲望的《華麗家族》，而執筆十八年的戰爭三部曲《不毛地帶》、《兩個祖國》、《大地之子》，更邁步西伯利亞、美國、中國大陸，描寫人們被戰爭撥弄命運的悲劇。筆鋒與井上靖迥異，作品裡也沒有「Q」，不含糊其詞或故弄玄虛，直指社會的癥結所在。規模之宏大，完全超出了我們通常對日本作家尤其女作家的印象或成見。

日本有一種屬於自然主義文學的小說，叫私小說（所謂「私」，是第一人稱我），描述自身及周邊的瑣事，被視為純文學。與之相對，內容範圍更擴大，那就是社會小說。山崎豐子自認社會派，向來很看重作家的使命，以事實為資料，用小說的手法構成、描寫，給社會敲警鐘。寫天下大事，她是足以同司馬遼太郎、松本清張比肩的。匈牙利哲學家、文藝理論家盧卡奇認為，世界文學的優秀作品都可以叫歷史小說，「對於歷史小說來說，重要的不是複述歷史上的大事件，而是藝術地喚醒在這一事件中形成的人」（見《歷史小說論》日譯本）。山崎豐子正是把無限地接近當下的時代寫入歷史裡，誠如她自道：「被說是提起社會大問題云云，那完全是結果，而我本人作為小說家，只是對人的生活方式極為關注。就是說，並非醫學界就醫學界，銀行就銀行，單純寫問題，而是要強烈地寫出不得不活在『現代』這個巨大魔窟中的人的故事。」

《不毛地帶》所寫的人叫壹岐正，十四歲立志從軍，年輕輕當上大本營陸軍部作戰參謀，直接關與了開戰、戰敗，被拘押西伯利亞十一年，重返日本已四十六歲，就職於商社，變身為企業戰士，與政界及防衛廳周旋，推銷戰鬥機，撮合經營不善的日本汽車公司與美國有名的汽車公司合作，進而到伊朗開發石油。老闆之所以聘用他這個毫無經商知識的舊軍人，是要借助大本營參謀所具有的作戰力和組織力，打贏經濟戰。不負所望，壹岐為公司締造了組織，今後的時代是組織發揮作用的時代。然而，組織健全，精神荒廢，他飄然而去，去回收死在白色的不毛之地——西伯利亞的日本人遺骨。戰爭失敗，經濟勝利，然後又開始第三度人生，那將是徹底活在精神之中的人生。

起初山崎豐子把這部長篇小說題為「白色大地」，但前半寫西伯利亞是白雪皚皚，後半寫中東石油地帶就變成紅色大地，無法統一在這個題目下，最終定名為《不毛地帶》。關於其含義，她解說得明明白白：「『不毛地帶』意味著精神的饑餓狀態。一九六五年以後，經濟以異常之勢發展，物質確實豐富了，但由於認定人的所有欲望都能靠金錢來解決，精神上完全頹廢。不只於政治，也涉及教育問題；不單是大人世界，也蔓延到孩子的世界。說整個日本是不毛地帶也並非過言。」「在某種意義上，這回的《不毛地帶》與以往的作品相比，立意略有變化，比起一個人的生活方式，更想描寫錢錢錢的世態、精神的不毛地帶。」

「沒有比小說更有意思的」，寫小說最讓作家傷腦筋的是主人公，主人公的性格即小說。關於《不毛地帶》主人公的姓名，她也有所解釋：「我本來愛考究主人公的名字，想只用名字就鮮明給讀者烙印主人公的形象。《不毛地帶》主人公壹岐正，意思是戰爭期間、戰後，被置於任何環境都要以第一義（最重要的根本意義）為生，把『一』寫作舊漢字的『壹』，姓壹岐，名減少筆劃，端正姿態之意，叫作正。」

《不毛地帶》不僅僅暴露「近畿商事」這一家商社的內幕，並藉以反映了日本戰後三十年間的歷程及問題。戰敗後另闢蹊徑，日本以經濟立國，很大程度上借力於商社，但伴隨經濟發展，物質異常地豐富，弊端叢生，一定程度上也罪在商社。日本被視為神話，讀過了《不毛地帶》，神話變為現實，同時也窺知這現實是如何變成神話的。

在精神頹敗荒廢的現代日本，壹岐正對信念始終不渝，按自己的方式生活，不屈不撓，當然也不免孤獨。山崎豐子大加頌揚的這種男子漢美學，其實是江戶時代充當藩主的家臣，戰爭年代效忠於天皇，戰後為公司賣命，從武士到上班族一脈相承的。「具有在今世地獄般的囚徒生活中也不曲信念的強韌之心的軍人」，更不是天然的人格，而是軍國主義教育的成果，空洞其實質，塑造為日本人典型，童話般讚美，恐怕我們就難以隨聲附和了。山崎曾寫道：「那種面容，是日夜在中東的酷烈氣候與特殊社會風習中，為確保日本生命線——石油而戰鬥的男子漢面容。在遙遠的沙漠之國遇見如今在日本見不到的臉、在日本正失去的心，感銘肺腑，可以說象徵了現代日本的精神上不毛。」對這類說辭，可能我們也匪夷所思，莫非日本的生命線或精神總要到海外覓取麼？

《不毛地帶》自一九七三年六月至七八年八月在每日新聞社的週刊雜誌上連載了五年，後由新潮社出版單行本，幾年後印行文庫版。連載期間發生洛克希德事件（小說中的拉克希德），田中角榮總理為此而下臺，山崎豐子簡直預見了這一動搖整個日本的事件，其洞察與卓識令人驚歎。小說具有社會性，前提當然是取材於社會。山崎要「開創與時俱進的、小說與紀實之間的、一種非常新的類型」，說：「取材是我作品的生命；縱使想出多麼好的主題，作品的成敗也受制於能否找到取材的金礦。」

她做過記者，對於取材不怵頭，不嫌煩，總關在書齋裡反而會覺得小說便缺少現實感。調查成「癖」，執著而詳盡。為寫作《不毛地帶》，從長年拘留西伯利亞的歸來者，到商社、銀行、海外企業、媒體等，採訪了三百七十七人。《大地之子》取材時得到中共總書記胡耀邦的關照，破例地三度會見，甚至得以採訪了美國司法考察團也不得參觀的監獄。據她記述，胡耀邦見面

第一句話：「聽說你在為中日友好寫小說，我們也要盡可能幫助。」這大概是社會派作家的招牌給共產黨人造成誤解，以為她拔資本主義的草，就要種社會主義的苗。真是像日本作家邊見庸說的：「小說或文學這東西本質上沒有非虛構與虛構的界線，優秀的虛構就像是非虛構，優秀的非虛構恰似虛構。」山崎小說常帶有非虛構色彩，乃至招非議，抄襲之類的訴訟也時有發生。

山崎豐子把書齋叫「牢籠」，脫稿擲筆就好似「出獄」。司馬遼太郎晚年退出了「小說」，專心寫歷史隨筆。山崎寫完戰爭三部曲，也喪失繼續寫下去的自信，經一位名編輯開導，又決心無視戶籍年齡，和小說主人公一起朝氣蓬勃地走到天涯海角，「拿著稿紙和鋼筆進棺材」。

陳舜臣

1924～2015

麒麟志在崑崙河

陳舜臣是東漢陳寔的後裔；陳寔，就是把竊賊叫作樑上君子的那位。祖上從河南潁川南遷福建泉州，再搬到台灣，父輩經商，又移居日本，他出生在神戶。那裡有陳家墓地，碑上還刻著潁川。雖然日本生，日本長，幾乎從未遭受過歧視，陳舜臣卻抱有強烈的中國人意識。這種意識不僅不妨礙他成為日本小說家，而且在很大程度上，正是中國人意識格外把他成就為出類拔萃的日本小說家。或許這足以教那些老大不小才渡來日本卻拚命比日本人更日本人的中國人臉紅。

呱呱墮地陳舜臣是日本人，二十來歲時日本戰敗，台灣光復，又變回中國人。讀大阪外國語學校（今大阪外國語大學），跟日本數一數二的歷史小說家司馬遼太郎同校，遼太郎學蒙古語，舜臣學印度語。本打算留校做學問，可是，非日本人在國立學校的前途到講師為止，當不上教授（這個潛規矩直到一九八二年才打破），只好走別的路。國籍變來變去，到底是什麼折騰了自己的命運呢?寫歷史小說《甲午戰爭》也是要探究這個問題。一九九〇年陳舜臣加入日本國籍。關於台灣,他寫道:「也聽到有人說還是日本統治時代好些,其實並不是那樣的。那是另一回事,因為日本統治云云,怎麼說也是被外國控制。這種屈辱,朝鮮人也是有同樣感覺罷。」

作為歷史小說家,陳舜臣名震四地(日本、台灣、韓國、中國),而走上文壇之初,叫響的是推理小說。那是一九六一年。幫父親經商十多年,用漢文寫商業尺牘,但安能久事這種筆硯間乎,於是寫小說。任何小說都含有推理要素,從日本小說史來看,今後受歡迎的,非推理小說莫屬,這麼一想便創作了推理小說《枯草根》。上大學時英語教材是柯南·道爾,幾乎耽讀了福爾摩斯的全部探案,這應該是他與推理的宿緣。

寫《枯草根》那年三十六歲(生於一九二四年)。當初曾想用筆名,叫「計三十六」——三十六計,走為上策。放棄學者夢,他曾回台灣謀生三年,經歷這樣一件事:和幾位朋友聚議開書店,其中二人不幸被國民黨槍殺,有一人溜之大吉,吉的是後來當上了總統,李登輝是也。陳舜臣笑著回顧:「假如我留在台灣,也會被逮住殺掉,因為不善於逃之夭夭。」一九六三年,還只是初出茅廬,聽說給他的稿費僅抵所謂中堅作家的三分之一,勃然變色,拒不應約,可見那敦厚可親的相貌之下有一架傲骨。在一切向錢看的當今,仍信奉作家為認可自己價值的人而寫,絕不媚俗,違心讓出版商給包裝成摩登女郎。

陳舜臣以推理小說成名，連獲江戶川亂步獎、直木獎、日本推理作家協會獎這三大獎，但實際上，不僅其推理小說取材於歷史，如《枯草根》就是以一九三〇年代民族資本主義興衰為背景，而且出道不久就接受講談社編輯的建議轉向寫中國歷史小說，一九六七年出版長篇巨著《鴉片戰爭》。名為舜臣，大概也別具魅力，寫中國的歷史令人望而生「信」。他調查史跡，蒐集資料，從不假手於人。他知道同為歷史小說家的井上靖所用史料出自何處，更知道用別的史料來寫會更好。接著寫《太平天國》、《甲午戰爭》，而《桃花流水》、《山河在》寫的是中日現代史，再後來寫《十八史略》等，從時序來看好像倒著來，其實寫近代以前也是為考察歷史如何走到近代這一步。日本小說家寫中國故事大都盯住唐代以前，例如三國，恐怕也因為那時候日本還處於原始狀態，筆下只好把歷史的久遠上接到中國。陳舜臣的文學功績更在於寫中國近現代史。

《甲午戰爭》這部小說以袁世凱、李鴻章、日本的竹添進一郎、朝鮮的金玉均為中心，描寫鴉片戰爭前夜的中國近代史。陳舜臣認為甲午戰爭是中日之間不幸歷史的原點。書名直譯為「大江不流」，他在隨筆裡寫到這書名的由來：「當時中國人把對於時局的焦躁表現為『山睡江不流』，我要銘記這句話寫下去。」他說的這句話出自譚嗣同的五言律詩《夜泊》：「月暈山如睡，霜寒江不流。」這表明他要用淡淡而娓娓的筆致，描寫垂老的晚清怎樣被青春萌動的明治打敗，更捕捉那個時代的氣氛，寫出中國人的閉塞感。《甲午戰爭》還有個副題，照搬漢字是

「小說日清戰爭」，亮出了「小說」二字就好像我們把報告綴以文學，偏重的卻是紀實，小說裡所有人物都史有其人，雖有所加工渲染，但基本上不予褒貶。誠如他自己的感覺，有關這場戰爭的資料非常多，以致小說有一點被史料拉著跑。甲午戰爭給朝鮮造成的災難更深重，陳舜臣側重描寫了中國和朝鮮的內部情況，韓國有兩三家出版社翻譯出版了《甲午戰爭》，好些韓國人這才明白那一段歷史的真相。

陳舜臣的歷史小說讀來很有趣，他說過：「歷史小說多半不就是作者依據史料的推理和虛構的混血兒嗎？也許是亂說，但我完全覺得歷史小說也包括在廣義的推理小說裡。」又說：「歷史時代要靠資料及其他來把握，而把握的方法終歸不外乎推理。」有意識地把歷史題材與推理手法結合起來，既是歷史小說，又是推理小說，具有兩種可讀性，恐怕日本小說界無有出其右者。

寫歷史小說需要正確的史觀與豐富的知識。陳舜臣也寫歷史通俗讀物，如《中國通史》，但小說是小說，史實是史實，他一向嚴加區別，不像某些學者取悅於大眾，故意把故事與史實攪在一起，蒙人賣錢。司馬遼太郎的史觀被稱作「司馬史觀」，他死後更被人張揚，陳舜臣也自有史觀，可惜日本還沒人歸納，可能這件事需要中國的研究者來做，而且更勝任也說不定。陳舜臣的《小說十八史略》開篇寫道：「人，唯其人，一貫追究人，這是自古以來的中國人的史觀。」這是他給中國人總結的史觀，大概也就是他本人的基本史觀。

作為同學、同行加摯友，司馬遼太郎這樣說他：「陳舜臣這個人，存在就是個奇蹟。首先，瞭解、熱愛日本，甚至對於其缺點或過失也是用堪稱印度式慈悲的眼光來看待。而且，他對中國的熱愛有養育草木的陽光一般的溫暖。再加上略微脫離了中國近現代的現場，在神戶過日常生活，也成為產生他觀察與思考的多重性的一個要素。對中國的愛與對神戶的愛竟不乖離，合而為一，真教人驚奇。」

陳舜臣很想寫王玄策，「歷史當然由勝利者來寫，而且多是從正統的立場加以選擇。例如王玄策三度出使印度，打仗也獲勝，卻可能因為他身分過低，新舊兩唐書都沒有立傳，而且著述也幾乎都失傳了。我也有拯救這種人的心情。」後來執弟子禮的小說家田中芳樹不負厚望，創作《天竺熱風錄》為王玄策樹碑立傳，想來陳舜臣聊可釋懷。

青春夢未了，陳舜臣自學波斯文，嘗試翻譯，當年躲在防空洞裡也不釋手，二〇〇四年終於出版了奧瑪珈音（Omar Khayyám）的《魯拜集》。郭沫若曾漢譯《魯拜集》，說「讀者可在這些詩裡面，看出我國的李太白的面目來。」

小說家陳舜臣也寫舊體詩。日本人一般是喜愛杜甫，有一種讀「私小說」似的情趣，不大接受李白那種誇張的表現，如白髮三千丈，但陳舜臣自稱是李白派。他吟有七律《古稀有感》，最後一句是「麒麟志在崑崙河」，曾撰文解釋給日本人：「老驥伏櫪，志在千里，而麒麟之志更高遠，是在那發源黃河的崑崙山，我也要像孔子一樣『絕筆於獲麟』。」陳寔的兒子們非常賢德，有「難兄難弟」之譽，更難得的是這種賢德遺傳到陳舜臣，文為德表，範為士則。日本文學當中的中國歷史小說一類由他確立，踵跡其後的有宮城谷昌光、酒見賢一、塚本青史等。田中芳樹稱頌陳舜臣是巨大的燈火，寫道：

所謂中國題材小說，現在正成了路，這是那些高舉燈火走過荒野的先人們的恩惠，而最明亮溫馨的燈火健在，令人不禁從心裡感謝。

三島由紀夫

1925～1970

大刀向三島的頭上砍去

日本人「切腹」是出了名的，幾乎被當作民族性的表現。現在依然愛自殺，通常用上吊、投水、跳樓等方法，而且悄悄地踐行，至於「切腹」，現實中人們記得起來的，大概就只有三島由紀夫。

切腹，據說興始於一千二百年前的奈良時代，西元七一五年以前成書的《播磨國風土記》當中有記載，在武士道行時的鐮倉時代流行開來。切腹有各類，為主公殉身的「追腹」，為職責或義理引咎的「詰腹」等。江戶時代以後切腹形式化，實行時有人在一旁幫著砍腦袋，以免不能一下子死去的痛苦，叫「介錯」。人心不古，也常有短刀挨著肚皮之前「介錯人」就先從背後砍了頭。始自中世，切腹也用於處刑。自己了斷，是相當給面子的死法。這種刑罰在一八七三年被廢止。關於切腹，三島由紀夫曾這樣答美國記者問：「我不相信西洋人的誠心。為什麼？因為看不見。過去日本人相信誠心在肚子裡，所以必須披瀝時撕開肚皮給人看。這又是顯示武士意志的行為。切自己的肚子是最痛苦的行為，敢那樣做就顯示出武士的勇氣。切腹是日本獨特的東西，外國人學不來。」

一九六二年小林正樹導演了一部電影《切腹》，仲代達矢飾演江戶時代初年的老武士。他叫開一戶豪門，說自己窮得不想活了，借一塊地方了結此生。人家勸他走開，別耍賴要錢。說日前也有一個年輕人來這一套，沒人可憐，看著他用一把竹刀剖腹，折騰了半天才死。老武士說那是他女婿，你們不施捨也可以，但不該置他於死地。於是雙方大打出手，最後老武士自刎。作為武士，他並非無理取鬧。切腹有一定的程式，需要場地、幫手和見證，實行起來頗繁雜，簡直像表演。

三島由紀夫多次扮演過切腹的角色，如在根據他讚美切腹的小說《憂國》改編的電影裡。他一輩子活得像演戲，臨死前給美國友人唐納德·金寫信，說自己不想作為文士而要作為武士死。他認真練習過切腹，也練習介錯。金問：「是什麼流派？」三島一本正經地回答：「是小笠原派。」

三島由紀夫剖腹自裁的事早就知道，在日本又時常看見他站在陽臺上演說的照片，但從未關心他肚皮的切法。最近讀了兩本書，杉原裕介、剛介兩兄弟的《三島由紀夫和自衛隊》和亨利·

史考特・史托克斯（Henry Scott-Stokes）的《三島由紀夫 生與死》（德岡孝夫譯）才得知其詳。

事件發生在一九七〇年十一月二十五日。

一向守約的三島由紀夫帶著森田必勝、古賀浩靖等四個年輕人準時走進陸上自衛隊東部方面隊總監益田兼利的辦公室。他們身穿楯會制服，神情緊張。三島和益田是老熟人。一九四五年八月十七日大本營陸軍部作戰班的少佐晴氣誠自裁，就是益田充當「介錯」，三島推崇他是武士中的武士。看見三島手握軍刀似的長刀，對三島的文學和思想表示過共鳴的益田頓時明白了事體，接受了問候，不動聲色地問：

「刀是真的嗎？」

「是真的，十七世紀的名刀。」

「大白天帶刀……」

「登了記的。」三島說，讓一個年輕人拿出所持許可證。「好刀吧？」他抽出刀。這是信號，四個年輕人一擁而上。秘書上茶，見狀發出驚叫。幾個幕僚聞聲衝過來，但見益田被綁在椅子上。三島戴上寫著「七生報國」的抹額，到陽臺上演說，下面一片噓聲，只好中斷。

三島退回總監辦公室，慢慢地脫下上衣，端坐在地毯上。森田轉到他身後，處於介錯的位置。三島手握三十來釐米長的短刀，摸了摸下腹左側，把刀鋒指向那裡。森田斜視三島的脖頸，舉起十七世紀的名刀。三島三呼天皇萬歲。身體前曲，深吸一口氣，「呀」地一聲，全力把刀捅進肚子。右手抖動，又握上左手，筆直地盡力向右拉。森田揮刀，但慢了一點，三島身體向前倒下，刀深深砍進肩膀。另外三個人叫喊：「再來一刀！」三島呻吟著，腸子露出來。森田又砍了一刀，砍到身上。「趕快補一刀！」他使出全身的力氣砍了第三刀，腦袋還是沒能砍下來。「你來替我吧！」古賀浩靖學過劍術，接過刀，一刀砍斷了三島的脖子。

試想，若把這個真實場面拍成電影，恐怕只會讓人覺得切腹自殺反倒死得很麻煩。

藤澤周平

1927～1997

蟬噪如雨鄉土情

關於武士小說，日本有這樣的說法：一般書店裡，武士小說的架子上半壁江山是司馬遼太郎的，另外的半壁，二分之一由池波正太郎和藤澤周平平分秋色，二分之一是其他作家們的。

有人說：拚命要發跡的傢伙讀司馬遼太郎，對發跡死了心的讀藤澤周平，想顯擺淵博的讀池波正太郎。

英語學教授兼論客渡部昇一看見年高八十的岳母讀藤澤周平，便也找來讀，驚為可以和日裔英國作家石黑一雄比肩。

我也知道一個事實：一位企業家臥病，讀藤澤周平慰藉愁緒，死後家屬按遺願資助中國翻譯出版了藤澤周平短篇小說集《玄鳥》。

文藝評論家秋山駿為藤澤周平的長篇小說《蟬噪》寫解說：「我從事文藝批評近三十年，讀書是老油條了，這本《蟬噪》竟然把我這老油條返回到一顆少年心。」

繼司馬、池波之後，藤澤周平於一九九七年去世。文學家丸谷才一撰文悼念，說：「通觀明治、大正、昭和三代的武士小說，藤澤是第一高手，文章如美玉無瑕，未有出其右者。」每有新作問世，對於為數眾多的讀者來說，是比政變、比股市起落大得多的事件。

藤澤周平出道比較晚，獲得新人獎已經是四十三歲，此後二十餘年，創作量驚人。更驚人的是全集二十三卷，可能有敗筆，卻沒有一篇粗製濫造，我覺得他是日本寥寥無幾值得翻譯其全集的作家之一。雖然得的是直木獎，被類歸為大眾小說家，但幾乎唯有他，例如《浦島》、《玄鳥》均發表在純文學雜誌上，可以與當代純文學作家為伍。對人的洞察與同情，時隱時現的幽默，美麗而嚴酷的自然景色，他的作品猶如水墨畫，素雅而不嫌貧，精緻而不鬧心，情趣似杉林晨霧瀰漫在字裡行間。

常見小說家忽而寫武士或歷史，一讀便知是生活素材告罄，拿遠離現實的時代來蒙事。藤澤也寫過現代小說如《早春》，寫過歷史小說如《一茶》、《世塵》，但基本上一貫寫武士小說。他說：「我寫市井，寫人情，主要把時代假定在江戶，但很少從過去的隨筆之類挖掘材料，多是以現代日常當中所見所聞、生活在現代的我本人平時所思所感為啟示來寫。」江戶時代處於偏執的中國化與淺薄的近代化之間，有一個真正的日本。藤澤討厭狂熱，討厭流行，而戰爭是最大的狂熱和流行，他也討厭嗜殺的織田信長。他抒寫的人情是現代的，規制人情的義理看似傳統，其實是被他美化的，由劍豪充當化身。他們保守、拘謹，用意志自律，不明顯表露情思和欲望，對女人的感情乍暖還冷，暖的是情，冷的是理。決鬥不是主題，情趣才是基調。藤澤好似樂手，奏出人生的旅情，又好似名廚，讀者的心理被料理得苦辣酸甜。

寫市井人情，藤澤周平的視角和筆調頗類似前輩作家山本周五郎，甚至被視為一脈相承，但兩人炯然有異，真所謂「名流各有千秋在，肯與前人作替人」。山本從不談故鄉，小說裡幾乎全是人，有情無景，而藤澤愛談故鄉，甚而遭譏諷：如此執著於鄉里的作家真少見。他的小說裡無處不見景，有鮮明的季節感和時刻感。老作家中野孝次讚曰：「在現代所有的小說家當中，大概藤澤最善於描寫自然，像鄉愁一樣對讀者述說各個季節的山川街鎮之美。」

藤澤在隨筆《小說周邊》裡回想故鄉的山：「山在附近，有一天就會發現意外的風景。例如我小時候把水墨畫上的山色雲形完全當作畫，但有一年梅雨時節，猝然看見了水墨畫的世界展現在眼前。我記憶中的羽黑山也沉浸在水墨畫的世界裡。羽黑山大概不是秋天賞紅葉、五月看嫩芽的山。枝葉相連的巨杉和深處的幽光是這座山的魅力。而且，這樣的羽黑山似乎最相宜小雨濛濛，最相宜四季霧靄。」

他在隨筆《周平獨言》裡想念故鄉的天：「我喜愛家鄉初冬的風景。陰翳的雲密布，空中不時從那裡灑下雨挾雪或者雪糝。而且從好像只能說是裂開的雲隙之間射下一點點日光，照亮黑色的原野和灰色的大海。這樣一天天反覆之後，某夜，雪靜靜地無休無止地飄落，早上世界就成了白的。到了初冬，我生長的土地呈現不會與別的土地混同的、只這片土地才有的容貌。我喜愛這個季節，或許緣故即在此。」

雨濛濛的山，陰沉沉的天，給作家養成的感情是陰暗的，流進作品裡，那就是一股淡淡的哀愁。他在短篇小說集後記中寫道：「這是因為在我的內心有只能用寫來表現的陰暗感情，作品形式不同，但都是這種陰暗感情所產生的東西。給讀的人以勇氣和生存的智慧，展開快活明朗的世界，倘若把這樣的小說作為正的浪漫，那麼，這裡彙集的小說是負的浪漫。」

藤澤家鄉是山形縣鶴岡，那裡有《看見龍的男人》的海，有《春秋山伏記》的山，海與山之間有一片《蟬時雨》的原野。他在作品裡名之為海坂藩。站在海邊眺望大海，水平線緩緩畫出一條弧，他說，那若有若無的緩緩的傾斜弧叫海坂。日本武士小說最愛把地點落到實處，這樣虛構一個北國小藩很罕見。《蟬時雨》寫的是一個武家少年從十五歲的二十年成長歷程，有武功絕技，有友情、親情，也有淡淡的愛情，那是一種「愛憐之情」，這樣的戀情才強烈而持久。

昨秋觀看了據之改編的電影，一時興起，拿著井上廈的圖示（這位小說家愛讀藤澤小說，居然手繪十幾幅海坂藩草圖）去遊覽鶴岡，探尋從根抵支撐這個作品的如火詩魂。青龍寺川就是主人公牧文四郎晨起洗臉的小河罷，川邊殘留著一棟厚厚稻草頂的老屋。日枝神社就是文四郎帶領阿福看夜祭的熊野神社罷，大紅欄杆的三雪橋就是文四郎護送阿福下船的地方罷。阿福幫文四郎用板車拉回含冤剖腹的父親的坡道在哪裡呢？師傅把空鈍派神技村雨傳授文四郎的武館遺址呢？太陽西斜，這是藤澤常描寫的日暮，我坐在圓照寺簷下，蟬噪如雨，打開剛買來的當地特產鹽漬小茄子品嘗。

近年不少武打電影拜好萊塢超人、駭客為師，越來越花哨，科幻似的打鬥，再加上芭蕾的大劈叉和章子怡的媚眼，在這種風潮中，日本電影《黃昏清兵衛》，還有《隱劍鬼爪》，令人眼前一「暗」，心弦被濃於血的人情、淡如水的人生震顫。山田洋次的導演手法固然可圈可點，但不要忘記原作者，這兩部電影的原作者就是藤澤周平。其實，山田完全保持了小說的故事、情趣及氛圍，比如武打場面少，又好像少了些陽剛之氣，卻正是藤澤文學的特色。

他不大把筆墨潑在劍俠的修練、絕技等常規描寫上，琢磨之功集中於日常生活人。始自「隱劍」系列（十七個短篇），如《怯劍松風》，藤澤刻意把劍豪寫成上班族，每天進出藩主的居城上下班，養家餬口，這種類型寫到《黃昏清兵衛》達至巔峰。平靜的日常被藩主即老闆的命令等不可抗拒的外力打破，無奈拔出刀，「一揮頭白不聞聲」（清末黃遵憲詠日本刀），這一揮，簡單而爽快，人物形象卻為之一變，顯露刀的一面，頓時把日常生活人的一面提升為俠，讀者這才明白了劍俠原來一直是嚴守義理地生活著。「怯劍」取勝，老闆給漲了薪水（五十石祿米），但妻子「滿江並非為了那個愛丈夫，她愛曬黑的、規規矩矩值勤的、懦弱的丈夫，這就滿足了」，於是，好似一陣風過後，松一般根深的生活又恢復了日常的平靜。

我甚至感覺，獨具現代感和樣式美的藤澤文學使山田電影終於超脫了渥美清的吊兒郎當和高倉健的悶頭悶腦。

澁澤龍彥

1928～1987

澀澤龍彥

近年常聽說「另類」這個詞──摸不準什麼意思，但很多詞本來都這麼馬馬虎虎跟著用，或許是異端的後現代說法。子曰：「攻乎異端，斯害也已」，誰知道什麼意思呢？總之，「另類」大概指不與正統、主流、常識、時尚同調或合群罷。把這個「另類」拿到日本來說，澀澤龍彥應該算一個。他已經去世近二十年，所以，把他拿到中國來說，好像還算得上另類們的老前輩哩。

兩三年前看美國電影《鵝毛筆》，便想到澀澤龍彥。他是望族子弟，把東京大學法文專業連考了三年，終於榜上有名，說來是大江健三郎的前輩。對文學有愛好有才氣的人常有把學籍往大學裡一擱，並不進教室的，例如大江一九五六年入法文專業，天天悶在屋裡寫小說。澀澤也不去上課，忙於搞文化沙龍，編同人雜誌，談情說愛，縱酒高歌，心血來潮也支援共產黨選舉。日本的大學難進易出，一九五三年畢業，論文是《薩德的現代性》。薩德是法國作家，通稱「薩德侯爵」，堪稱另類之最。二十來歲精神始現異常，簡直整個人是上帝用醜聞的泥巴捏出來的。大革命前被抓，大革命後也被抓，前後關押近三十年，在獄中寫作，精力充沛得驚人，作品淫穢得無以復加。十九世紀末德國醫生用他的名字造了一個詞，表示性虐待狂。

到了二十世紀，隔了幾代了，法國詩人就對他刮目，說是影響了超現實主義及存在主義。日本作家三島由紀夫這樣看：「從思想來理解薩德文學，似沒有一鱗半爪的優雅，但另一方面，把它和同時代的拉克洛（Choderlos de Laclos）的《危險關係》、克雷畢雍（C.P.J. de Crébillon）的《沙發》擺在一起看，洛可可色情文學的馥鬱芳香就從血汙與拷問的後面冒出來。」薩德曾遺言「別讓人看見我的遺體。不舉行葬禮，埋在領地的森林裡，植上樹，從地上消滅我的痕跡。把我的名字從所有世人的記憶中抹掉」。可是，說好說壞的人都不聽他的，電影《鵝毛筆》就是講他的故事，講得蠻有趣。

澀澤龍彥畢業後找不到工作，考上岩波書店的社外校對做了好多年。同時從事翻譯，一九五五年出版薩德短篇小說集，翌年出版三卷薩德選集。一九五九年翻譯了薩德的《惡行榮華》，並刊行隨筆集《薩德復活——自由與反抗思想的先驅者》（書名據日文直譯）。接著又出了《惡行榮華》續，被讀者告發，員警買來讀，叫一聲「猥褻」，予以查禁。一九六二年東京地方法院初審判無罪，六九年最高法院裁定有罪，罰款七萬日圓。

當時，領六〇年代風騷的作家如大岡昇平、吉本隆明、大江健三郎紛紛出庭作證，三島由紀夫還撰文辯護：「時過境遷慢慢失去其毒素是一切藝術作品的通例，但恐怕沒有像薩德這樣經過幾百年也不失毒素的作家。他是一切政治形態的敵人，若容忍薩德就完全容忍人性，這種東西在政治的界外，所以政府一天也不容其存在。」實際上《惡行榮華》正續各印二千冊，本無人問津，員警以及審判反而使薩德和澀澤出了名。被迫刪除十四處，未注明此處刪去多少字。澀澤譯本原來就不是全譯，當然不會是顧忌淫穢性或思想危險性，而是薩德小說冗長、單調，以節略為好。一九六四年澀澤撰寫了《薩德侯爵的一生》，三島由紀夫評之為「明晰得可怕的傳記」，而且激起他寫一個話劇的念頭，創作了《薩德侯爵夫人》，四十年來經常上演。

澀澤第一個正式把薩德介紹到日本來，確實有啟蒙家的勇氣。在書上看見他的留影，手握黑煙斗，似故作另類狀。少年時代夢想當博物學家，這一初衷終生不衰，書齋裡滿是稀奇古怪的圖書和赤裸的少女玩偶。從隨筆、評論結集的書名能窺見其廣博而另類，如毒藥手冊、世界惡女故事、夢幻宇宙志、情愛解剖、秘密結社手冊、黑魔術手冊、異端肖像、神聖受胎、妖人奇人館、玩偶愛好、貝殼與頭蓋骨、東西怪奇故事、洞窟偶像、幻想博物志、豪華食物志。十幾年前有人重譯《惡行榮華》，但全譯本云云在日本已喪失號召力，說起薩德，人們想到的還是澀澤龍彥。薩德具有某種普遍性，以至死去近二百年，社會仍餘悸其破壞力。

一九七〇年澀澤龍彥攜夫人旅行歐洲，三島由紀夫身穿楯會制服到機場送行，兩個多月後剖腹。澀澤說：「三島比我還不相信意識形態，他才是最激烈的反思想家，總之，那就是虛無主義的深度。」安保鬥爭如火如荼的年代，澀澤只跟人去看過一次熱鬧。他自幼多病，一九八九年在病床上讀書時死去，享年五十九。

看了電影《鵝毛筆》，一時興起，去參觀了澀澤龍彥墓，在鐮倉淨智寺。墓為和式，彷彿是他七〇年代以後逐步「回歸日本」的終點。

1930～

西村京太郎

偶遇京太郎

柑橘像小燈籠掛滿枝頭，天藍海碧，去湯河原溫泉。見路邊有一棟白樓，外壁裝飾成五、六張方格稿紙，好奇地停下來小憩，原來是西村京太郎紀念館。

西村京太郎是推理小說家，上世紀六〇年代初出道，寫作近半個世紀，出版四百二十部小說，總計二億多冊。這個記錄僅次於同樣寫推理小說的赤川次郎；二人有不少相同之處，例如都沒有大學文憑，都無緣大眾文學獎直木獎，都固執於用筆手寫。紀念館一層是咖啡館，二層展示手稿等，由一個新型機器人導遊，很好玩。

說來我跟西村小說有一點緣分。一九七〇年代，懂日文的父親一時興起教了我五十音圖，但我生來沒耐性循序漸進，那時在東北的環境保護研究所做事，而業餘愛好是文學，又正好日本首次到中國展覽圖書，過後大部分送給當地圖書館，我憑著「污染海域」這四個漢字借來了一本西村京太郎的小說，便抱著字典悍然翻譯。居然譯出了一點模樣，投給遠在廣州的《環境》，連載了一年。這個雜誌大概是中國最早的環境保護普及性讀物，我藉之與南方的羊城結緣，不知它現在可持續發展否。

對於人來說，沒有比自由地講述自己的過去更充滿魅力的了，但有時也不免臉紅，所以，還是繼續說西村京太郎：他生於一九三〇年。松本清張的《點與線》風行，西村讀了覺得這種小說自己也能寫，對科長說「要當作家」，便丟掉在政府機構幹了十一年的鐵飯碗。然而，讀與寫是兩碼事，天天在冬暖夏涼的公共圖書館裡寫，寫了一年也未能如願出道，退職金告罄，只好做各種營生。三年後獲得一個新人獎。起初什麼都寫，例如《污染海域》是所謂公害小說，屬於社會派推理。一本本寫，印數卻止步於「初版」。大阪世博會（一九七〇年）以後人們對火車大感興趣，編輯建議他就寫這個，一九七八年出版《特快臥鋪車殺人事件》，一印再印，打了翻身仗。從此專門沿著鐵道線寫推理，一九八一年以《終點站殺人事件》獲得日本推理作家協會獎。

讀推理小說，一旦被情節吸引，急急往下看，有時不免嫌文學性描寫礙眼絆腳，真想像落水狗，聳身一抖，把文學都抖掉，直奔謎底。西村的小說似只有推理，幾乎不描寫心理或環境，情節也不讓人過於傷腦筋，很適於消磨旅途，所以主要在車站小賣店銷行。乘坐火車，一味單調地前行，腦袋裡若不浮想點什麼，恐怕就只能無聊，這時，譬如車過長野縣乙女站附近，想起西村的《高原鐵道殺人事件》，或者車行山口縣的長門至下關，想起《再婚旅行殺人事件》，旅途就會像被人祝福的那樣愉快起來，雖然走到哪裡都是凶殺現場，也不免毛骨悚然。西村的大多數作品都是以十津川刑警為主人公，該形象已成為日本推理小說的典型人物，也長年活躍在電視劇螢幕上。夏目漱石一生只寫了六十來部作品，而西村七十歲以後，六年就寫了一百部，連多產的松本清張也不能比，大量生產，或許西村可以憑這一點留名日本文學史。

推理無非要設定兩個謎，空間的「密閉場所」與時間的「不在現場」，而鐵路同時預備了這兩個設謎條件。按列車時刻表寫推理，幾乎是日本推理小說的一大特色，或許其背景在於日本鐵路的特色——準時正點。戰敗後之初，日本一片廢墟，有人得知列車仍能按時刻表運行，便認定日本有希望。寫這類推理小說，鮎川哲也堪為先驅，他甚至把實際的時刻表寫進小說裡，而最著名的作品是松本清張的《點與線》。他們的小說都注重風光旅情的描寫，不只是解謎一條線跑車。森村誠一也寫過《新幹線殺人事件》。清水一行的《動脈列島》裡犯人威脅國營鐵路「噪音不止就破壞新幹線」，是比較有名的公害文學。西村京太郎的鐵道推理捲起熱潮，誘使好些作家染指其間，如島田莊司、內田康夫、辻真先。

西村是東京人，筆名的京不是指東京，而是所喜愛的京都。到湯河原療養，愛上這裡，建了豪宅，相鄰又建了這座紀念館。年將八十，不良於行，仍每天寫十五張稿紙。

江藤淳

1932 ~ 1999

江藤淳遺書

據警視廳統計，二〇〇九年上半年日本自殺了一萬七千零七十六人，比去年同期有增無減，照此下去，今年可能創歷史記錄。自殺者年間超三萬，這個勢頭已連續十一年。尋死的動機能查清的，多數是身患疾病，特別是憂鬱症。不禁想起江藤淳，同樣自我了斷身亡，作為著名的文學評論家，此舉或許對社會也起到表率作用。他留下遺書，寫道：

心身不便加劇，病苦難忍。六月十日腦梗塞發作以來，江藤淳已不過是形骸，所以要自我處置，斷送形骸。諸君啊，務請諒之。

江藤淳和石原慎太郎、大江健三郎同代，都是上大學時出道，石原和大江先後獲得芥川獎，而江藤在雜誌上發表《夏目漱石論》。他身材矮小，彷彿被心眼兒墜住，早熟而固執，大概有點討人厭，甚至讀英文學碩士課程時，教授看見他出席就宣布此日停課。接連出版兩本書之後退學，去普林斯頓大學留學，後留校教日本文學史。移植歐美音樂劇大獲成功的淺利慶太回憶：東京舉辦奧運會（一九六四）前一年，他和石原慎太郎、小澤征爾出國遊，那時候天才指揮家小澤才二十出頭，不知從哪裡弄來一台紅色敞篷車，三人便一路狂飆，到普林斯頓探訪江藤淳。

江藤和石原是中學同窗，終生友好；石原身高一米八，兩人都天然自以為是，湊到一塊兒應該有相聲組合之妙。但他這個人有點「馬列主義尖朝外」，當一個叫百目鬼恭三郎的書評家讚賞丸谷才一的小說時，他就當「揭老底戰鬥隊」，說他們高中同校，拉幫結夥。當年和石原、大江、淺利等人結成「年輕日本會」，反對修改日美安全保障條約，但政治季節過去，各奔前程。大江獲得諾貝爾文學獎，江藤身為日本文藝家協會理事長，答記者問：「多年不讀大江的小說了，無話可說。」他不讀大江，也不讀村上春樹，對村上文學不置可否。

江藤淳頗具慧眼，提攜了一些小說新手，如山田詠美，對田中康夫描寫一九八〇年東京風俗與流行的小說也讚不絕口，卻默殺村上，原因何在呢？原來他是個獨力挽頹波的衛道士，死守文學，不許次文化侵蝕，當然對村上春樹那樣的次文化小說翻白眼，不屑一顧。

江藤淳從二十六歲開始在報紙上寫文藝時評，到一九七八年寫了二十年，擲筆長歎：「小說從文化的位置上跌落，沉淪於次文化，此感不能不越來越深，何其遺憾。」所謂次文化，是相對於某個社會的總體文化（主流文化）的局部性文化（非主流文化）現象。讓江藤對「文化次文化化」大為警戒的，最初是村上龍的《近乎無限透明的藍》。他認為，這個獲得芥川獎的小說在年齡上反映年輕人，在地域上反映駐日美軍基地周邊，在人種上反映黑黃白混合，整個是次文化的反映，沒有文學性感動。文學作品不是某種文化的簡單的反映，至少必須是表現。當然可以拿次文化做素材，但是在作者的意識中，必須把局部文化置於與總體文化的相互關聯之上。以次文化為素材的文學作品要成為表現，作者的意識非超越那個次文化不可，若埋沒其中，就只是反映。作品具有批評性，不能讓小說的世界墮入世代的、地域的次文化之中。

江藤淳不再寫文藝時評，但此後仍擔當純文學雜誌《文藝》的新人獎評委。橫刀立馬，挺立在選拔新作家的第一線，不讓那種次文化小說獲獎，擋住一個是一個，很有點悲壯。可是，到了一九九六年，終不能像張飛那樣拆橋斷梁，就只有掛冠走人了，說：「通讀了此次的四篇入圍作品，重新痛感自己擔當新人未發表作品的評審的時期早就過去了。」辭去擔任了長達三十年的評委之職，繼續在另一個戰場上戰鬥，那就是自一九九四年就任的日本文藝家協會理事長，會員約兩千五百人。

日本政府試圖原則上廢除圖書定價零售制度，江藤淳拍案主張：若從經濟效率的觀點來看，文藝書沒有競爭力，只是一種「愚蠢的商品」。可是，這種小印數出版物刊行上萬種，相當於年度出版總數的五分之一，以圖書品質競爭，倚仗的就是維持定價的零售制度。日本出版文化由這個制度支撐著。他非常反感芥川獎與暢銷書掛鉤，認為那違反了出版社文藝春秋創辦人菊池寬設立此獎的初衷。文藝書印行一萬冊，這就夠多了。保衛文學的策略即在於不出暢銷書。

《近乎無限透明的藍》是芥川獎作品中累積銷售量最多的，時隔多年，村上春樹又一本小說《１Ｑ８４》大暢其銷。次文化早已不是對抗性文化，次文化文學的勝利也屬於文學的勝利。江藤淳當然不是因為守不住陣地而自殺，也不必模擬三島由紀夫，從社會找他的死因。雷雨之夜，他在自宅浴室用剃刀割手腕，染紅了一池洗澡水，趁自己還割得斷血管的時候。他生前經常在論壇挑起事端，卻從不接戰交鋒，只是自說自話。我相信他遺書所言。生不由己，死也不由己，人跟其他動物還有什麼兩樣呢？江藤寫了一輩子《漱石及其時代》，第五卷已寫到夏目漱石忍著胃潰瘍執筆，惜乎一死而未了。既不為別人死，又不為別人生，一本書寫不寫完，那是他自己的事。

1932～

五木寛之

放浪者的苦旅人生

評論家中島梓（亦即小說家栗本薰）甚至認為「即使有一百個大江健三郎，世上什麼也不變，但是有一個五木寬之，世上就會變千分之一」。

說到五木寬之，他對日本年輕人的影響尤其大，據說他們閱讀五木文學多從隨筆《生的啟示》、《大河的一滴》起始。我三十年前初讀則是《青春之門》，原因無他，那時當編輯，有人投來了這部長篇小說第一部《築豐篇》的譯稿。旅居日本後，不大讀五木的小說，原因也無他，這二十多年他時常造成話題的是隨筆。

五木寬之生於一九三二年九月三十日，與石原慎太郎同年同月同日生，但二人的文學似不能同日而語。好事地探究一下，似乎根源全在於身世之不同。父母是教師，赴任朝鮮，五木成長在異邦。一九四五年八月戰爭結束了，勝利者是蘇軍。當石原在逗子海岸浪蕩時，五木被送進難民營。一九四六年秋買通蘇軍卡車，逃出戒嚴下的平壤，翌年輾轉回到福岡縣，陌生的父母故鄉。此後勤工儉學，倒賣過雞蛋，也用自行車運過煤，一九五二年考入早稻田大學，讀俄文專業。為籌措學費犯難的父親對他說：蘇聯是你媽媽的仇敵！

二〇〇二年五木在隨筆《命運的足音》中寫到母親，這是他寫小說以來多少次想寫卻不能寫的：蘇聯兵來了，「掀開母親隻身躺著的被子，用皮靴尖撥開死一般閉著眼睛的母親的睡衣。他笑著，使勁踩母親貧瘠的乳房。要不是母親那時突然猛烈地吐血，情況可能會更壞」。發現母親是病人，「兩個兵抬起僵臥著母親的褥子兩端，怪叫著搬走，好像扔水泥袋子一樣，從簷廊扔到院子裡」。十二歲的五木和父親被槍逼住，眼睜睜看著。「母親死了以後，我和父親一直覺得是共犯，內疚地活著。好像直到父親死，我一次都沒有和他對視過」。「戰後，此事一直給我的心蒙上了陰影」，這陰影不正是五木文學的原點嗎？我也終於理解他為何在小說《戀歌》中讓那個被蘇聯兵姦汙的冬子說：真正讓我們失望的是同為日本人的男人們。小說家野坂昭如說，不願再看見孩子饑餓的臉，五木卻想說，不願再看見父母饑餓的臉。然而，母親幾乎就是死在蘇聯兵的軍靴之下，五木卻志願學俄文，這又為何呢？他從未解答。

五木寬之是旅人，苦旅人生。他說過：人有航海者與漂泊者兩種類型，他屬於漂泊者，與其說是想去哪裡，不如說是想逃到哪裡的願望更強烈。當年僥倖沒有被送進西伯利亞集中營，那裡卻似乎變成他的夢想所在，即便是噩夢。三十三歲時和夫人搭乘西伯利亞鐵路橫貫蘇聯，歸來創作《別了，莫斯科流氓》，獲得小說現代新人獎，由此出道。那是一九六六年，石原慎太郎獲得芥川獎十年後。

記得上世紀七〇年代末，大陸剛開放以「普羅」或「友好」為引進標準之外的日本文學，由於和蘇聯仍交惡，「莫斯科流氓」幾個字別有魅力，讓人直想一讀為快。一九六七年五木以《看那青灰馬》獲得直木獎。讀者不會像評論家那樣過問作家想寫什麼或者該寫什麼，只是讀作家寫成的白紙黑字，跟著笑或哭。關於五木文學的評論相當多，但我向來對作家夫子自道更有些興趣，他在對談中說到：《別了，莫斯科流氓》、《看那青灰馬》、《霧中的卡雷利阿》等以外國為舞臺的短篇小說曾有很多人讀，但最近，無論哪裡都把我視為以築豐為舞臺、有一點老式人生劇場味道、教育小說味道的《青春之門》的長篇小說作者。在《婦人畫報》上連載的《朱鷺之墓》以日俄戰爭時的金澤為舞臺，有那麼點古典傳統的味道。

一九六九年起筆的《青春之門》可算五木的半自傳小說。寫風雲激盪的一九六〇年代，那是一個奇妙的時代，有爵士樂、超短裙，真正自由卻又孤立無援。五木說：「我的主題全都緊貼著一九六〇年代這一時代的表皮，淨是些應該與時間一同流逝的東西。」一九六〇年代早已過去了，往事如煙，但文學猶在，他寫了當時，即我們今天看來的昨天，也寫了未來，那就是我們的今天，還可能是明天。《青春之門》模仿尾崎士郎的自傳小說《人生劇場》也分為數篇，即《築豐篇》、《自立篇》、《放浪篇》、《墮落篇》、《望鄉篇》、《再起篇》、《挑戰篇》。它是五木寬之代表作，也是戰後青春小說（成長小說）的巨著。

五木父親是山溝裡的農民之子，五木結婚後，在妻子老家金澤生活多年，他稱之為第二故鄉，那裡有僅次於京都的雅文化。農民血脈與雅文化薰陶使他具備日本式感性，不過，其文學出發點不是日本文學，而是俄國文學。曾有人批評五木既非正統又非異端，這正是五木文學的特色。他在一九七六年出版的長篇小說《戒嚴令之夜》後記中寫道：「我心中民族的東西和與之相反的東西，對事實的關注和恰好相反，對於想像世界的偏執，這些相反的東西都不加揚棄地統統被投進這個小說中。寫完之後，我有一種從一場白日夢醒來似的感覺，呆立不動。」這是他創作的路數，也是人生的基本態度。短篇小說《看海的瓊尼》也寫道：「有的傢伙覺得悲傷的歌是藍調，也有的書說它是黑人的苦惱與祈禱的呻吟。可那都不對。藍調音樂是兩種相反的感情同時高漲，那麼一種狀態的東西。是絕望的，同時讓人感到希望，淒涼卻明朗，悲傷卻爽快，粗俗而高貴，那就是藍調。不牢牢抓住這一點就搞不來真正的藍調。」

五木熱愛音樂，幼年在平壤聽蘇聯兵合唱，那是他從未聽過的優美的歌，或許因而有志於俄文。一九七〇年寫過一篇隨筆《怨歌的誕生》，說他聽了藤圭子的歌大為感動，「歌手一生能幾回，而且是極其一時的彷彿血從歌的背後滴落一般的動人力量」。當然，也自嘲了一下：三十七歲的大男人被十七歲少女歌手的流行歌觸動，這種事態誠然也有點可笑。這篇隨筆引起諸多反響，對藤圭子熱推波助瀾。五木認為藤圭子的歌是「怨歌」，這種悲傷的歌才鼓動人心。他常在小說裡描寫爵士樂，而且是評論爵士樂的行家，《燃燒的秋天》以他中意的京都爵士樂咖啡館為舞臺，《看海的瓊尼》寫的是爵士樂演奏高手瓊尼從越南戰場歸來的苦惱，亦即《別了，莫斯科流氓》所說「讓我彈真正爵士樂的那個什麼東西，從我現在的身上失去了」。坂元輝熟讀五木小說，一九八〇年用《看海的瓊尼》這個題名演奏一曲，已成為日本爵士樂名曲。同樣酷愛爵士樂，村上春樹一般只是把外國曲目寫進小說裡，他的小說從一九七〇年代寫起，就學生運動時代背景來看，正好與五木銜接。

小說家常寫隨筆，大都是餘事，以應付約稿耳，但隨筆在五木文學裡與小說並重。第一本隨筆集《有風吹拂》刊行於一九六八年，有六種文庫版長銷不衰。他不相信體制，不相信組織，在群眾當中也總是那麼孤獨而憂愁。描寫政治，但實際不參與。在音樂、藝術諸方面遂行文明批評，尤津津於探討人生。一九九五年撰寫《大河的一滴》，接著是《人生的目的》、《命運的足音》，構成五木隨筆又一個高峰。他寫道：「在那種猶如時間停止了的無為狀況中，有一句話總是像咒語一樣在心底響起，其實是陳詞濫調，即『大河的一滴』。『人是大河的一滴』——那小小的一滴水珠卻是形成洪流的一滴，是朝向永恆的時間運動的節奏的一部分。望著河水，我極其自然地這麼感覺。」他認為「人生的目的指的是『自己人生的目的』，是發現自己一個人的、不同於世界上任何人的、惟其自我的『活的意義』。說法有點怪，但也可以說，『發現自己的人生目的這就是人生的目的』。」此後接連出版了《不安之力》、《元氣》、《氣的發現》以及《養生實技》，大談心靈或精神，甚而竟有了點「教主」模樣。

一九八一年梅雨時節，身為五木寬之經紀人的胞弟因胰腺癌猝逝，享年四十二歲。不久，五木第二次休筆，到京都住了三年，在龍谷大學旁聽佛教史。這所大學是西本願寺開辦的。西本願寺的正式名稱是龍谷山本願寺，開山為淨土真宗的宗祖親鸞，第八代蓮如乃中興之祖。對於宗教，五木不囿於特定教派，但基本上信奉淨土真宗的教義。一九八五年復出，一連出版了幾本關於蓮如的書，推崇「他力」是照亮看不見出口的黑暗時代的、日本史上最深刻的思想，是蘊涵巨大實力的活的力量。現在已然是憑藉個人的「自力」無法突圍逃脫的時代。構成法然、親鸞、蓮如等思想核心的「他力」才是超越以往宗教常識、戲劇性地活化我們的乾涸心靈的靈魂能量。觸及這真正的「他力」時，人將受到彷彿自己和外界都為之一變的衝擊。年屆七十，五木彷佛聽見了母親的聲音，「那聲音原諒我，原諒父親，原諒蘇聯兵們，平靜的，要把人的一切惡就那麼緊抱住。大悲，我突然想，大悲也許就是指這樣的東西」，於是明白寫出了蒙罩心頭五十七年的陰影，這恐怕不單是時間的消磨，更是宗教信仰的化解。

二〇〇九年末五木寬之出版小說《親鸞》上下卷，這是親鸞的「青春之門」。暢銷六十萬冊之後，他把上卷放在網路上免費閱覽。自二〇一一年一月一日又同時在四十四種地方報紙上連載小說《親鸞．激動篇》，堪稱報刊連載小說史的破天荒。五木出道伊始就宣佈自己既不屬於純文學也不屬於大眾文學，只是把自己想說的東西編成離奇有趣的故事。「沒電燈就點蠟燭，沒地方就躲在廁所裡，再怎麼也必須往下讀，就是為讀者寫這樣的故事或讀物」。明年（二〇一二）高壽八十的作家，從電視上看，英俊的面龐嶙峋了，倒像是少了些歷盡滄桑的愁容。

井上廈

1934～2010

井上廈的品格

日本文學有三個流派。

文藝評論家平野謙在一九七〇年出版的《昭和文學備忘錄》中論說：昭和初期（元年為一九二六年）文學界最大特徵是三派鼎立，即無產者文學、新感覺派文學、慘遭這兩種新興文學夾擊後成功地收復失地的私小說。這大概是封建的生活感情、資本主義的生活方式、社會主義的生活志向能多層存在的日本特異的社會構造在文學上的反映。

二〇一〇年四月九日井上廈病故，文藝評論家、小說家丸谷才一致悼詞，認為這個模式照樣適用於當下的日本文學。現代主義文學相當於新感覺派，代表作家是村上春樹，愛寫身邊事的大江健三郎屬於私小說，而繼承無產者文學的最好的作家非井上廈莫屬。

丸谷才一的說法，應該最不成問題的是前衛而清新的村上春樹，把大江健三郎歸入私小說，倘若只知道田山花袋嗅女弟子蓋過的棉被、島崎藤村使侄女懷孕之類的小說，就不免莫名其妙，至於無產者文學，這個詞聽來很有點過時，何況由生前擔任日本筆會會長、日本文藝家協會理事、日本劇作家協會理事、十幾種文學獎評審的井上廈一脈相承，更像是玩笑。

日本文學史上，從一九二一年雜誌《播種人》創刊，到一九三三年無產者文學的旗手小林多喜二被員警拷打至死，共產黨員們紛紛聲明轉向，第二年無產者作家同盟解散，無產者文學興衰十三年。除了熟讀日本古典的中野重治之外，無產者文學雖然內容是進步的，但若從日語文學的角度，則難以說好。很多作品類似私小說，當然不是寫和酒館女招待的戀愛，而是寫逃避員警的地下鬥爭。小林多喜二的《蟹工船》是無產者文學的代表作，被多國翻譯，在日本文學史上堪為破天荒。二〇〇六年有出版社改編為漫畫，很像是跟不上時代之舉，孰料經濟長久不景氣，貧困層擴大，年輕人捧讀這漫畫，大有歷史驚人地相似之慼，原著也借勢風行一時。漫畫書腰上只印了井上廈的漫畫像和一行字：推薦本書。

丸谷才一說：「井上廈矢志不渝地反逆權力，總是站在弱者一邊。」

井上廈其人其作的品格首先是得自家傳。他生於一九三四年。父親和小林多喜二同輩，在故鄉山形縣開藥店，還辦了一個叫黎明的劇團，藉以秘密發行《戰旗》、《赤旗》等共產黨刊物。三次被捕，最後遭拷打，以致患病身亡，享年三十四歲。推理小說家松本清張比小林多喜二小六歲，當年也曾因購讀這類刊物坐過牢。父親去世時井上廈五歲，作為「共黨小崽子」不被人待見。小學畢業後耽讀父親遺留的藏書，最喜愛《莎士比亞全集》和《近代劇全集》。井上廈說過：對於他來說，無產者文學就是父親熱衷的小說、雜誌、戲劇等的總體。無產者文學中水準高的作品非常有意思，今天的年輕人應該先讀讀這些作品。

父親寫小說和戲劇，這個志向完全遺傳給井上廈，他要實現父親沒有實現的夢。高中三年間，看了一千部電影，而且像父親一樣熱衷於投稿，時見刊登。十九歲考入上智大學德文學科，休學工作了兩年多，又入學上智大學法文學科。半年後，給脫衣舞劇場「法蘭西座」當文藝部員，決心這輩子從事戲劇。二十四歲時所作《護士的房間》上演，《悠悠忽忽三十、晃晃蕩蕩四十》獲得文部省主辦的劇本獎，並開始為ＮＨＫ寫廣播劇。三十八歲那年，以《道元的冒險》獲得岸田戲曲獎，以小說《手鎖心中》獲得直木獎，從此，小說、戲劇、隨筆、評論等遍地開花。一九八一年隨筆《私家版日本語文法》和小說《吉里吉里人》暢銷。

一九六四年為ＮＨＫ寫的廣播劇《吉里吉里獨立》播放三十分鐘，引起了軒然大波：當此舉國為亞洲頭一個辦奧運會而狂熱之際，居然心懷不滿鬧獨立。其實，早在大學畢業之初的一九六

○年井上廈就已經構思，那時候稻米能自給了，政府頒布農業基本法（被稱作農業憲法，一九九九年廢除），令他憤怒：日本剛復興，中央就把地方當包袱，那麼地方乾脆獨立好了。大約十年後，《吉里吉里獨立》發展為《吉里吉里人》。

井上廈是東北人，那裡確實有一個吉里吉里，在岩手縣的大槌町，二〇一一年三月十一日也遭受大海嘯襲擊。東北具有自古層層積累起來的獨立性很強的文化，為這部長篇小說的創作提供了高雅的精神與市民感覺。小說裡的吉里吉里村有四千一百八十七人，糧食百分之百自給，醫療技術是世界最高的，由於對日本政府失望，宣布獨立。沒有核電站，地熱發電，農業立國，醫學立國，好色立國。井上廈從不考慮大眾文學與純文學之分，《吉里吉里人》既獲得獎賞純文學的讀賣文學獎，又獲得娛樂文學的日本ＳＦ大獎，雅俗共賞，就這一點來說，與村上春樹的小說如《１Ｑ８４》有共同之處。不同的是，井上廈小說有思想，有現實意義，出言諧謔，直刺日本國體制與政策的荒謬。

井上廈的品格還得自高中所受教育。《青葉繁茂》後記中有道：「戰敗後幾年裡，從初中升高中期間，籠統地說，日本列島上有三種大人。第一群大人認為，我們大人做錯了。把錯誤亮在孩子們面前，把國家的未來託付給他們。第二群大人做出很乖的樣子：我們是不會有錯的，但現在處於聯合國軍管制之下，申說也沒用。暫且屏息潛身，等待上臺的機會。第三群瞪圓了眼睛：今天有沒有吃的，多半大人是這第三群。慶幸的是，我上的仙台高中，老師大部分是屬於第一群的大人。」

第二群人果然等到了時機，不可一世，而井上廈寫《青葉繁茂》就是要記下第一群大人的時代，也就是他本人的少年時代。他曾答沖繩記者問：「沖繩總像是縈繞我。日本的戰爭領導人決斷太晚了，沖繩發生了那麼慘的事。真的是『聖斷』，就該在沖繩、廣島、長崎都沒有發生時做出。」「我從小有日本的種種辛酸都讓沖繩人承受了的想法，也不無我們在東北鄉鎮吊兒郎當過活的內疚、自卑，所以想一直寫那些同為日本人卻吃了那麼大苦頭的人們。」

不囿於書房，不限於舞臺，付諸行動，似乎是無產者文學的傳統，井上廈就是一位社會活動家，而且以平民的感覺行動。去世前一年，談及《吉里吉里人》的創作動機，他指責「日本人為什麼不認真考慮大米和憲法？」這兩者是他一輩子運動的主題。一九八七年把七萬冊藏書捐贈給故鄉，設立圖書館「遲筆堂文庫」，隨後開辦生活者大學校（意為消費者和生產者不是對立的，同為生活者），每年舉辦一次講座，以農業與糧食問題為主。抵抗美國壓迫日本稻米自由化，他寫過《大米講座》，吶喊日本的米、日本的水田危險了。二〇〇四年他和梅原猛、大江健三郎、小田實、加藤周一等人發起成立「九條會」，呼籲「日本國憲法第九條不能改」。

生前最後完成了劇本《組曲虐殺》，把小林多喜二被虐殺搬上舞臺，井上廈對今生大為滿足。死後，小說《一星期》出版（從二〇〇〇年連載至二〇〇六年，未及修改），主人公小松修吉，這名字顯然寄予對故鄉是小松町的父親井上修吉的追思。大江健三郎說：「井上廈晚年的戲劇工作質與量都可驚，但作為小說家，莫非對創作能匹敵壯年時期的傑作《吉里吉里人》的長篇已經絕了望？」然而，死後寄來了長達五百頁的新作《一星期》校樣，這無疑是井上廈晚年的傑作。

井上廈好讀書，書評也獨具慧眼。他說：「世上有兩種人，沒有書也能活的人和不能的人。」

劇作家之死

井上廈於二〇一〇年四月九日去世。據女兒說，井上曾笑談：能寫了《組曲虐殺》，死而無憾。人們悼念他，說小說與戲劇是他的雙輪，並驅前行，但我認為他首先是一位傑出的劇作家。

《組曲虐殺》是評傳小林多喜二的音樂劇，二〇〇九年十月上演。劇中未出現共產黨之類的字樣，但誰都知道，小林是上世紀初葉的普羅文學家，著有《蟹工船》，被員警拷問致死。故事雖淒慘，但表現手法照樣是非常井上的，滿堂笑聲，舞臺上成功演繹了「為什麼連一隻螞蟻都不能踩的靦腆少年能成為忍受三小時拷問甚至不怕虐殺的青年」。井上也曾用戲劇為作家樋口一葉、太宰治立傳。年高八十五的哲學家梅原猛說：「從《葫蘆島歷險記》那時候就覺得井上君是驚人的逸才。他的戲劇充滿辛辣的社會諷刺與幽默，總是站在弱者的立場上。他創造了喜劇新形式，雖然思想不同，但我尊敬他。」

井上廈生於一九三四年，讀上智大學法語專業時，為淺草的脫衣舞劇場寫小喜劇，賺取學費和生活費。淺草是東京老街，民眾演劇勃興於此地，那時主要演員有後來演《寅次郎的故事》系列電影出名的渥美清。本打算就此幹一輩子，但試圖組織工會，要求提薪，被資方指使地痞給打了出去。不過，一年之間掌握了淺草的笑、用笑鬥爭的方法，日後為同樣出身於淺草的北野武著書寫後記，說淺草時代「是黃金時代」。另謀生路，給出版社倉庫打更，並起勁兒寫腳本四處應徵，兩年裡應徵一百四十五次，平均每月得獎金一萬四千多日圓（當時小學教師起薪為八千日圓）。《稀裡糊塗三十，晃來晃去四十》獲得藝術祭腳本獎勵。NHK約他做廣播劇改編及創作。日本自一九五三年開播電視，一九六四年東京舉辦奧運會，彩色電視機借勢普及，就從這一年，NHK播映井上廈與人合作的木偶音樂劇《葫蘆島歷險記》，連續一千二百二十四集。

從一九五八年到七三年井上廈幾乎天天去NHK，好似就職了一般。廣播尤其是電視使他富起來，豈止能養家糊口，而且能買書，買房，每天抽八十根香煙。東京奧運會開幕後，井上為NHK寫了一個廣播劇《吉里吉里人獨立》，也就是後來大暢其銷的小說《吉里吉里人》的原型。故事是東北地方一個被經濟高速度發展所拋棄的窮村莊宣佈從日本分離，建立理想的獨立國家，日本發生一場大混亂。小說還獲得日本SF大賞，但問題是現實，莫忘記NHK是半官方的。

井上廈後來在隨筆中追述：「廣播劇的主題和故事展開當然與小說相同，但反響非常驚人，全部是惡評，而且所有的論點都一樣，是這樣的：通過奧運這一宏大的活動，日本終於如今名實都成為國際社會一員。戰後二十年來日本人努力奮鬥，結實為這次世紀性盛典，我們感到驕傲。可是，為什麼播放對日本懷有不滿、一部分日本從日本分離獨立的混帳話？鬧著玩也過了。」另一個廣播音樂劇，寫的是老鼠國，有一集買房騷亂，執政黨政客認為影射了政府的住房政策而施壓。大概這些事情使井上「從電視世界一點點撤步抽身，疏遠了之後再回顧顯像管世界，甚至覺得它不就是『顯像管監獄』嗎？」

關於電視，他進而寫道：「現在一手承擔這個國家的大眾娛樂的，不消說，是被叫作電視的、整天發出青白光的、擺設在各家最好的地方的、那個四方四角的箱子，但這箱子為我們提供的笑貧寒得可憐。為寫這篇小文，某日從清早到深夜我在這箱子前度過，卻沒碰上一次能舒緩我心的笑。」甚至說：「我這十幾年間以提供臺本的形式和電視打交道，如果從這十幾年間的經驗來說，覺得『電視是諸惡之源』。」

這讓人想起社會評論家大宅壯一，早在日本剛普及黑白電視機，他就痛斥「電視同拉洋片一樣，不，比拉洋片更差的白癡節目每天一個接一個。由廣播、電視這些最進步的媒體展開了『一億總白癡化』運動。」小說家松本清張也說：「長此以往，一億日本人很可能全變成白癡。」菅直人任副總理時還引用過大宅的說法，批評不讀書現象。人們癡癡看電視，最近有調查統計，某女藝人離婚報導了將近兩小時，而政府焦頭爛額的轉移美軍基地問題才半個多小時。

與其受制於權力，不如金盆洗手，井上廈轉而寫舞臺音樂劇。用一年零四個月的工夫寫成《日本人的肚臍》，毫無信心地去看舞臺排練，「笑得太過分，竟然從椅子上跌倒。剎那間甚至沒明白這麼有意思的戲是誰寫的。其實就是這時我下了決心：戲劇這東西這麼有意思，那就認真搞下去吧。」此劇於一九六九年上演。井上徹底脫離了電視世界，一九七二年以《道元的冒險》獲得有戲劇芥川獎之稱的岸田國士戲曲獎，一九八三年成立「小松座」劇團，專門演出他的劇作，以至於今。

上世紀六〇、七〇年代是政治年代，日本風行小劇場運動，與那些帶有火藥味的戲劇相比，井上廈的喜劇或許被諧音、俏皮之類語言遊戲的笑遮掩了思想，或許被人無視嘲諷，抹煞了思想。一九七〇年上演《表裡源內蛙合戰》，貌似敦厚的井上廈居然在劇場說明書上撰文：「『十分有趣但不能否認底蘊淺』，『確實易懂但沒有哲學』，『沒有思想但異想天開，才氣煥發，也不妨有這樣的東西』，這是有識之士對我的戲劇的看法。別人說什麼那是別人的事，與我無關，但是把有說成無，我實在生氣，而且對不起寒舍書架上一大排《世界大思想全集》和日夜愛讀的《現代日本思想體系》等書本。」

井上廈不像大宅壯一那樣標榜「無思想」，他辯白什麼是思想，寫道：「簡單說來，『我們這個世界將來如此如此這般這般，對於自己或者對於人們來說更幸福（以上是價值觀念）。於是，一同考慮不那麼的，不這麼的（這是知識），最好這麼的，應該這麼做。』這是思想。更通俗地說，『最好是這個樣，所以要這麼做』是思想。」實際上他廈是一位甚至有點過於有思想的社會活動家。不僅擔任過日本筆會的會長，在他主持下，筆會的反戰色彩尤為鮮亮，而且是呼籲世界和平七人委員會委員，「不改變、不許改變誓不再戰的日本國憲法第九條」的九條會召集人之一。他的活動就是到處講日本如此這般會更好，反對天皇制，也不妨礙他出席天皇主持的茶話會。他幻想的「吉里吉里國」有高超的醫學，近年又公開主張日本要做出國際貢獻，一個就是有世界最好的醫學，以致世界的醫生全都用日語寫病歷，從普亭、布希到各國富豪來日本看病，他們都成了「人質」，就不能攻擊日本，於是和平。

創作四十年，井上廈文學品質超穩定。以翻譯莎士比亞戲劇聞名的戲劇評論家小田島雄志稱讚：「在日本，所謂文學，一般認為是志賀直哉所代表的那樣，把多餘的語言都砍掉後剩下的東西，相反，井上是語言豐富得簡直可以說過剩的作家。啊，日本也出了莎士比亞。」

井上廈把藏書捐贈給家鄉，建立了一個「遲筆堂文庫」。那裡懸掛著他的手跡：「難的要寫淺，淺的要寫深，深的要寫得有趣，有趣要認真寫。」因為有拖稿的怪癖，總是讓編輯或演員等米下鍋，他給自己起了個綽號「遲筆堂」。還曾想改用電腦，但好像終未實行。他的字很耐看，有一種童趣。

1935~

大江健三郎

大江醉酒

大江健三郎和石原慎太郎不是一條道上跑的車，這好像連我們中國人也知之頗詳。有一次，他倆偶然在德國碰到了，當然不要談當時正高漲的反核運動，雖然他們都為此而來，但這種話只有對自己的粉絲們宣說為快，不然，各執己見，相遇不歡。於是就扯淡，石原講他過去潛水的故事，大江覺得有趣，勸他找時間寫出來。後來石原真就寫了些短篇，有點像小品，又像是回憶錄片段，結集為《我人生某時》。本來寫得很有趣，說它屬於世界文學的水準也無妨，因為這水準似有還無，誰也拿不準，但是有一個叫福田和也的文藝評論家咋咋呼呼評點日本的現役作家，居然給打了最高分，就讓人讀得不自在了。此人還說過，石原短篇集當中以《遭難者》為最高傑作，那就也高過《我人生某時》，可是，它們都早已從書店裡消失，看來文學的遊戲規則畢竟是嚴峻的，走俏的評論家放屁也是屁，讀者敢說ＮＯ，才不為他的屁話買單呢。

其實，石原和大江先後出道，一同當戰後文學的旗手，早年關係很不錯，經常在一起喝酒。

一九六六年新潮社出版六卷本《大江健三郎全作品》，石原為此寫了一篇隨筆《從時代向超時代》，寫的是酒醉大江：

某晚，大江健三郎跟江藤淳和我三個人吃飯、喝酒。三人好久沒聚了，那之前大江發生過什麼不愉快的事，所以他似乎最快樂。看他那樣子，江藤和我放下心來，也都很高興。

狹小的鋪席頭上立著一個藝妓，唱人生劇場，我有點煩，自稱北里先生的江藤帶著寬容的微笑觀看，大江則一如既往地規矩，出於客人的責任感，激動鼓掌，用發音恐怕是日本式的法語送上讚詞。此後，不知憑什麼信仰，三人拜了拜淺草的觀音菩薩，又去六本木的一個俱樂部喝。

在那裡，俗不可耐的俱樂部老闆偶然相鄰，不知什麼原委偏偏衝大江讚美天皇制，說天皇是日本的風土云云。

好像醉得很陶然的大江剎那間把眼睛瞪大發直，嚴肅起來，對著那個人坐正。開始的是戰鬥。

「算啦，喂，別在這種地方說那種話！」旁邊的江藤拽他袖子，但他固執地不聽。

為了駁倒降伏對方，大江丟開我們，最後連那個人的兒子也捲進來，在深夜的俱樂部滔滔展開了批判天皇制的長篇大論。

對於他來說，哪怕是玩笑，說天皇是日本的風土之類，即便像路上被磕碰，只回頭狠狠瞪一眼不算完，非真刀真槍地拚殺不可。

結果，對方被他的能量壓垮，支吾了幾句「反正不久你也上了年紀就明白了」，逃之夭夭。這時我和江藤都等得不耐煩了。

「這傢伙實在就這樣！」江藤說。那實在是大江健三郎的使命感。對那種對手也翻臉絕不是譁眾取寵，所以觀望的我們也不能開玩笑。

可是我時常想，對使命那麼過於有自覺，不過於死板嗎？江藤說我也是無意識過剩，而大江有使命感過剩、誠實過剩之處。

他完成了批判天皇制的使命，酒也完全醒了，走出門口，我與他並肩，驀地感到一種充滿敬意的擔心。

以前，二人喝過量，翌日下午很晚了，他打來電話，說家裡沒人，不知怎麼倒在廚房裡睡到現在，昨晚沒失禮嗎。聽著他含羞的聲音，我不知為什麼，強烈感受到他的形象。

那是擁有利刃一般的感受力、嚴於律己、不屈不撓、孤獨之極的男人的肖像，還有他背負的只有他能看見的世界的光輝和巨大。

現在的大江，比起那時的形象來，因使命感而有點發胖，顯得不自由。我這麼說，他大概要不滿吧。

然而，我覺得我明白他經過現今，不是返回，而是更踏入的世界是什麼。

這種說法也許很膚淺，但他不會成為沙特。那是因為他作為作家，比沙特、比其他什麼樣的現代作家更具有豐富的感受力，也就是他比誰都更是小說家。

開始寫小說後，有別於天性，他勤勉地用自己的手培養大東西，那是把剪刀——作家為表明立場（engagement）的論理。

如今他非常誠實地用著這把剪刀。鋒利的剪刀和感受力的利刃，作家果真能均等地使用這兩者嗎？或者，應該以怎樣的分配來使用呢？他作為作家現今從事著迄今誰也做不到的、無上幸福的實驗。

而且，我想，在這一實驗的將來的過程中他必然得到的一定是向比現今更巨大的、超越時代與狀況的、人與藝術的使命的歸結。

大江健三郎是優秀的時代人，同時是更為優秀的作家，大概在他進展的內面我們最先看見藝術與人的真正的關係。

大江健三郎的「痴漢」

中國禮教有七歲不同席之說，被日本人笑話過。他們不但同席（榻榻米），而且混浴。雖然十八世紀寬政改革就禁過，十九世紀明治維新以後又嚴禁，但積習難除，至今依舊有地方混浴，並用來吸引遊客。所謂七歲不同席，或許是陋規，可時當蕭條的平成年間，日本實行男女不同車了。文明未必處處與時俱進，鐵路運輸各公司在高峰時段闢一節車廂供女性專用，防範男人耍流氓，怎麼說也像開歷史的倒車，似乎又證明了我等對友邦的驚詫：色。

什麼事情做的人多了，就成了文化。某藝人「不倫」，恬然說「不倫也是文化」，竟成為名言。看他在電視上怡然說笑，顯見觀眾是接受這文化的。「痴漢」，男流氓也，多到乘電車必須像廁所一樣男女有別，也足以名之為文化——痴漢文化。車內擁擠，勝似烤雞串，眼光也無處投放，更其敏感貼身的溫熱柔嫩。懸崖勒馬，這時最好是高懸一面風月鑒，「只照它的背面，要緊，要緊」。無奈鑒是跛足道士的，須向「紅樓夢」裡尋，現實就只好分車，讓男人自己擠去，幸而眼下同性相擾尚未成問題。聽說紅燈區急痴漢之所急，借用我大禹治水的疏川導滯之法，下工夫解決社會難題：布置成車廂，小姐們喬裝多姿，讓男乘客盡情發痴，儘量發洩。不消說，這種電車的票價可就貴多了。

時見媒體報導哪裡又逮著痴漢，卻語焉不詳，那漢子怎麼個痴法？色欲小說中多有描摹，卻不好拿到這裡來說，至若大江健三郎所作，諾貝爾文學獎得主也，誰敢說不是正經八百的文學呢？以智障兒子出生為界，有了他之後，「死」成為大江文學的主題，之前的作品多寫「性」，多得過剩。也寫到痴漢，《性的人》是地道的「痴漢小說」，對於性的描寫具有「執拗的正確性」（三島由紀夫評大江作品《個人的體驗》語）。這個中篇小說前半略嫌生硬，有意思的是後半——

妻子自殺，續弦蜜子志在導演，正拍攝一部叫《地獄》的電影，任憑主人公J建構自己的性的小世界。一天早上，J決定當痴漢。「為什麼自己選擇當痴漢呢？對此J不曾特別專心思考過。那是由於他內心的角落裡常有一種自己還不是真痴漢的意識，另一方面還因為抱有痛苦的預感，那就是當自己被他人的暴力大手死死抓住，蒙受許多羞辱時，就不得不做出決定性考慮吧。但時常有瞬間，內裡深處自己是痴漢之意的閃光耀眼地浮現在意識表面，猶如突然停止了緩刑。」

於是，二十九歲的「一個傍晚，J上了國電中央線下行快車。他跟前站著一個與他年歲相仿的姑娘，與他成直角，身體擠靠著他的胸、腹、腿。J撫摸姑娘，右手從姑娘屁股中間的窪溝往裡，左手從姑娘小腹的高處向窪處，沒著沒落地勃起的陰莖還碰觸女人大腿外側。J和姑娘身高差不多。他的呼氣吹動姑娘漲成玫瑰色的耳朵的汗毛。起頭J嚇得發抖，喘息也緊張。姑娘不會叫起來嗎？不會用自由的雙手抓住他的手，向周圍的人求救嗎？就在最害怕的時候J的性器最硬了，使勁兒朝姑娘大腿頂。」

上世紀六〇、七〇年代是各種運動風起雲湧的時代，年輕人反社會，反主流文化，想反什麼就反什麼，耍流氓也具有反抗既成價值的意義。今天年輕人聽說了，或許覺得那簡直是牧歌時代。順應資本主義社會，加入上班族行列是可恥的，例如村上春樹大學畢業後就不進公司，夫妻開咖啡館，一曲又一曲播放爵士樂，後來寫小說。但是像安保鬥爭一樣，J終歸失敗。他和一老一小組成痴漢團夥大肆活動時，蜜子懷上攝影師的孩子。J讓出夫位，回到鋼鐵公司大老闆的父親身邊，那是一種長時間漂流之後被敵船救助的感覺。

三個星期後J就要給父親當秘書，去美國考察，「開始自我欺騙的順應主義者的新生活」。他走向自己的象牙色大型美洲虎，卻突然極度昂奮，徑直走下地鐵——

J上了地鐵擁擠的車廂，毫不遲疑地在人們互相擁擠的身體之間使勁兒往前走，約好了似的徑直擠到一個姑娘背後，掃視了一下周圍。此刻，電車的轟響也好，人們的嘈雜也好，在他的耳朵裡都被熱血汩汩鳴叫的聲音吸了進去。他在閉緊眼睛像雉雞一般豐滿有抵抗感的姑娘屁股當間悄悄發熱的窪溝反復磨蹭裸出的性器，不大工夫就感到自己正要邁出再不能後退的一步。新生活，沒有自我欺騙的新生活，他在燒紅的頭腦裡低聲呻吟，達到了高潮。外部的一切動靜都恢復了。他的精液已經難以擦掉地確實弄髒了姑娘的外套，作為一個證據而存在。彷彿剎那間一千萬人用敵意的眼睛盯住J，要大聲叫喊J！與至福感爭奪的恐懼感波濤無限漫溢，吞沒了J。幾隻手牢牢抓住他。

畫蛇添足，最後補一句為妙：大江健三郎主張自己是從文學上嚴肅思考性的作家，J的流氓行為乃「嚴肅的走鋼絲」，「熱望做痴漢的快樂背後附屬著自我懲罰的欲求」。評論家說，大江筆下的性是政治隱喻。

佐伯泰英

1942～

2015 年六月號《文藝春秋》「日本的容顏」專欄，以佐伯泰英為主題人物。

惜櫟莊

佐伯泰英是「時代小說家」。

所謂「時代小說」，我譯作武士小說。這類小說大都以江戶時代為背景，士農工商，武士是領導階級，為民表率，即便寫市井人情，也少不了武士，最終要砍殺一番，懲惡揚善。

佐伯泰英這位武士小說家頗有稀奇之處。

他生於一九四二年，日本大學藝術系電影科畢業，先是做攝影。旅居西班牙三年，寫真鬥牛士有名。那裡故事多，於是寫紀實及推理小說，二十年間出版三十本，本本無銷路。眼看寫作是死路一條，有編輯建議他試一試武士小說。時年五十七（一九九九年），一氣創作了三本，祥傳社出版的《密令》竟重印，摘掉了「萬年初版作家」的帽子。這個小說有範本，人物設定、故事編排模仿了藤澤周平的《保鏢日月抄》。佐伯寫劍客，編輯曾嫌他描寫親情和日常過多，缺少血腥與色情，但是他堅信，武士小說的魅力在於描寫江戶市井的恭謹的生活情景，這正是藤澤文學所長。把武士放在庶民的日常生活裡，有劍，也有愛有淚，寫出人情味，動人心弦，一發而不可止，便寫成「密令」系列，直至二〇一一年末完結，計二十六本。

佐伯自稱「小說匠」（職人小說家），機械地寫作。小說結構是定型的：五章，每章四節。一天寫一節，四百字的稿紙十八張到二十張。像他筆下的武士一樣（或者說，把武士寫得跟他一樣）早上三四點起床，伏案寫半節，早飯後再寫兩三個小時完成定額，二十天寫出一本書。即使腦海裡空空如也，也硬著頭皮寫。高產作家每每不旁騖，佐伯不打高爾夫，不泡酒吧，也不跟同行交往，如此無趣，能創作出有趣的世界嗎？其作品有九個系列，據一位全都讀過的論客說，哪個系列都誘人繼續往下讀。最為人愛讀的「睡貓磐音」系列已出版三十九本，印數累計一千二百五十萬冊。佐伯以動物的本能領悟：出版界嚴酷，活下去的唯一方法是大量地生產作品（商品）。日復一日，二〇〇三年寫十三本，〇四、〇五年寫十四本，以致被稱作「月刊佐伯」，也帶有揶揄之意。

日本的文學出版有一個很活人的方式，即「一魚三吃」：作品首先在報刊上連載，而後出版硬皮書，過兩三年推出文庫版，作者可以拿三次稿費。從讀者來說，被網羅三次，興許有益於文學的傳播。當然，報刊有限，三吃一條魚的人並不多。佐伯是一錘子買賣，徑直用文庫版形式出版武士小說。雖然不是第一個，隆慶一郎等作家也嘗試過，但唯有他堅持下來，且大獲成功。但對於因循守舊的出版界，這種方式是一個破壞，自不免被小覷。

文庫，這一出版形態是岩波書店一九二七年創始的，以教養為號召，用廉價小開本普及古典。學生上前線，背包裡塞著岩波文庫本，例如隆慶一郎，轉戰中國帶的是《葉隱》，埋下他年過花甲寫武士小說的前因。岩波文庫賺了錢，一九四一年創辦人岩波茂雄修建了別墅。屋前有一株櫟樹，據茂雄女婿小林勇在《岩波茂雄傳》中記述，櫟樹粗而矮，幹上有洞，長了胡枝子。幸田露伴主張叫櫟廬，但茂雄堅持叫惜櫟莊。由著名建築家吉田五十八設計，所有的房間能望見海，戰敗後一度被美國佔領軍沒收。

在西班牙，佐伯曾為戰後派作家堀田善衛夫婦開車打雜，當時有幾家出版社競相把堀田的舊作印行文庫版，夫人開導佐伯：作家被文庫化，才能算夠格，就一輩子不愁吃了。確實，司馬遼太郎、池波正太郎、藤澤周平長銷不衰的就是文庫版。文庫版武士小說出了四十多種，佐伯在熱海購置工作室。無巧不成書（也不成小文），拾石級而上，比他家低六、七米的地方有一棟年久失修的老屋，松葉掩映，門牌上寫著「岩波別莊」，原來這就是惜櫟莊。佐伯想：「我是讀物作家，雖然同樣活在出版界，但和以思想書、哲學書以及岩波文庫為中心致力於出版事業的岩波的學究式風格完全沒關係。」其實有關係，正因為他這樣的武士小說家走俏，才苦了岩波書店，存活維艱，乃至出讓惜櫟莊。此時，佐伯的文庫版武士小說已出版一百種，大發其財。驚愕之餘，對岩波文庫應別有感情的佐伯決定買下來，加以翻修，為日本出版史留下一件紀念物。功德無量，卻也是出版文化的一個悲喜劇，令人感慨系之矣。

關於翻修惜櫟莊，佐伯寫《惜櫟莊通信》詳加記錄，並夾帶與幾位人物交往的回憶，在岩波書店的ＰＲ雜誌《圖書》上連載後，二〇一二年六月出版。這是他的第一本隨筆，也是他時隔十多年出版的硬皮書。他說他還沒想好怎樣活用惜櫟莊，怎樣還原給社會，那麼，我建議開設文庫出版史展館，「從岩波茂雄到佐伯泰英」。茂雄喜愛一句唐詩：白鶴高飛不逐群，但佐伯寫的是江戶故事，卻不解漢詩文，惜乎哉。

出久根達郎

1944～

出久根達郎躲在舊書舖子寫了幾十年，終於以《佃島二人書房》獲得第 108 回直木賞。

作家本是舊書商

愛讀出久根達郎的隨筆，興之所至，時而也翻譯一兩篇，再從譯文來彷彿其文采，雖然很有點走味兒。七寶樓臺，拆了重裝，怎麼也恢復不了原樣。讀來譯去，又想寫寫其人。

出久根達郎是開舊書鋪的。從電視上看，顯得很憨厚。憨厚的個體戶老闆居然上了電視，可不是書店開出了名堂，而是寫小說寫的，把直木獎寫到手。直木獎名頭大，堪稱日本頭一號大眾文學獎，得了就震動社會。出久根似乎震動尤其大，不但因為是舊書商，寫的盡是古籍舊書的事，稀奇，更因為在學歷社會，作家起碼也大學念一半，而他只念過初中，還被讚為名文家，這就更稀奇。

出久根生於一九四四年，有點謝頂了。不是寫小說寫的，中年男士多禿頂，據說是經濟大發展的結果。有位朋友出過一本書，叫《正確的禿法》——這書名，譯出來一定能賣錢——那麼，出久根禿得不算正確，還欠些火候。社會經濟一發展，人人忙，出久根說：「我們是孩子那會兒，望望菜花的一片黃色啦，在紫雲英草叢裡蹲上一個鐘頭啦，可如今的人沒有這份空閒了。」

他出生在茨城的鄉下。

他的姓名，斷作前三後二，這個姓少見。獲得直木獎，同仁相慶，送給他一本舊雜誌，八十年前的。那上面的徵文欄裡刊有一首和歌，作者姓出久根，一想就是他本家。果然是他伯父，愛投稿。父親更是個投稿迷，專門在報紙雜誌上找徵稿啟示，小說、論文、和歌乃至漫畫，見了就寫就投。老出久根從早到晚伏案寫作，小出久根趴在對面模仿他塗鴉，上了學之後也是好四處投稿。老爸投了一輩子稿，到了沒登上文壇，而今達郎替父圓夢，很有點悲壯……

父親本來有個小印刷廠，打仗了，鉛字被上頭收去造軍火。一家人就靠他投稿偶爾中選的一點點獎金度日。因為是救濟戶，念完義務教育就得立馬去工作，於是出久根隨著當時洶湧的「民工潮」進東京。看上「書店店員」這一職業，為的是能讀書，做夢也沒有想到是一家舊書鋪，農村裡沒見過這買賣，昏暗得怕是永無出頭之日。那是一九五九年。

古舊書鋪大概是最少有變化的生意，現今走進去，除了電燈亮了些，照見店主頭上新添的白髮，一切依然是老樣子，積著幾十年前的塵埃。書籍層巒疊嶂，過道間不容身，教人有書山無路之感，好在來者多是纖纖君子，難得遇見個相撲的胖大力士。古舊書鋪大都叫什麼堂，雅，出久根就當了文雅堂的學徒。管吃管住，還給開三千日元，那年月大學畢業的薪水是一萬上下。

讀！《日本古典文學大系》，一百卷。店主說：舊書商的基礎就是讀日本的古典文學。不必讀通，但必須知道，才好跟顧客應酬，既為顧客提供資訊，又從顧客那裡獲取資訊。舊書鋪和專賣新書的書店給人的印象不一樣。提及紀伊國屋書店老闆，想到的是大商人，而說起古舊書鋪，便想到飽學之士，如反町茂雄——他前年謝世了，嗚呼尚饗。在新書店買書，一手錢一手貨，少說廢話。那些靚姐們，一問三不知，還可能問出麻煩。跟舊書商卻不妨聊上幾句，像出久根那樣的，更是多話。

多話，是書讀得多，而且讀那些一般人不讀的書。名人在舊書鋪裡不賣錢。不僅坐在店頭讀，每月休息一天，還跑到圖書館去耽讀《廣辭苑》。一讀十四年，二十八歲才出徒，也開了一爿舊書鋪，取名芳雅堂。當舊書商的命，就讓他趕上了石油危機（一九七三年），人們顧不上敬惜書籍，一卷手紙換一套文學全集，芳雅堂貨源豐富，開市大吉。

社會一個勁兒變，這回又變成「飽食時代」，人們本來就喜新厭舊，如今更不樂意買便宜貨。舊書鋪好像是貧乏社會的產物。而女性，向來不上舊書鋪，嫌髒。人類女性化，男學生的身影也日見其少。流水帳上一個月有三、四天記著「營業額是零」，開門歇業。舊書鋪，與其說是生意，不如說是店主的嗜好。出久根剛進東京那會兒，東京城裡有八百家舊書鋪，九〇年代了，還是八百家，並沒有減少，全日本也還是兩千七百來家，不可思議。

新書書店收款處都靠近門口，但古舊書鋪卻是在店堂緊裡頭，大都與居室相連。老闆常是埋在書堆裡，一聲不響地整理舊書，任你遊走、尋覓、立讀，整個空間屬於你。出久根呢，就伏在那裡寫稿子。稿子是寫在報紙裡夾帶的廣告背面，不用稿紙，怕給好奇的顧客瞥見。寫成了習慣，趴在榻榻米上寫，也是先密密麻麻寫在廣告背面。

起初寫的不是稿子，是目錄。據三橋猛雄的雜文集《舊書與舊書鋪》所言，舊書鋪做目錄搞郵購始於一八九〇年前後。過去是手寫油印，現在則多用電腦打字複印。出久根也搞起郵購，芳雅堂的目錄叫《書宴》。他在目錄上還寫點補白。沒白補，顧客之中有一位是編輯，讀了大為激賞，給他輯成《古書綺譚》出版。

當店夥計的時候以姓氏發音為序閱讀作家，讀到井伏鱒二，彷彿看見自己那沉默寡言的老爸，便慕名給井伏寫信。寫了六、七頁，還指出作家的筆誤（其實是誤植）。大名鼎鼎的井伏回了一張明信片，說：「你批評得很好，但最好別太讀我的東西」。出久根仰之為師，逐字逐句抄寫他的作品，還學他練酒，私淑而不肖。這當然是五、六〇年代老掉牙的故事，如今當作家，特別是流行作家，用不著章法，要通曉的是遊戲規則。

出久根用寫信練筆。寫信是一種經商手段。跟顧客聯繫，要給那些散在各地的顧客寫得情切、達意。電話普及，人們愈來愈懶得提筆，郵局若舉辦「信是心靈的暢銷書」之類鼓勵寫信的活動，可以讓出久根來頒獎。身處古籍舊書的深山老林便容易生出空想。望著顧客的後影，懸想他的人生。而顧客委託找什麼書，甚至不知真否有這麼一本書，更像是生活在推理小說之中。

出久根寫了幾十年，卻是個「遲筆」。一天只能寫一兩頁，在文化被用作一次性消費的時代，別想靠筆桿子吃飯。獲得講談社隨筆獎，獎金一百萬日元，先買了一台傳真機，交稿期限便比郵寄寬裕了兩天。別人讀起來或許少了些「手澤」之感，無奈，現代人講究相聞相傳而不相往來。他為人厚道，隨後還要把原稿寄上。編輯向他組稿，說定半年為期，卻被他寫了兩年，可就寫成了第一部長篇小說《佃島二人書房》，獲得第一百零八回直木獎。那時，他想到如影存在的編輯的價值。

佃島在月島旁邊，出久根就是在月島度過了青春時代。小說主人公梶田郡司是老書商，幫助母女倆維持小小的舊書鋪「二人書房」。古舊書鋪的門口都寫著「高價買進」四個字，招徠你攜書來賣，或者打個電話，到府上收購。此外，這個行業還有一種買賣方式，就是古籍舊書交易會。母親去世後，女兒澄子決心把店開下去，於是到東京古書會館參加交易會。

東京古書會館在神田，離三大書店之一的三省堂不遠；那一帶就是有名的書店街，集中著一百五十來家古舊書店和新書書店。古舊書商行會很多，如東京古典會、東京洋書會、東京資料會、一新會、明治古典會，從週一到週五，分別在會館舉行交易會。交易方式有拍賣和投標兩種。如今拍賣這種方式在東京古書會館已經看不見了，要看，得去地方的集市。投標方式是選中了哪本書，把自己的店名和報價寫在紙條上，可以依次寫兩、三個價碼，裝進書上所附的信封裡，最後誰出的價高書就歸誰。

芳雅堂不在這附近，在早稻田那邊，也是一處古舊書店比較多的地方。出久根獲獎後稿約如潮，只好關了店門趕稿子。半個月寫出一百頁稿紙（一頁四百格），嘗到了當專業作家的苦頭。最近可是聽說芳雅堂又開張了。

宮本輝

1947～

1977 年宮本輝以《螢川》獲得第 77 回芥川賞，改變了一生命運。

宮本輝其人

宮本輝是獨生子。

一九八三年九月他參加水上勉率領的日本作家代表團訪問中國，成員還有中野孝次、井出孫六、黑井千次，他年齡最小。兩周的行程，中國作家鄧友梅一路陪同，對宮本輝的印象是：有時像一個裝大人的孩子一般乖，有時天真爛漫，甚至很任性。黑井就叫他「獨生子女」阿輝。水上勉開玩笑：沒有兄弟姊妹，獨生子就會是「少爺」，阿輝是「惡少」。宮本輝回嘴：「少爺」有富的，有窮的，我可是窮少爺。

長篇小說《春夢》的主人公井領哲之是獨生子，一個窮學生，寫照了宮本輝本人的青春時代，這從他早期撰寫的隨筆能得到印證。他在隨筆《二十歲的火影》中寫道：「父親死是我二十二歲的時候。他有女人，事業失敗就躲到那裡去了，家裡一分錢進項都沒有。有一天深夜他悄悄把我叫到外面，父子對飲；我才二十歲。父親醉了，又下起雨來，我只好把他送到女人那裡。女人不在，父親說『燈繩斷了，給我把燈點上』。燈亮了，大紅的長汗衫立在眼前，嚇得我大叫一聲。原來是掛在牆上的。屋裡飄起了女人的氣味，不知為什麼，我對父親的憎惡一下子消散。」

在《春夢》裡，父親死了，留下一屁股債，母親住在幹活的店裡，哲之搬進破公寓。房東失誤把電弄斷了，哲之摸黑在柱上釘一顆釘，掛上女友陽子送的網球帽。第二天早上發現一隻蜥蜴被釘在柱子上。蜥蜴失去了自由，本能地活著，而且是人讓它活下去，人還自以為仁慈。一個人活著，身上就釘上一個乃至幾個釘子，自由被限制。一旦釘子跟身體長在了一起，就像那只蜥蜴，最後連內臟也一起拔出來，這釘子拔還是不拔呢？

回家的路上，宮本輝「想像那紅沁眼底的長汗衫，沉入晦暗悲哀的情緒裡」。這種情緒充溢在宮本文學中。日本文學的主流是日本式抒情，宮本輝作為難得的繼承者充分發揮了感性的鮮活與幽深，以致被貼上「古風抒情派」的標籤。他的小說裡沒有大事件，沒有懸疑，娛樂性要素很少，幾乎完全靠文字引人入勝。文字入眼，頭腦裡就歷歷浮現那場景。即便場景黯然，文字給人的感覺也總是那麼清亮。

《春夢》是所謂青春小說，這類小說大都要勵志，例如那父親教訓兒子，讓他當作遺言聽：「人裡面，有的傢伙有勇氣但耐性不夠，有的傢伙光希望，沒有勇氣，也有的傢伙有勇氣有希望，不次於別人，卻立馬就灰心喪氣，還有很多傢伙一個勁兒忍耐，什麼也不挑戰就過了一輩子。勇氣，希望，忍耐，只有始終擁有這三樣的傢伙能登上自己的山。缺哪樣也成不了事。」

宮本輝生於一九四七年，屬於看漫畫長大的一代。初中二年級時，有個年輕人把井上靖的《翌檜物語》借給他，不好意思拒絕，就拿回家，也就丟在了一邊。這本小說被視為井上靖青少年時代的自傳。翌檜，又叫羅漢柏；傳說翌檜天天想著明天成為檜，明天成為檜，卻終於沒能成為檜。人也具有這種淒美，盼望成長、發展，卻未必能如願。大概翌檜變成檜，也需要勇氣、希望與忍耐。某日，母親吃安眠藥自殺，總算救過來，宮本輝大哭一場，睡不著覺，翻開了《翌檜物語》，不知不覺地讀到天明。這是他第一次讀大人讀的小說。「母親自殺未遂事件也許把某種透明的感性給予了那時的我。」小說的世界真精彩，一發而不可止，很快讀完了學校圖書館入藏的小說。跟母親上街，遇見擺攤賣舊書，五十日元十冊，央求母親買，他有了自己的書，翻來覆去讀。其中有杜斯妥也夫斯基的《窮人》，讓他二十年後寫了《錦繡》。這十冊文庫版書籍至今擺在他早已闊起來的書架上。

二十五歲的時候突然得了奇妙的病，渾身起雞皮疙瘩，冒冷汗，喘氣困難，陷入死亡恐怖和發狂恐怖之中。診斷為神經官能症。某日在書店裡避雨，翻閱雜誌上登載的短篇小說，覺得沒意思，倘若我來寫，一定更有趣，像電擊一樣，突然決心當小說家。也許發了狂，有妻有子沒有錢，竟辭掉工作。應徵新人文學獎，接連不中，家裡卻是又添丁。靠儲蓄和失業保險勉強糊口，妻說：要是得了芥川獎，給我買好多衣服，宮本把胸脯拍得啪啪響。

兩年後，有個叫池上義一的人，編輯一本同仁雜誌，從哪裡聽說了宮本，邀他參加聚會。把兩篇作品帶給池上，分手後三個來小時，他打來電話，說：「你很能寫呀，有才能，說不定是天才吔。」得知宮本度日維艱，池上讓他到自己的公司工作，其實那公司不過是個體戶。一邊工作一邊寫小說，通宵達旦，第二天上班偷懶，池上也只當沒看見。寫出了一篇，池上嚴加批評，抹掉了開頭的十行，垂頭喪氣的宮本卻豁然開朗。一連改七遍，這就是《泥之河》，獲得太宰治獎。再接再厲，下一篇《螢川》獲得芥川獎。接著被編輯鼓動，又寫了《道頓堀川》，構成「川的三部作」。

已絕版的筑摩書房一九八五年限定精裝版《川的三部作》扉頁上，他題寫了「某日，川開始講無數的故事」。從描寫父與子出發，這三部作是宮本文學的基點。《泥之河》寫的是一九五六年大阪，主人公九歲，小學時代；《螢川》是一九六二年三月末的富山縣，主人公十五歲，中學時代；《道頓堀川》也是大阪，一九六六年，主人公十九歲，大學時代。宮本輝說：「文學的最後主題就是生與死，沒有比這更重要的問題。性欲也好，戀愛也好，即便是文學的一個領域，但人生最後，也終歸是生與死。」（隨筆《川，我的故鄉》）生與死幾乎是整個宮本文學的主題，但根柢在於對生的追求。書信體小說《錦繡》中有言：「活著和死去或許是一件事也說不定。」《春夢》中有言：「哲之做了夢。夢見自己變成蜥蜴，草叢中、石垣上到處亂爬。死了又生，多少次多少次變成蜥蜴反復生死。」「正因為有死，人才能活。」

「我為什麼能成為小說家？」隨筆《生命的力量》中寫道：「這種事沒有答案。但是，把自己背負的疾病神經官能症視為自己內在的必然時，我第一次拿定了主意，由此體內湧起了某種生命。遇見池上義一這個人，也是外在的偶然，但我把它視為內在的必然。讓我這麼看的也是生命的力量。得病，遇見池上，這些都成為我的轉機，而轉機的來臨方式，借用小林秀雄的名言，簡直甚至是宗教的。」

宮本輝是創價學會的會員，這個宗教團體的領袖就是在中國也廣為人知的和平友好人士池田大作。二十五歲入會，三年後開始寫小說，又三年，獲得芥川獎。半年後，在創價大學見到他仰之為師的池田，但池田跟其他人握手交談，偏偏空過他，也不邀他參加大學生舉辦的活動。宮本悻悻而歸。靜下心反省：「恐怕是因為自己臉上掛起了芥川獎得主的幌子吧？」果然，翌日再見，池田主動走過來，說：「我和你之間絕沒有社會頭銜之類的關係。」

這是三十多年前的往事了，如今宮本輝是芥川獎等幾種文學獎評審委員。石原慎太郎常與他同席，雖然是創價學會的死對頭，也不能不敬佩宮本輝的為人，說他：對於評獎時往往難以擺脫的政治性照顧不予理睬，旗幟鮮明，「這與他的風貌和肉體給人的印象相比，甚而是剛直，簡直像瘦小不那麼高大的投手投出意想不到的沉重而疾速的球」。

二〇〇八年，中國舉辦奧運會在即，一九八〇年代來日本的中國人楊逸入圍芥川獎。宮本輝認為選上來的作品結構過於陳腐，在大時代式的表現上還不如作者的前一個作品，而且越往後越變成類型化風俗小說，再加上日語怎麼也抹不掉彆扭，不同意給獎。評審委員石原慎太郎和村上龍也不同意。石原評：不能只看作者是中國人，跟文學性評價扯在一起。村上評：不希望由於這樣的作品獲獎，使在國家民主化云云的意義上具有令人疑惑的政治、文化背景的「大物語」比描寫無所不在的個人內心或人際關係的「小物語」更有文學價值之類早已再三被揭穿的謊言復活。九名評審，這三位堅決反對，有二人積極贊成，一人基本上贊成，三人不置可否，也就通過了。

日本有「能寫好隨筆，小說家才夠格」的說法。一夜成名，大寫隨筆是常情，既應付紛至沓來的約稿，又滿足讀者要看老母雞的心理。宮本輝討厭被採訪，討厭對談，雖覺得隨筆是為了寫小說的素描，但是從一九八五年起，也盡量不寫了。思考回路不一樣，要集中精力寫小說，不能為隨筆消耗神經。四十過半，新潮社刊行《宮本輝全集》十四卷。他說：

每個人心裡都有皺襞，而且不只是一條，美的，悲的，高尚的，醜陋的，崇高的，低劣的，人同等地具有這些。但人應該純潔，應該搞得乾乾淨淨，不要卑怯。我要是也能用文章這東西的力量把人心中成千上萬的皺襞深處所蘊藏的寶物獻給讀的人，那就是幸福。

村上春樹

1949～

村上春樹是少數上過兩次《印刻文學生活誌》的日本作家。

貓

與狗相比，貓是陰柔的，有點像日本文化。

寫作是孤獨的。有隻貓在書齋相伴，牠就像個擺設，或者讓牠臥在膝頭摩挲，應該不次於辜鴻銘把弄著三寸金蓮淋漓揮毫，難怪日本作家多鍾情於貓。村上春樹特愛貓。大學讀了七年才畢業，在學期間結婚，開爵士樂咖啡館，並開始養貓。他回憶：「我從此把店搬到千駄谷，在那裡寫小說。工作完了之後，夜裡把貓放在膝上一邊慢慢喝啤酒一邊寫第一個小說，那時的事至今還記得很清楚。貓好像我寫小說也不喜歡，經常蹂躪桌上的稿紙。」養狗一般只用來散步，狗跟作家走，或者作家跟狗走，並拾掇狗屎。照片上川端康成兩眼瞪得如貓似虎，看上去很適於養貓，但他的名作《禽獸》裡只寫了養狗，沒有貓。

村上把他與貓的關係寫得很明白，例如：

「想來這十五年間，家裡一隻貓也沒有的時期只有兩個來月。」

「我這八年來居無定所，幾乎是漂泊海外，因而不能悠然靜心養自家的貓。只好時常逗逗近處的貓，聊以滿足對於貓的如饑似渴。」

「兩隻貓也酣然入睡了。看著貓熟睡的姿態，我總會有鬆一口氣的心情，因為相信至少貓安心睡覺的時候並不會發生特別壞的事情吧。」

在處女作《聽風的歌》裡，調酒師傑伊，他是在美軍基地做過工的中國人，講述了一隻被什麼人弄傷了爪子的貓。雖然取名為「鼠」，聽了居然放下啤酒杯，也認為這對誰都沒有好處，不明白為何如此對待並不幹壞事的貓，正如世上毫無理由的惡意多如山。這與他出身於富家卻憎惡富人是一致的。但還有一個自稱「我」的日本人，「『當然不是要殺死，』我撒了謊，『主要是心理方面的實驗。』但確實我兩個月裡殺死了三十六隻大大小小的貓。」村上在《海邊的卡夫卡》裡也提及此事。這是貓在村上小說中第一次出現，血淋淋的，或許從村上的經歷我們有理由把這只貓擬村上化。他走紅之後有一個作家撰文，說過去經常和某作家到爵士咖啡館談文學，原來那個在櫃檯裡低頭忙碌的就是他，話裡便含了惡意。

從三島由紀夫給人的印象來說，那麼女氣的人懷裡抱貓最相宜，牽黃擎蒼就有點裝模做樣，更何況切肚皮自裁。他在小說《午後曳航》中凶殘地殺過貓。行刑者「抓住貓脖子提起來，貓沒有出聲，無力地從他手指垂下來。他點檢了自己的心有否產生憐憫，那只是遠遠地一閃而過，於是安下心來」。他一次又一次把小貓摔到木頭上，「覺得自己變成了了不起的男子漢」。作家在塑造人物的過程中磨礪自身的人格，三島其人更這樣。村上小說幾乎離不開貓，他是用那些貓替他說話，甚而有役使過度之感。淡淡的筆調，彷彿帶一點哀愁，或許只有貓的迷離與慵懶才相配，便有了一種日本味。雖然始終有意跟日本文學保持距離，但村上骨子裡終歸是日本的。即便那種為日本讀者所喜聞樂見的翻譯腔，也畢竟是日文的文體，而且很平易，若離開了日文，毛將焉附。

現實中真的有作家殺貓，而且是女作家。事件發生在二〇〇六年，女作家坂東真砂子給報紙寫隨筆，題為《殺貓崽》，說她讓母貓享受了性交與生產的快樂後，把生下來的小貓崽通通丟到崖下去，以免其煩，結果引來了口誅筆伐，乃至有人鼓動焚她的書，不買她的書。聽說她不曾結婚生育，莫非不懂得雌性還具有撫育下一代的本能快樂？她辯解：「我通過貓看自己，愛撫貓是愛撫自己，所以殺剛剛出生的貓崽時我也在殺自己。」那時她住在法屬大溪地島，當地政府要告她，她說這是壓制言論，她是在考慮對於動物來說，何謂生存。好一派作家話語，有如一口井，往下看黑裡咕咚，就叫作深不可測。

村上的貓也下崽，他（牠）們之間的關係已近乎不可思議：「這算是理所當然的吧，貓也有各種各樣的性格，一隻一隻各有想法不同，行動方式不同。現在養的暹羅貓性格非常怪，我不給它握著爪子就不能生。這貓開始陣痛就馬上跳到我膝上，好像喊著號子，用倚靠無腿坐椅似的姿勢坐下不動。我緊緊握住牠的雙爪，小貓就一隻又一隻地生出來。看貓下崽真好玩。」好玩之後，不知他如何處理一隻又一隻的小貓崽。村上去歐洲之前把貓託付給出版社編輯，條件是給他寫一部長篇小說，這就是一九八七年出版的《挪威的森林》，暢銷得如火如荼。

二〇〇二年出版的《海邊的卡夫卡》徹頭徹尾是貓小說，簡直可以叫「圍繞貓的冒險」。中田這個人物會說貓語，為人找貓撈外快，此日正在找一隻花貓（日文寫作三毛貓，可不是《三毛流浪記》畫的三根毛）。「『你好。』這個已步入老年的男人打招呼。貓略微仰起臉，用低低的聲音費勁兒地還禮。是一隻上年紀的大黑貓。」黑貓是可怕的。竹久夢二畫的大美人，懷裡抱一隻黑貓，和她的黑髮形成一體，每見總有點悚然。中田死了，與他結伴旅行的星野「兩點多鐘望窗外，有一隻肥胖的黑貓登上陽臺欄杆，窺視屋內。青年打開窗戶，跟貓搭話打發時間。『喂，老貓，今天天不錯呀。』『可不是嗎，小星野。』貓回話。『我算是服了。』青年說，還搖了搖頭。」人說貓言，貓說人話，在既現實又不現實的世界，村上寫殺貓比三島由紀夫更為慘烈。中田忍無可忍，殺死那個殺貓收集貓靈魂的雕塑家，實際是幫他實現了死亡的願望。為貓而殺人，我們卻這才鬆了一口氣。本來想計算一下村上小說總共寫了多少隻貓，但讀見雕塑家冰箱裡擺放的貓頭，駭得都忘了數數。

貓通常能讓人安然輕鬆，例如《看袋鼠的好日子》寫道：「冬天結束，春天來了。春天一來，我和她和貓都鬆了一口氣。四月裡鐵路罷了幾天工。一有罷工我們可就真幸福。電車一整天連一輛都不在線路上跑。我跟她抱著貓下到線路上曬太陽，簡直靜得像坐在了湖底。我們年輕，剛結婚，陽光是免費的。」

《國境之南 太陽之西》寫道：「我們在我家客廳的沙發上就那麼死死地擁抱。貓趴在沙發對面的椅子上。我們互相擁抱時牠抬眼朝我們瞥了一下，但一聲不吭地伸了個懶腰就又入睡了。」

人之為人，一生下來就要起名，村上在小說中經常給貓起個名字，這是他把貓擬人化的第一步，例如《尋羊冒險記》裡的沙丁魚，《發條鳥年代記》裡的青箭魚，《海邊的卡夫卡》裡的大塚、大河、川村。沙丁魚絕不可愛，「我」要去北海道找羊，走前把這隻貓寄養。司機對我說：「怎麼樣，我隨便給牠起個名可以嗎？」「完全沒問題呀，叫什麼？」「叫沙丁魚怎麼樣？因為以前把牠當沙丁魚一樣對待。」「不壞嘛。」「是吧？」司機很得意。日本人自古瞧不起沙丁魚，把牠寫作「鰯」，武士被罵作沙丁魚是要動刀的。《海邊的卡夫卡》裡咪咪的名字卻是那隻貴婦人似的雌貓自報的，牠對人說：「貓的生涯並非那麼牧歌似的。貓是無力的容易受傷的小生物。既沒有龜那樣的甲殼，又沒有鳥那樣的翅膀。不能像鼴鼠那樣鑽進土裡，也不能像變色龍那樣變色。世上的諸位不曉得有多少貓天天慘遭折磨，白白離開了此世。」這一通貓類自白令人似有所悟，不就是村上最基本的貓觀麼？

走在東京的胡同裡經常有貓出沒，這很像村上的小說。小說主人公常常是「我」，其實那並非村上，貓才是村上本人的分身、替身或化身。貓就是村上，村上就是貓。

翻譯

村上春樹出版了《挪威的森林》，空前暢銷，結果卻打亂他本人一貫的生活方式。「無法輕易地接受自己在文壇社會或媒體中的位置或角色似的東西，這裡有性格上的因素，也有基本觀念的不同。而且拒絕所處場所而產生的種種摩擦有時使我焦躁，有時又使周圍的人焦躁。」

什麼是文壇？他這樣定義：大出版社文藝雜誌圈子所支撐的文藝行業。

村上出了名卻不願閃亮登場，到社會上拋頭露面，所以，「這一時期混亂，焦躁，老婆壞了身體。完全鼓不起寫文章的情緒，不管什麼樣的文章。從夏威夷回來，夏季裡一直做翻譯。不能寫自己的文章時翻譯還能做。埋頭翻譯別人的小說對於我來說是一種療癒行為。這是我做翻譯的理由之一。」

翻譯也是一個興趣。他「明確地說，我喜好翻譯這一行為本身，所以才這麼不膩煩地沒完沒了地繼續翻譯。把它不叫興趣那該叫什麼呢……」

村上開始寫小說，寫的是《聽風的歌》。他起初就不認同從文學語言上把文章越複雜化、越深化越好，要寫得簡單，誰都不曾寫過的簡單。為使文章儘量地簡單，開頭幾頁他是用英語寫，再譯成日語。雖然從十多歲開始讀英語書，費茲傑羅讀過好幾遍，上大學不久考試英譯日，他不用準備，刷刷刷，就在班上考第一，不過，用英語作文畢竟是稚拙的。可是他發現，只是用基本的簡單詞彙也能夠寫文章。小說出版後，周圍好多人對他說：那就叫小說，我也能寫嘛。說歸說，未必能落實到行動上，事實是只有村上春樹用簡單的語言描寫不簡單的現實。或許可以說，若把村上小說翻譯得花裡胡哨，那就違背他的初衷，他的風格。

村上寫長篇小說幾乎一天不休地寫，絕不染指隨筆什麼的，但翻譯完全用另一個腦子，所以每天翻譯一兩個小時，換一換心情。雖然不是為生活，不是被委託，也不是要學習，但是從結果來說，翻譯也是寶貴的學習。他曾說：「我的短篇小說老師有三位，費茲傑羅、卡波提、瑞蒙·卡佛。我細讀這三位作家寫的短篇，也熱心搞翻譯。」他沒有文章老師，也沒有寫作夥伴，對於他來說，翻譯是一所學習小說結構的大學校。

更有意思的，他說：「做翻譯，時常自己就變成透明人似的，通過文章這一電路，產生一種好像鑽進他人心中或頭腦中的感受。或是我對於通過文章和別人建立那樣的關係非常有興趣吧。」不願走上文壇，面對媒體，而是藉文章與他人溝通，單向地接受或享受，簡直一宅男。

村上的翻譯不屬於小說家的翻譯，從不把自己的文體強加給原作。所謂意譯，文字裡往往混入了譯者的恣意解釋。他的標準，首先要譯得正確，不損害正確的精度，運用文章技巧遣詞造句，以致造成一種文體。

他說過：「微妙的含義難以正確地翻譯，明知其不可譯而硬譯，不妨譯成最簡單的。這應該是翻譯的一條原則。就此想起芥川龍之介有一句「自然美，是因為映在我臨終的眼裡」，簡簡單單，若譯成「自然的美是映照在我末期的視線中的」，就顯得累贅，意思也有點走樣。與中文相比，日文語句似較為簡單，於是翻譯時添枝加葉，大肆中國化，無非暴露了譯者水準之低，玩不出準確而簡單的中文。

我國古人從事翻譯有八備十條，其一是態度：「誠心受法，志在益人。」還有兩條更值得我們長記取：「襟抱平恕，器量虛融，不好專執；沉於道術，淡於名利，不欲高炫。」（宋普潤大師法雲編《翻譯名義集》）

亡命

《1Q84》第三卷也賣得如火如荼，卻還是有人說村上春樹的壞話。例如以月旦評為能事的評論家佐高信，認為讀這麼三大本純屬浪費時間。幾年前他就給村上斷過罪：「有『類、種、個』三個概念，個人之上有種族，其上進而有人類，但村上的小說不出現『種』，也就是民族或國家的問題，換言之，即政治或社會。避開這樣的麻煩問題，他飛上人類，往返於個人與人類的問題，日復一日。離開日本，住在美國，也是為了可以不考慮棘手的種的問題罷。鐵樹開花，也有關於地鐵放毒事件的現場採訪，但簡直像高中生的觀察筆記。」對於這個佐高來說，可不，村上的粉絲們是「無緣的眾生」。

出版《1Q84》的新潮社有一個季刊雜誌，叫《思考者》，二〇一〇年七月號長篇訪談了村上春樹，談小說，談寫作，談出道三十年來的變化，當然重點談《1Q84》。雖然作家應該是解說其作品的最後那個人，但村上小說看似淺白，卻難解其意，以致他再惜話如金，也不得不一次次出來自道。內容自不免重複，但話是越說越圓，明晰而系統，這回就堪為定本。

《1Q84》中出現契訶夫的《薩哈林島》。契訶夫寫《薩哈林島》是出名之後，甚至遭批判：為什麼非去什麼薩哈林島，寫這種東西不可。採訪者恭維了一番，村上說：跟《薩哈林島》「不能比，但《地下鐵事件》也是認真聽人說話，把它公正地記下來，由此努力表達自己的憤怒或悲哀。過後重讀，頗覺得這個工作幹對了。」《地下鐵事件》是採訪地鐵放毒事件受害者的記錄，非虛構作品（以前他也曾參觀日本的各種工廠，寫了一本《日出國的工場》），在訪談中輕輕反擊了佐高們一把。

那麼，村上為什麼離開日本去美國呢？就是為了寫「長長的小說」嗎？原來《挪威的森林》大暢銷，乃至成一個社會事件，卻也是他本身的事件。

出版了《世界末日與冷酷異境》，一九八六年村上旅歐，在那裡寫作《挪威的森林》等。住在海外，不必管閒事，能集中工作，對於村上是一大轉換期。起初沒打算寫那麼長，但寫起來就收不住了。寫完之後卻覺得這不是自己真想寫的小說，寫實文體對於他來說完全是一個例外。對於小說中出現的人物後來怎樣了，他毫無興趣，不可能寫續篇，而其他小說的各種人物還留在心中，能接著寫。《舞・舞・舞》可說是《尋羊冒險記》的續篇，與《聽風的歌》構成一個系列。

村上生來不愛拋頭露面，不積極做社會公益，也儘量不跟文壇來往。不跟誰特別交往，別人也不管他，簡直是不被人理睬。不麻煩別人，也不希望被別人麻煩，互相尊重自由。不在意褒貶，只是按自己的步調埋頭寫文章。明知道這種性格不大被人喜歡，但對於自己，這是自然的，而且是需要。《挪威的森林》不斷地增印，他感到不安了，這樣一來，自己不就不再是以前的自己了嗎？猶如海嘯襲來，周圍的環境不會簡單地容許他維持從來的生活方式。

三年之後從歐洲回來，塵埃猶未落定。正當日本文學本身變質，主流失去了實質的時候，不屬於村上文學的《挪威的森林》大賣特賣，賣過了頭，結果村上無意中「越位」。媒體一鬧哄，「像我這樣普通的人身上發生了不普通的事，就都亂了套」，和周圍人的距離關係也變得怪怪的，深感孤立。他說：「我出版了《挪威的森林》和《舞．舞．舞》這兩個長篇小說以後，陷入了相當長的精神消沉狀態。」

對於作家來說，小說暢銷當然是最大的喜悅和驕傲，但結果，直接或間接地失去一些貴重的東西，首先是難得的「愜意的匿名性」。關於這件事，他本來不想說，「打算默默地帶到墳墓裡去」。處於消沉狀態，只能做做翻譯，鼓不起寫小說的情緒，寫不了任何文章，甚至連簡單的日記都不能記。他在《遠方的鼓聲》中寫道：「非常奇怪，小說賣十萬冊時，我感到被很多人愛、喜歡、支持，而《挪威的森林》賣了一百幾十萬冊，我感到自己極其孤獨了。而且覺得自己被大家憎恨、厭惡。」

於是他決定「亡命」，一九九一年又離開日本，在美國一住就四年有半。

不過，諾貝爾文學獎不會獎給他這樣的「亡命」作家，沒有政治性。「日本人不亡命。」評論家加藤周一說。「明治以後很多留學生或視察團被派往歐美諸國，但他們之中幾乎沒有人留在當地不歸。……從一九三〇年代到四五年戰敗，納粹德國和亞洲侵略戰爭的日本的對照性不同之一是，在日本，知識人亡命極為有限。……日本亡命者少，在異國城市實現志向的亡命者更少。」但村上的「文學亡命」是成功的。遠離了是非之地，對於他是一個巨大的轉機，寫作了《發條鳥年代記》。不過，那時候日本經濟像啤酒一樣泡沫泛起，不可一世，美國人來氣，反日情緒正甚囂塵上，大肆敲打日本，在這種氛圍中生活很有點提心吊膽，不得不反躬自問日本人到底是怎麼一回事。承受著外壓寫《發條鳥年代記》，簡直像自己糟蹋自己，是他寫得最吃力的小說。

一九九五年日本發生了兩大事件，阪神大地震和地鐵放毒事件，促使他決心回國，因為「是日本小說家，以日本為舞臺、以日本人為主人公寫小說，要用自己的眼睛好好看清其變化」。重返令他不快的日本，人大大堅強起來了，《挪威的森林》事件也已然遠去。這個小說被張揚為「百分百的戀愛小說」，其實村上認為它只是「普通的寫實小說」，他「甚至不知道戀愛小說究竟是什麼意思」。但「徹底言及性與死」，也使這個小說被不少讀者捧著當色情小說讀。

村上不認為自己是藝術家，而是搞創作的人，創造之意的創作家。藝術家與創作家的區別在於藝術家認為自己活在這地上本身就具有一個意義，而他呢，吃米飯，乘地鐵，逛舊唱片店，普普通通過日子，毫無特別之處。只是伏案寫作時能踏入特殊的境地，這大概也是所有人都或多或少具備的能力，但他偶然具有更往深裡追求的能力。活在地上是普通的，但掘進地下的能力和從中發現什麼、迅速抓住它變換成文章的能力或許超乎普通人，是一個特殊技術人員罷。

村上春樹與雷克薩斯

二〇一三年諾貝爾文學獎又沒給村上春樹，日本人很生氣，要知道，他獲獎可以帶來一百億日元的經濟效益呢。或許以前川端康成和大江健三郎先後獲獎都有點讓日本人意外，意外之喜，而村上是他們認為早就該得的。至於理由，無非在日本暢銷，且走向世界，何止韓國及中國的兩岸三地，連歐美也頗多粉絲，盛況僅次於漫畫。為啥偏不獎村上，那理由就只有評委知道了。這個大獎愈來愈政治，但尚未大眾化。人家不給也不能搶，後果算不上嚴重。酒還照樣喝，可能小說唯讀過村上的「村粉」們舉杯：跟你丫死磕，獲獎待來年。

村上的小說真是有銷量，除了一些漫畫單行本，無與倫比。曾有人這樣評說：「村上抓住猜謎索隱、電子遊戲培育的世代的感覺，把很多的謎、驚悚加進作品裡；又抓住指導性世界觀喪失的時代的感覺，作品中導入了神秘的、超現實的現象或空間。但是，現在這樣的混亂世界早晚會崩潰，一定再回到素樸的時代，這大體是歷史的必然。」實際上，村上的好些讀者未必稱得上讀者，有人把買村上或讀村上當作時尚，也有人讀村上不是讀文學，甚或不是讀故事，而是拿它玩遊戲，尋謎解悶兒。把村上文學捧上天的評論很多也不過以解謎為能事，無限地近乎電子遊戲「攻略本」。

村上春樹一九七九年以《聽風的歌》出道，評論家丸谷才一說：儘管這是在現代美國小說的強烈影響下創作的，但如此自在而巧妙地脫離了現實主義很值得注目。可村上卻「想寫純粹的現實主義，覺得不寫一個百分之百的現實主義就不能上一個臺階」，一九八七年就出版了「百分百的戀愛小說」《挪威的森林》，大獲成功，形成了曠日持久的村上熱。一九八〇年代「次文化」勃興，爭奪話語權，這時出現了村上小說，既不像純文學又不是大眾文學，既不是美國小說又不像日本小說，充當「次文化」文學再萌不過了。村上是不愛出鏡的明星，不搞簽名的偶像。二〇一三年恍若重返「素樸的時代」，又出版了一本現實主義小說《沒有色彩的多崎作和他的巡禮之年》。

故事很簡單：主人公叫多崎作，名古屋人，高中時代有四個好友，兩個男生姓赤松和青海，兩個女生姓白根和黑野，惟有多崎的姓裡不帶色兒。他考上東京的大學，總算交了個朋友，姓灰田，也帶色兒。二年級時回鄉，老同學都不理他了。為什麼呢？心裡總是放不下，鬱悶不已。十六年過去，女友開導他直面過去，也就是回一趟名古屋，破解當年大家跟他絕交的原因。先造訪「青」色兒的，他在雷克薩斯（編註：汽車品牌 LEXUS。）展銷店工作。

村上用和式現實主義手法不厭其詳地描寫雷克薩斯展銷店，對於其「現實性」，我倒是有體驗為證。常去的是東京的「雷克薩斯晴海」，事先打電話約好，車開到門前，已有人恭候。上樓，收發的年輕女人抬起頭，臉上已堆滿笑容，但黑髮沒有像名古屋那樣挽在頭頂，以顯示細長白皙的脖子。日本女人這種發自內心般的笑容每每讓來自中國的男人受寵若驚，甚而以為對他有什麼意思。幾乎原樣地體驗小說所描寫的場景，乃至與小說家同感，不正是粉絲們仰慕而追求的境界麼。《沒有色彩的多崎作和他的巡禮之年》上市，第一時間裡就有人去尋找這家雷克薩斯展銷店，據說在名古屋市千種區星丘元町。村上寫東京，因為他住在東京；寫神戶，他是在那裡長大。《沒有色彩的多崎作和他的巡禮之年》寫到名古屋，這讓名古屋人興奮。不過，他沒描寫名古屋的景物，沒有用方言，簡直是不帶色彩的名古屋。之所以是名古屋，莫不是因為製造雷克薩斯汽車的「豐田」就在這名古屋附近。

小說家撒下魚餌——謎，願者上鉤，但那個灰田同學不辭而別，就沒了下文，也像是小說出了漏洞。《1Q84》裡充滿了音樂，特別是古典音樂，樂迷們在字裡行間尋尋覓覓。有音樂公司彙集小說中各處涉筆的十八首古典樂曲發行了一張CD，叫《小說中出現的古典音樂》，銷路可觀。還有CD期刊搞特輯《圍繞村上春樹的一〇〇張CD》，分析村上喜歡的音樂啦、為什麼這個樂曲在小說的這個場面裡出現啦。

不管他作家有意或無意，這樣的小說就像為商品做廣告。正是自一九八〇年代以來廣告商不再單純地介紹商品的性能，努力從商品中發現「故事」，使「故事」或者「傳說」乃至「神話」成為最大的商品價值。廣告和小說在「故事」上找到了接點，握手言「商」。伸長了脖子期待村上出新作的，與其說是讀者，不如說是音樂公司。果然，《沒有色彩的多崎作和他的巡禮之年》又促銷了《巡禮之年》的ＣＤ。還沒聽說雷克薩斯展銷店是否顧客盈門了，反正誘我換新車我不換。

從日本小說裡讀到商品資訊、旅遊指南也是一大樂趣。時有中國粉絲不遠千里來「巡禮」，川端康成住過的溫泉，島田莊司的八幡平，東野圭吾的新橋。多崎作喜歡觀望車站，小說家最後給他拿出十幾頁描寫巨大的新宿站，你若來遊，也不妨去觀望一下，想想多崎作為什麼總是上新宿站九號線和十號線的月臺，坐在長椅上觀望呢？

不讀三島

村上春樹上中學時第一次讀長篇小說，讀的是蕭洛霍夫的《靜靜的頓河》，不大有意思，卻讀了三遍，那麼長的長篇小說。他說，他的文學教養根底是十九世紀小說。所謂十九世紀，是歐洲的十九世紀，至於日本文學，他向來不大放在眼裡。這兩年《1Q84》賣得不亦樂乎，這是他「要寫自己的綜合小說，作為目標，當作最大樣本的是杜斯妥也夫斯基。」「或許也可以說，《1Q84》是對二十世紀『現代文學』譬如沙特式的東西的、我本人的對抗命題。」

對於日本文學，村上究竟是怎麼個看法呢？

以往村上對媒體避之唯恐不及，最近文藝春秋出版社把他一九九七至二〇〇九接受的採訪集為《每天早上為做夢而醒》，十三年間僅只十八次，其中國內七次，國外十一次。出版《1Q84》以來的採訪未收入。二〇一〇年七月他在《思考者》雜誌上發表了長篇訪談，其中也談到對日本文學的看法。

他說：「極簡單地說，戰後文學是前衛與寫實主義的對立。寫實主義中有馬克思主義的寫實，有私小說的寫實，但根本上差不多。與之對抗、拒絕寫實主義的是前衛派的理性小說，後來被吸收為後現代主義。哪個陣營都不特別看重『故事』。日本戰後文學讀了能覺得真有趣的，僅僅對於我來說，不大有。」

對於村上來說，寫小說本來是不好意思的，什麼最不好意思呢？那就是心理描寫之類。日本所謂純文學以寫實主義文體、心理描寫為主，也就是囉囉唆唆寫囉唆事。讀來一點都沒有意思，更不想自己寫。大學時代讀美國作家理查．布勞提根啦，寇特．馮內果啦，這才知道不描寫心理也能寫小說，沒必要囉唆。

近代大文豪夏目漱石的文章，除了課本上，村上在結婚之前沒讀過，敬而遠之。上大學時結婚，那是一九七一年，沒有錢買書，只好讀夫人的藏書，其中有漱石全集。他喜歡《三四郎》、《其後》、《門》，怎麼也不喜歡《心》和《明暗》。對作品做客觀評價是另一回事，從個人的角度喜歡《礦工》，這個小說在村上的《海邊卡夫卡》裡也出現過。喜歡它完全沒有進展性，沒有可以叫作主題似的東西，不大明白寫這個故事的目的，這樣不得要領的後現代主義式氛圍非常好。《明暗》好在哪裡？何必費那麼大工夫把這種明擺著的事寫成小說呢？被他這麼一說，水村美苗續寫《明暗》就成了無聊。這個在耶魯大學讀過法文博士課程的女作家認為日本文學的好壞不能聽外國人說三道四，大概是暗指村上。

現代小說家谷崎潤一郎的書也是婚後才讀的。《細雪》有意思，谷崎本來是東京人，移居關西，用觀察異文化的眼光創作了栩栩如生的小說。村上是關西人，若不是十八歲來東京上早稻田大學，而是一直在關西（京都、大阪、神戶一帶），悠然度日，或許就不會寫小說。另一原因是語言問題。關西生關西長，說的是關西話，來到東京說東京話，使用雙語，自然而然地意識語言性，頭腦多層化。這樣在東京生活七、八年，驀地想，不能用第二語言（東京語）寫小說嗎？村上從高中時代讀英文書，養成用英文讀書的習慣。從關西話到東京語，再到英語，多層化語言環境造就了他的文章風格。

至於三島由紀夫，村上說幾乎沒讀過。他認為自己跟三島不同，大概三島覺得自己是特殊的人，具有別人沒有的藝術感性。他不喜歡三島由紀夫和川端康成的文體，也沒有興趣拿來當工具。從文體來說，戰後文學中最喜歡安岡章太郎，也喜歡小島信夫。這兩位小說家在日本文學史上屬於所謂「第三新人」（一九五三至五五年出現的一批小說家，夾在第二次戰後派與石原慎太郎之間）。

雖然不愛讀日本文學，但是要逗留美國，必須當客座教授，不得不講授日本文學，村上講的就是這「第三新人」。要不是逼到頭上，他不可能如此熱心地細讀日本戰後文學。他寫道：「我對日本戰後文學的主流怎麼也無法有興趣，但是對『第三新人』一代的作品（至少其中的某種東西）能抱有共鳴而接觸。恐怕吸引我心的是他們初期作品中的自由與質樸。然而，這些美點隨著時代倒退，變身為別的東西。」他選了六位作家，其中丸谷才一出道晚，算不上第三新人，但正是他，第一個盛讚村上，說村上的出現是一個事件。有意思的是，對丸谷持否定態度的人大都對村上不以為然。

聰明人不寫小說，村上說。因為「小說真正的意義和長處莫如說在於對應性之慢、信息量之少和手工業式進度。」而且，「對於小說來說最重要的是用時間來檢驗。」村上寫作三十年，作品經住了時間的考驗，為人們所愛讀，雖然未必都讀得明白。或許就因此，他曾給自己的「全作品」寫解題，《1Q84》上市後也一再接受採訪，詳加解說。他抱怨：國外說他作品具有獨創性的評價多，除了村上誰也寫不來云云，然而在日本，誇也好，貶也好，幾乎不提他寫的東西是獨創。他歸因於日本不大重視獨創性。

如他所言，關西人跟東京人不一樣，十分話只說五、六分，即便在東京生活了半輩子，畢竟是關西人，大概村上還有一半話沒說吧。

村上龍

1952～

飲食男女村上龍

《村上龍料理小說集》，村上龍的龍不寫作「竜」，而是「龍」，日本不強求書同文，所以，原文書名這八個漢字我們也看得懂。料理一詞在中國已通行，未見抵制，好像用起來還有點洋氣，基本就特指日本飲食。不過，所集三十二個超短篇小說不止於寫飲食，醉翁之意，也在於男女，人之大欲存焉。

二〇〇七年又有出版社把半數取自《村上龍料理小說集》的十幾篇小說重新編輯，書名就乾脆叫《特權的情人美食》，副題更豁亮：村上龍料理與官能小說集。飲食男女，這是人類最古老的文學命題。

飲食與男女是兩件事，但在人的本能上、生活中天作之合。單純寫美酒佳餚，為吃而寫，屬於美食家的擅場，歸類為美食評論、烹飪方法或店鋪指南。小說家寫吃，應別有意圖，起碼是營造氣氛。村上龍筆下，食物的色香味形更用作暗喻，不單在舌尖上，並勾起對性的記憶，聯想到女人，兩全其美。（「生牡蠣滑落用白葡萄酒冷卻的喉嚨時的那種感觸，沾滿了情欲。」）（「三種義大利面弄得鼻腔發癢，產生性欲的聯想。」不過，他說「第三種戈爾根查拉，聽說是像頭髮一樣細的麵條的意思，撒滿青黴乾酪」，但是查《廣辭苑》，「戈爾根查拉」是地名，「青黴乾酪」原產於那裡。）

為這個作品文庫版撰寫解說（相當於我們的序）的是一位大廚，說村上龍不做菜，但知悉菜的真髓。這真髓不就是性嗎？滲血的粉紅色烤肉更充滿野性。（「『吃這個肉想起來了嗎？』女人的下頜動著。『全都想起來了。』我一邊把肥肉滑進嘴唇一邊點頭。是女人的住處。」也想起了肛交。這女人的屁股柔軟得「好像剛才吃的烤肉」。）

村上龍說過：菜肴具有使人陶然的要素，跟SEX同等地描寫菜肴。（「油炸小牛肉的麵衣底下有一層乳酪和蘑菇，我每天吃它，想起百老匯的少女，麵衣的吵啦吵啦感觸讓人想起因海洛因變糙的少女肌膚。」）

《村上龍料理小說集》是所謂短篇連作，一以貫之的「我」可以認定為村上龍本人。「我」是電影導演，每月在大學講一堂電影論，所以除了性，小說中也常談到電影。（「女人用舌頭舔著紅葡萄酒沾濕的嘴唇說。臉紅了。『哎，《閃電舞》，看過吧？』。『拍得很不錯的片子嘛。』『詹妮弗．比爾斯一邊吃大蝦，一邊用腳碰戀人的那兒，記得嗎？』我點頭。『我就是那種心情，現在。』我像往常一樣主菜點了烤肉。」）

「我」以東京為據點，滿世界飛，亞洲、紐約、南美、歐洲、北非等。看似孤獨，其實這正是他所追求的獨特的生活方式，饕餮各種食，交接各種色。食是高檔的（「這個店很好吃啊，很貴吧」），色的品味卻不高（「百老匯街頭攬客的最次的娼妓喲」）。而且只有性，毫不關涉愛。一個離了婚的男人，每月和兒子吃一次飯，中學生的兒子只是吃，不說話。一次吃黑乎乎的烏賊魚墨汁拌麵條，他說：「吃這個麵條拉黑屎。」兒子眼睛發亮，半年以來第一次開口說話：「啊，真的麼？」翌日，兒子來電話：「爸爸，真的呀，屎是黑的呀。」兒子時隔一年多的電話讓男人激動得流淚，作者難得地寫到了夫妻兒女之間的溫馨，但那男人是在和人家的夫人大白天做愛中接聽的。

讀《村上龍料理小說集》值得注意的是發表年月：一九八六年一月至一九八八年九月在文學雜誌《昴》連載，隨即出版單行本。那個年代，經濟如泡沫一般景氣，日本人不可一世，那股子盛氣簡直要買下美國。我是一九八八年隨出國潮東渡的，趕上了泡沫經濟，雖然在一個小公司打工，卻也夜夜跟著吃喝。前些天電視上有一個問你幸福嗎的節目，問五十多歲人，覺得現在年輕人幸福嗎，一律回答不幸福，「我們像他們這麼大的時候每天下班泡酒館，吃吃喝喝」。二十多歲的年輕人是在不景氣中成長的，不少人安貧，自得其幸福。村上龍小說或許「滿足了一般人的富貴夢」（據說是余秋雨語），但這樣的年輕人讀了恐怕也無動於衷。經濟評論家喟歎：年輕人這麼簡單地感到幸福，日本就沒有明天。

一九七六年村上龍以小說《無限接近透明的藍色》獲得芥川獎，親自裝幀的單行本大暢其銷。年輕的村上龍是幸福的。《村上龍料理小說集》初版附有「協助店一覽」，一色是世界頂級店，寫作成本之不菲可想而知。對於一般人來說，那是非日常的世界，若無某種「特權」，則可望而不可即。「我」認識了一位日中混血的老闆，打算出資拍電影，掏出一大筆錢（相當於「我」兩個多月的薪水），讓「我」遊香港，都不知怎麼花才好，一連三晚大吃響螺，「總是吃完了那種味道就完全消失」。

村上龍生於一九五二年，比村上春樹小三歲，但是早三年出道。龍讀美術大學時去過春樹開的爵士樂茶館，說不定這位少年得志的作家也刺激了春樹呢。由於同姓，前後腳登上文壇，二人有W村上之稱，時常被拉到一起比較。他們給純文學插上了空想的翅膀，幾乎把私小說逼進絕地，但是從為人到文風，二人都迥然不同，粉絲軍團也互不相容。兩個村上都是小說家，都還另一個頭銜，春樹是翻譯家，龍是電影導演。春樹筆下的人物總在找什麼，尋尋覓覓，而龍常常是邂逅，邂逅了臉上做過十一次美容手術的前女優，與一位空姐竟六度邂逅，牽扯的美食是生牡蠣。近年春樹也努力關心社會，卻顯得勉強，龍更像個媒體人，主持電視節目，主編電子雜誌，總是一副與時俱進的姿態，越來越用力於社會、經濟以及政治。人到五十五，石器時代早該死掉了，體力自然開始了衰弱，那時他說過：「也許味覺比過去更敏感了。有一陣子也瘋一樣美食復美食，但年輕時滿足食欲優先。最近最留有印象的是春天在上海吃的黃色的魚翅湯。」

日本有各種道，茶道、花道、香道……但沒有「味道」，《廣辭苑》查不到這個詞。日本人的味覺似乎很原始，最善於品嘗天然的鮮味兒，以致發明了味素。村上龍在上海喝了魚翅湯，問大廚這是怎麼做的，黃黃的。一五一十地說了，他驚訝廚師把秘不外傳的技藝教給了日本人，但大廚說：關鍵是把握火候等，想模仿也絕對模仿不來。中日這兩個民族的菜肴最大區別即在於用火。日本人多食生冷，用火也沒有節奏，強調的是材料的自然味道。日本古典文學裡缺少像《紅樓夢》那樣的衣食描寫，近代以來所謂食味隨筆頗不少，如檀一雄《檀家菜》、邱永漢《吃在廣州》、吉田健一《我的食物志》，還有子母澤寬《食味隨筆》、內田百閒《美食冊》、獅子文六《食味歲時記》、草野心平《口福無限》等。當代一些小說家喜歡把衣食絮絮地寫進小說裡，如江國香織、邊見庸、川上弘美。多是西餐，一串串片假名，有時也不免有文字填充料之嫌。

小說家高橋源一郎評價村上龍：「在現存作家中，關於文章，大概堪稱最大的天才。一時間模仿者不絕於後，但好像最近少了。」莫非龍老矣，文學已有點過時？食色即人生，最終的感慨總是關於人生的，哲學兮兮。村上龍寫道：「我們愈上歲數愈害怕感傷，因為不能挽回的時間忽忽地增加。但同時也能遇見從情感上保護我們的東西，例如那普羅旺斯海鮮湯似的東西。那普羅旺斯海鮮湯塞滿了海香，以及勇氣。」

東野圭吾

1958～

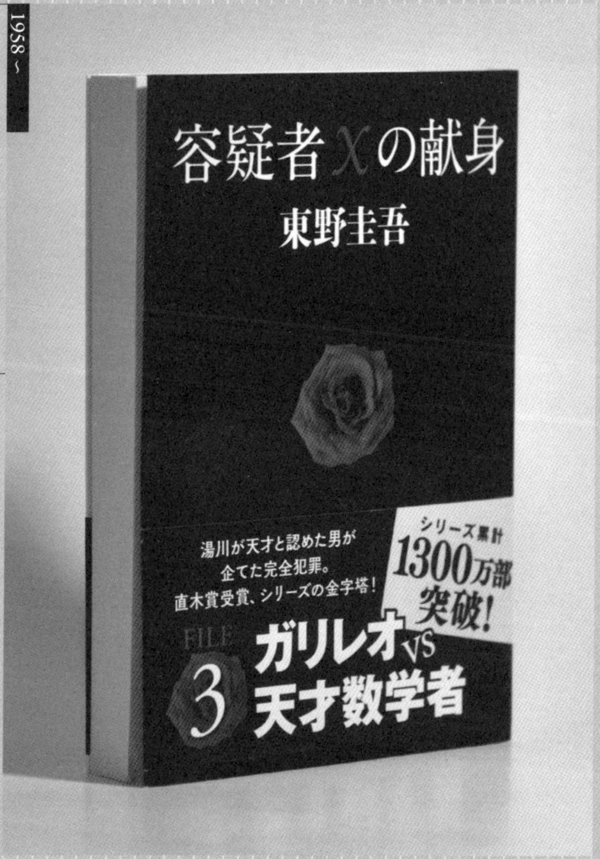
容疑者Xの献身
東野圭吾
湯川が天才と認めた男が
企てた完全犯罪。
直木賞受賞、シリーズの金字塔！
シリーズ累計
1300万部
突破！
FILE
3
ガリレオVS
天才数学者

東野圭吾榮獲直木賞作品《嫌疑犯Ｘ的獻身》暢銷一時，日後影視化，更形紅火。

巧騙讀者的推理小說

再過一個星期就舉行婚禮，高之的未婚妻朋美駕車掉下了山崖。三個月後，朋美的父親邀高之到別墅度夏，還有其他幾個人。有人懷疑朋美是他殺。兩個搶銀行的兇犯逃進了別墅，用槍控制所有人。夜裡，朋美的表妹雪繪被插了一刀……哦，高之來到別墅時，看見門上掛了一個木雕面具。

據說，介紹或推薦推理小說，說破了謎底，是天下第一殺風景的事。因為讀推理小說的樂趣全在於解開那個謎，恍若與推理小說家鬥智。那麼，我只能把《假面山莊殺人事件》的內容說這些，或許你讀來有似曾相識之感。

作者東野圭吾擺布幾條線，讀者不由自主地探究朋美事故之謎，尋思人們如何逃出搶匪的掌控，當然更關心在別墅這個「密室」裡誰殺死了漂亮的雪繪，並不是「大丈夫敢做敢當」的逃犯所為喲。故事推進到高潮，小說家對讀者展開決戰。出人意外，又解釋得頭頭是道，那就是小說家得勝。東野甚至敢於向讀者下戰書：「推理所需要的線索全擺明瞭，好，推理犯人或真相罷。」

當今文壇，有兩位小說家出書必暢銷：大體上屬於純文學的村上春樹，純粹是娛樂文學的東野圭吾。東野的單品銷量可能比不過村上，但是比村上多產。二〇一一年出道二十五周年，由讀者投票，將其七十六部作品排座次：一向坐頭把交椅的《白夜行》讓位，第一是《嫌疑犯X的獻身》，其後依次為《白夜行》、《流星之絆》、《新參者》、《假面飯店》、《信》、《秘密》、《紅色手指》、《時生》、《真夏方程式》等。對於這樣的小說家，人們不僅愛讀其作，對其人也大感興趣。譬如，他為什麼能寫得這麼有意思？為什麼他寫了就能暢銷？關於東野圭吾，更可以樂道的不是這些年的春風得意，而是他的另類，「苦節」十年。

二〇一二年出版《解憂雜貨店》，獲得中央公論文藝獎，東野演說：「說老實話，現在也不大愛讀書，讀自己的校樣都經常睡過去。」他常說自己從小就不愛讀書，國語成績特別差。上高中以後，許是受姊姊影響，總算從頭到尾讀了一本推理小說。不喜歡讀，卻喜歡寫，才讀了一本小說就動筆寫起來，一寫就三百頁。這應該是喜好模仿罷。大學時讀了松本清張的全部作品。作為枕邊書，睡前必讀的，是《小拳王》和《巨人之星》，兩部很有名的漫畫。東野出生在大阪的陋巷。水至清則無魚，他這條魚游到東京，喜歡的地方是老城區淺草，那種亂糟糟很像他老家。長篇小說《時生》（二〇〇二年）的背景是一九七〇年代，恰當他從初中到大學，而一九七〇年代的東京，那是從這兩部漫畫裡讀來的。

他曾說《時生》隨意寫自己想寫的世界，自然天成，乃集大成之作。這種話不過是作家的自我宣傳罷了。譬如村上春樹時隔三年出新書，出版社吊讀者的胃口，「故」隱其名，村上而且說：「本來打算寫短的小說，但寫著寫著，自然而然就寫長了。就我來說，這種事可不大有，好像是《挪威的森林》以來罷。」說得不動聲色，但是要知道，所比擬的《挪威的森林》是他的第一暢銷書。

東野任日本推理作家協會理事長，也當著江戶川亂步獎評選委員，二〇一二年高野史緒的《卡拉馬佐夫的妹妹》獲獎，他又說老實話：本人沒讀過這個考驗人耐性的小說。自己不讀書，寫書時就用心，好讓人能夠把他的書讀完。因為寫得有意思，所以，「我寫的東西與藝術性無緣，今後也想撿拾讀書這張網的漏網之魚。」

他生於一九五八年。從大阪府立大學工學系電器工學科畢業就職，業餘寫小說。連續應徵了三次江戶川亂步獎，一九八五年以《放學後》中的，就此出道。翌年興匆匆辭職進京，專事寫作。

舉行簽名會，第一天親朋捧場，好一陣熱鬧，但第二天只來了一個孩子，羞得他十六年之後才重開簽名會。寫來寫去，直到十年後的一九九六年，短篇集《名偵探的守則》榮列「這個推理好厲害！一九九七」第三位，總算打響第一炮。候補六次，一九九九年以《秘密》獲得日本推理作家協會獎；入圍六次，二〇〇六年以《嫌疑犯X的獻身》獲得直木獎。算下來各種獎項他落選十五次。

所謂新本格派推理始自綾辻行人一九八七年發表《殺人十角館》，說來東野與綾辻以及有栖川有栖、法月綸太郎等前後腳起步。第一批新本格派的據點在關西，莫非東野過早離開了那裡，從未與他們合群。在東京單打獨鬥，自有編輯們支撐，可以說，他是講談社等大出版社打造出來的。《假面山莊殺人事件》在讀者投票排行榜上位居四十一，出版於一九九〇年，正好苦節之路走了一半。東野說：他想出好辦法，把別墅強制性隔離，可誰也不誇獎，又毫無銷路。推理小說家折原一稱讚這個小說是讓他「羨慕嫉妒恨」的傑作，分析當年之所以打了啞炮，是因為年末上市，被淹沒在趕集般出版的洪水中，轉過年來就成了去年的舊書，不被注意了。

對於這不遇的十年，耿耿於懷，拿來當題材：《怪笑小說》（一九九五年）、《毒笑小說》（一九九六年）、《黑笑小說》（二〇〇五年）。「黑笑」所收第一篇《另一個助跑》寫一個叫寒川的小說家，促狹他苦節三十年，更苦過東野本人，似乎也有點五十步笑百步的自慰。最後一篇《評選會》裡寒川聽說請他當新人獎評委，驚喜得幾乎把剛喝進嘴裡的咖啡噴出來。二〇一二年東野又出版《歪笑小說》，十二個短篇把出版業弊端與文壇潛規則當作笑料，笑編輯，笑作家，也笑他自己，讀來可笑，卻不能一笑了之。

東野從大阪移居東京時，隨身帶半部「獲獎後第一作」《畢業》（一九八六年），要給編輯看看他下筆如有神。主人公叫加賀恭一郎，初出茅廬是國立大學四年級學生，畢業後做了一陣子中學教師，辭職上員警學校，步關係冷漠的乃父後塵，走上員警之路。加賀從此在東野小說中發展。《沉睡的森林》裡當上警視廳搜查一科的刑警；經過《惡意》後，調到練馬署，活躍在《誰殺了她》、《我殺了他》、《紅色手指》等案件裡；二十年後，《新參者》（二〇〇九年）把用武之地轉到日本橋地方，接著是《麒麟之翼》（二〇一一年）——日本橋的燈柱上塑有張開翅膀的銅麒麟。

出版社出於行銷戰略，歷來鼓動推理小說家創造一個無所不在、一以貫之的名偵探，譬如西村京太郎的十津川警部、內田康夫的業餘偵探淺見光彥，東野的就是加賀恭一郎。他熱衷於事件設計，不像宮部美幸那樣用力於人物點描，加賀這個人物的外貌也很少著墨。對於女性，常常是「美女」、「年輕女人」之類符號性描述。東野說：「加賀並非解決事件本身，而是一點點深入事件的背景、內側。並非知道了犯人就完事，在搜查上他把重點置於犯罪為什麼發生。」

這應該是松本清張開創的社會派推理的路數。雖然一點點脫離正規推理，但古典的密室殺人對他仍別具魅力。

東野出身於理科，「想驅使自己所擁有的理科知識寫小說 是順理成章的。例如寫腦移植的《變身》（一九九一年），本應給人帶來幸福的醫療技術卻造成意外的悲劇；以體育運動為題材的《美麗的凶器》（一九九二年），描寫恐怖分子用異想天開的手法襲擊核電站的《天空之蜂》（一九九五年）。由短篇集《偵探伽利略》（一九九八年）起頭的伽利略系列，屬於正規推理，帝都大學理工系准教授湯川學幫助老同學草薙刑警破案，運用專門的科學知識，破解案件中不可思議的超自然現象。二〇〇五年出版的《嫌疑犯X的獻身》是這個系列中的第一個長篇。湯川博士與加賀恭一郎刑警是東野成功塑造的兩個名偵探。他描寫科學技術本身，更著眼於科技對人的影響。由此又進入科幻，如《操縱彩虹的少年》（一九九四年），以至穿越時空如《時生》，出現在失業青年拓實面前的時生其實是他的兒子，來自未來。

「好像小說家喜歡電影的多，不只於喜歡，想什麼時候自己執導試試的人大概也不少。我其實就是一個。拍不了電影，所以也不無用小說來將就的意思。」東野的作品時常被改編為影視以及舞台劇，甚至動筆之前就約定了。他也寫隨筆，「鐵則是笑自己」。第一本隨筆集《當年，我們就是一群蠢蛋！》（一九九五年）中寫道：「與其說隨筆，不如說很有點自傳。」村上春樹說小說是撒謊，莫言說小說是講故事，而東野圭吾說推理小說就是在騙人。讀推理小說，是因為「人有『想被騙』的欲望」。

番外

舊書店血案

我也算愛讀書，但是不藏書，好像有一點不以物喜的意思。不過，對那些有書房以及書庫的人還是羡慕的，羡慕嫉妒恨，寫一篇〈舊書店血案〉嚇嚇他們。聽說喜歡淘書、藏書的人都喜歡讀推理小說，大概四下裡收羅，追尋某本書，也帶有推理的趣味。圍繞書的冒險似乎是男人的本能性愛好。一心要據為己有，對於書的極致不是熱忱，簡直是殺機。

日本推理（偵探）小說是在歐美影響下發展起來的，今天仍然學歐美，但是擬題名，好像遠不如美國嚇人。譬如約翰．鄧寧的作品，日本翻譯出版的，叫《死亡藏書》，還有《舊書災難》、《愛書人之死》。他生於一九四二年，聽說連高中文憑也沒有。自一九七四年出版三本推理小說都遭受冷遇，一九八一年擱筆，在丹佛開辦舊書店，專營古籍珍本。時常參加當地推理小說家聚會，被一位慫恿，一九九二年再作馮婦，出版了《死亡藏書》。不像日本人那樣給書扎一條腰帶，而是在封底印四條關於舊書的謎題，說：讀《死亡藏書》找答案罷！六千五百冊兩天售罄。初版本定價十九美元九十五美分，很快就賣到一百五十美元。

舊書，這說法似嫌籠統，不妨把那種因稀少而升值的舊書叫古籍，推理小說大都是拿它當題材。收藏初版本之類古籍是玩錢，窮人如我者，買的是減價的舊書，圖便宜而已。價錢之貴賤，判斷是看它對於你有多大價值罷。上世紀八、九十年代，日本雖小，經濟卻不可一世，土豪們走向世界，四千萬美元買《向日葵》，八千多萬美元買《加歇醫生肖像》，把名畫搶購得「高度成長」其價格。但風水輪流轉，今天就要看中國人的了，尤其向日本伸手，不單單美術，而且是同種同文，書籍也不放過，日本人已經心驚肉跳。舊書價上漲，用舊書、舊書店編故事寫推理也多了起來。一九九〇年代逢坂剛寫了一個長篇，叫《站在十字路口的女人》，宮部美幸寫了一系列短篇，叫《寂寞的獵人》，看題名都像是愛情小說。

江戶川亂步是日本推理小說史上第一位大家。出道之前，和兩個弟弟開過舊書店「三人書房」。架子上還擺書一本他自己製作的《奇譚》，內容是關於推理小說的感想與研究，最終沒人買。亂步好藏書，其故居及藏書現今歸立教大學所有，兩位推理文學評論家費時十二年編輯了《幻影之藏——江戶川亂步偵探小說藏書目錄》，但亂步好像從不曾涉筆舊書或舊書店。逢坂剛沒開過書店，一九八六年獲得大眾文學的最高獎賞「直木賞」，十年後辭職，專事寫作，把工作室就設在神保町。中國有這個街，那個街，卻沒有書店街。舊書店在日本成街成巷，最有名的是神保町，聚集一百多家舊書店，規模為世界之最。這條舊書街上開天闢地第一家是高山書店，門口掛了塊看板：創業明治八年，及西元一八七五年，大清光緒帝即位。傳說當年美軍接受了俄國出身的日本研究家葉理綏建議，才不曾轟炸地處東京市中心的神保町。不破不立，建設的破壞有時不次於戰爭。一九六〇年代計畫在神保町上面架起高速路，舊書商們群起反對而作罷。一九九〇年前後神保町地價高漲，大學接踵往郊外遷，辦公大樓從大手町那邊侵占過來。驅趕舊書店，不能像攻打聯合赤軍固守的淺間山莊那樣強拆，就僱些地痞從早到晚在門口唸送葬經，或者幾個人跪在地上一個勁兒叩頭，不停說「請您喬遷罷」。《站在十字路口的女人》就是以這個時代為背景。舊書商頑抗，大體把舊書店街保存下來，現而今最大的問題是店家後繼無人。《寂寞的獵人》裡，好心的女作家讓孫子著爺爺在東京老街上經營舊書店，店內沒有什麼值得珍藏的書，淨是些給人讀的，卻不斷發生些大大小小的事件，就由這爺倆兒破案。逢坂剛把自己那份對舊書以及舊書店的熱愛都轉嫁到筆下的岡坂神策身上。這位私立偵探受託調查的不是案件，而是諸如西班牙的科里亞德爾里奧有不少人姓「哈蓬」（西班牙語，日本之意），查查他們是不是十七世紀初仙台藩派遣家臣支倉常長率團出使歐洲時有人滯留不歸，繁衍了後代。岡坂第一時間就是去舊書店街挨家找資料，解謎故事與淘書趣味渾然一體。讀者從書裡讀到書外，猜猜小說中的「古樂堂」究竟是街上哪一家，又多了一番樂趣。

推理小說家大都愛炫學。紀田順一郎本身是書志學家、出版研究家，也寫典小說，如《舊書店偵探事件簿》，寫到書的知識很自然。這是個短篇集，主人公辭了公司開一爿小小舊書店，叫「藏書一代」，意思是藏書只限於愛好者一代，不傳子孫。淘書人都知道小宮山書店，一九七二年這家舊書店在神保町建起了一座帶電梯的七層樓，轟動一時，其後舊書店紛紛建高樓。《舊書店偵探事件簿》中的小高根書店原型就是它。想知道東京古書會館定期賣舊書的景象，可以讀高橋克彥的《寫樂凶殺案》。

讀純文學讀的是人，讀大眾文學讀的是日本人。大眾文學家山本周五郎在武士小說裡也寫到淘書，例如《冷飯物語》：窮武士家的老四在家裡是吃冷飯的，人生無望，唯一樂趣是淘書，被領主知道了，提拔他司書。「舊書店主作家」出久根達郎應該讀過這個短篇小說，他的《御書物同心日記》也是窮書迷的幸福故事。德川家康愛書，在江戶城內建文庫（圖書館），由「御書物奉行」率領「御書物同心」管理。東雲長太郎排行老三，也是在家裡吃冷飯的，酷愛珍本，被一位御書物同心收為養子，世襲了職位。雖有些小推理之趣，但出久根更熱心於記述江戶時代的圖書事情。

松本清張早年曾寫過舊書故事，叫《兩本同樣的書》，題名甚至有一點溫馨，第一句是「故事從舊書目錄的事開始」。藤田宜永的短篇小說《變形的繁星》落筆淡淡的：「每天被舊書山圍著，抽菸等待顧客來。有時看看書。小說也好，非虛構也好，什麼都無所謂。書名讀完也就忘了。」三上延近年出版的《比布利亞舊書堂事件冊》屬於輕小說，讀來完全是日本「卡瓦伊」。店主是美少女，用舊書知識加上小聰明解謎，好像日常生活中大家在一起猜悶兒，讀者多數是女性。比布利亞舊書堂設定在北鎌倉，不禁想起幾年前奉陪上海出版界朋友在北鎌倉一家舊書店淘過書，還拍了照片。用這個小說改編的電視劇由剛力彩芽出演，生生比封面彩圖更可愛，那就更嚇不著我們的藏書家了。

我的日本作家們

作者：李長聲
特約主編：傅月庵
編輯／企畫：何佳穎
編輯協力：吳少文
美術設計：雅堂設計工作室
總編輯：李靜宜
發行人：連正世
出版發行：東美出版事業有限公司
台北市 100 中正區水源路 93 號 4 樓
電話：（02）2365-7977　傳真：（02）2368-9695
郵政劃撥帳號：50338408
戶名：東美出版事業有限公司
讀者服務信箱：donmaybook@gmail.com
東美出版：http://www.donmay.com.tw
總經銷：大和書報圖書股份有限公司
電話：（02）8990-2588
製版印刷：中原造像股份有限公司
初版一刷：2017 年 8 月
定價：380 元
ISBN: 978-986-92139-7-4（平裝）

國家圖書館出版品預行編目（CIP）資料

我的日本作家們 / 李長聲著 . -- 初版 . -- 臺北市 : 東美 , 2017.08

面；　公分

ISBN 978-986-92139-7-4(平裝)

1. 作家 2. 傳記 3. 日本

783.12　　106012094